위험한 비유

최제훈 소설집

위험한 비유

펴낸날 2019년 11월 25일

지은이   최제훈
펴낸이   이광호
주간   이근혜
편집   박선우 최지인 이민희 조은혜
펴낸곳   ㈜문학과지성사
등록번호   제1993-000098호
주소   04034 서울 마포구 잔다리로7길 18(서교동 377-20)
전화   02) 338-7224
팩스   02) 323-4180(편집) / 02) 338-7221(영업)
전자우편   moonji@moonji.com
홈페이지   www.moonji.com

ISBN 978-89-320-3591-8 03810

위험한

비유

최제훈 소설집

문학과지성사

차례

철수와 영희와 바다

철수는 모래사장에 앉아 튜브에 입바람을 불어 넣었다. 가슴을 부풀려 숨을 들이마셨다가, 흐읍, 뺨이 홀쭉해지도록 내뱉으면서, 후욱. 흐읍, 후욱, 흐읍, 후욱, 흐읍, 후욱. 튜브에 그려진 갈매기들이 서서히 몸집을 불리며 쭈그러진 날개를 펼쳤다.

"5천 원 주고 빌리면 되는데 그건 왜 사 와서 고생이래."

파라솔 아래에서 영희가 종아리에 붙은 모래를 떨며 말했다. 그녀는 복잡한 에스닉 패턴이 프린트된 비키니를 입고 있었다.

"너를 내 숨 위에 태우고 싶어서."

"오, 감동. 어디서 베낀 대사야?"

"비밀."

철수가 출발하기 전날 꾼 꿈속에서 영희는 하얀 비키니 차림으로 백사장의 야자수 아래 서 있었다. 가무잡잡한 피부에 전문가의 보정을 거친 듯한 늘씬한 몸매가 생소하긴 했지만 그녀는 분명 신영희였다. 영희야! 내 숨 위에 올라타. 튜브를 옆에 끼고 달려가는데 야자수 뒤에서 웬 남자가 나타났다. 영희의 허리에 근육질 팔뚝을 두르는 그 남자는, 훤칠한 키와 선명한 식스팩이 역시 생소했지만, 분명 강철수 자신이었다. 손을 맞잡고 비취색 바다를 향해 달려가는 두 사람의 뒷모습을 바라보며 철수는 생각했다. 그럼 나는 누구지?

"튜브는 위대한 발명품이야."

철수는 손끝으로 튜브를 꾹꾹 눌러 공기압을 확인했다.

"사람 숨을 가둬서 물에 띄울 생각을 했다니."

"인공지능이 바둑 두고 소설 쓰는 세상이야."

"걔넨 자기가 뭘 하는지 모르잖아."

철수는 공기 주입구의 마개를 끼워 안으로 밀어 넣었다. 갈매기들은 날개를 한껏 펼쳤지만 이젠 몸이 너무 불어서 날아오르기 힘들어 보였다.

"가자."

튜브를 팔에 끼고 일어서던 철수가 현기증 때문에 비틀거리며 게걸음을 쳤다. 영희가 무릎을 짚고 깔깔 웃었다.

"잠깐, 이거 어떡하지? 방수 팩을 깜빡했는데."

영희가 비치백에서 지갑과 스마트폰을 꺼냈다.

"로커에 놔두고 오지 그랬어."

"로커가 영 부실해 보여서."

자물쇠 달린 로커가 부실해 보여서 텅 빈 돗자리에 보관하려고 귀중품을 가져왔다니. 철수는 이따금 영희의 사유 체계를 이해하기 힘들었다.

"좋은 수가 있다."

철수는 비치백에서 까만 비닐봉지를 꺼내 지갑과 스마트폰을 넣고 둘둘 말았다.

"어쩌려고?"

철수가 돗자리 한쪽 모서리를 들어 올리더니 양손으로 구덩이를 파기 시작했다. 그 의도를 간파한 영희가 튜브로 공사 현장을 가리고 섰다. 철수는 두리번거리며 구덩이에 비닐봉지를 던져 넣고 재빨리 모래를 덮었다.

"어때?"

"굿."

8월 초의 태양이 모래사장을 따갑게 달궈놓았다. 철수와 영희는 손을 잡고 바다를 향해 파라솔 사이를 가로질렀다. 통통한 아주머니가 얼굴에 수건을 덮은 채 드러누워 자고 있었다. 돗자리와 수건이 채도가 비슷한 파란색이라 얼핏 머리가 사라진 것처럼 보였다. 꼭 생닭 같네. 철수는 마름모꼴로 벌어진 아주머니의 희멀건 다리를 보며 생각했다.

벌건 살갗을 늘어뜨린 백인 노인이 선베드에 기대 누워 문고판 책을 읽고 있었다. 수영복에서 삐져나온 부숭부숭한 회색 털들이 배꼽 위에 세워진 책을 붙들고 있는 것처럼 보였다. 영희는 발걸음을 늦춰 책 표지를 곁눈질했다. *I HAVE THE RIGHT TO DESTROY MYSELF*. 나는, 가지고 있다, 오른쪽? 옳음? 권리? 파괴한다, 나 자신을. 머릿속에서 조합된 문장은 영희도 오래전에 읽은 기억이 있는 국내 작가의 소설 제목이었다. 내용은 가물가물했지만 검은 표지에 그려진 「마라의 죽음」이 선명하게 떠올랐다.

물기가 배기 시작한 모래사장에 머리를 세 갈래로 묶은 여자애가 주저앉아 모래성을 토닥이고 있었다. 성이라기보다는 개미탑에 가까운 흙더미였지만 아이의 표정과 손놀림은 진지하기 그지없었다. 성 주위 모래를 파낸 구덩이에 해자처럼 물이 고였다. 철수와 영희는 모래성을 돌아가려고 동시에 반대쪽 대각선으로 걸음을 내딛었다. 맞잡은 손이 수평으로 떠오르며 아이와 모래성은 두 사람이 만든 사각형 성문을 통과했다.

"아, 많다."

"많네."

극성수기답게 바다는 그야말로 물 반 사람 반이었다. 멀리서 달려온 파도가 해안에 몰려 있는 피서객들을 한꺼번에 띄워 올렸다가 거품을 물고 모래사장에 쓰러졌다. 여기저기서 터져 나오는 새된 웃음소리가 물러가는 파도의 신음과 화음을 이루었다. 노란 해수욕장 튜브의 물결을 보며 철수는 튜브를 사 오기 잘했다고 생각했다.

"어, 뭐지?"

바닷물에 발을 딛었던 영희가 움찔하며 뒤로 물러섰다. 파도에 밀려온 해조류가 물속에 넓게 퍼져 흐느적거리고 있었다. 철수가 미역과 톳이 엉킨 길쭉한 덩어리를 집어 올렸다. 처녀귀신의 머리채를 뭉텅 뽑아낸 것 같았다.

"징그러워."

"조금 더 나가면 괜찮을 거야."

"해파리는 없을까? 해수욕장에 독성 해파리가 출몰했다는 뉴스 봤는데."

"있어도 다 밟혀 죽었겠다."

철수와 영희는 튜브들 사이를 비집고 들어갔다. 물은 체온과 가깝게 미적지근했다. 해조류 위에 뜬 사람들의 허연 등짝을 보자 영희는 지난겨울 즐겨 먹었던 점심 메뉴가 떠올랐다.

"매생이굴국밥 같다."

철수가 피식 웃었다.

"아줌마가 굴을 너무 많이 넣었네."

햇볕이 새털구름을 뚫고 쨍쨍하게 내리쬤였다. 어제저녁 생글거리는 얼굴로 제주도와 남해안이 태풍의 영향권에 들 거라던 기상 캐스터의 저주는 빗나갔다. 점점 커지는 동그라미로 한반도 남부를 쓸고 가던…… 태풍 이름이 뭐였더라? 철수는 먼 수평선을 바라보며 생각했다. 진로를 바꿨나? 소멸됐나? 물방울이 날아와 얼굴을 때렸다. 영희가 튜브를 허리에 끼고 손등으로 물을 튀겼다.

"뭐 해?"

철수는 영희를 튜브에 태우고 파도를 쫓아다녔다. 서서히 높아지는 물마루가 흰 포말로 바뀌는 지점으로 재빨리 이동하면 둥실 떠올랐다가 파도와 함께 부서지는 스릴을 맛볼 수 있었다. 근방에 밀집한 사람들이 전부 그렇게 움직였기 때문에 파도가 한번 쓸고 가면 튜브와 살덩이들이 대책 없이 부딪치며 나동그라졌다. 물속에서 솟아오른 사람들은 활짝 웃으며 짭조름한 바닷물을 침과 함께 뱉어냈다.

"어제 일기예보에 나온 태풍 이름 기억나? 한반도로 북상하고 있다던."

철수가 젖은 머리칼을 넘기며 물었다.

"모르겠는데. 왜?"

"그냥. 걱정했는데 안 와서 다행이다."

"악!"

영희가 비명을 질렀다.

"왜 그래?"

"엉덩이에 뭐가 붙었어. 해파리 아냐?"

철수는 튜브 밑으로 손을 밀어 넣어 미역 줄기를 건져 올렸다.

"해파리가 충격 먹고 퍼렇게 질렸는데."

"죽는다."

철수가 새로운 파도를 쫓기 위해 고개를 돌리는데 하얀 비키니가 눈에 들어왔다. 브래지어 가운데를 연결하는 나비 모양 매듭. 꿈속에서 영희가 입고 있던 비키니와 똑같은 디자인이었다. 신기하네. 나와 함께 바다로 달려가는 뒷모습을 내가 보고 있고…… 철수는 고개를 갸웃했다. 그다음에 이어지는 장면이 떠오르지 않았다.

미쳤어, 미쳤어. 밥공기도 큼직했는데 그걸 싹싹 긁어 먹었으니. 영희는 튜브 구멍 속에 도도록이 솟아 있는 배꼽을 보며 자책했다. 이번 여행을 위해 일주일 전부터 저녁을 굶었건만, 하필 해수욕 직전 칼칼한 갈치조림의 유혹에 넘어간 게 후회막심이었다. 철수와 단둘이 바다에 오는 건 처음이었다. 그 말은 남자와 단둘이 바다에 오는 게 처음이라는 뜻이기도 했다. 철수와 헤어지지 않는 이상 다른 남자와 단둘이 바다에 올 기회가 없을 거라는 뜻이기도 했고. 영희는 설핏 아쉬운 마음이 들었다. 자신의 잠재력을 테스트할 기회가 뭉텅뭉텅 사라지는 느낌. 벌써 스물다섯인데……

악!

영희는 목구멍으로 올라오는 비명을 도로 삼켰다. 또 미역줄기인가? 아니, 이번에 엉덩이에 붙었다가 떨어진 건 틀림없이 사람의 손이었다. 10미터쯤 떨어진 곳에서 중학생으로 보이는 곱슬머리 남자애가 물 위로 솟구쳤다. 곱슬머리는 물안경을 목에 건 두 친구와 욕설을 주고받으며 키득거렸다. 장난기 그득한 눈길들이 왠지 자신을 할끔거리는 것 같았다.

영희는 고개를 돌려 철수를 올려다보았다. 멍하니 던져진 철수의 시선 끝에는 하얀 비키니를 입은 여자가 손차양을 하고 있었다. 배꼽 피어싱이 햇빛에 반짝이며 잘록한 허리 라인을 강조했다. 여름휴가에 맞춰 최소 두 달은 관리한 몸매였다. 영희는 튜브에서 엉덩이를 빼내 몸을 일으켰다.

"나가자."

"벌써?"

"바다가 아니라 출근 버스에 탄 것 같아."

"그러게 성수기 피해서 오자니까."

"그게 내 맘대로 되니. 신제품 론칭 프로모션 때문에 딱 이번 주만 비는데."

철수는 미간을 찡그리며 웃었다. 그가 군 복무를 마치고 복학할 무렵 영희는 유기농 생리대를 만드는 중소기업의 마케팅 부서에 입사했다. 언제부턴가 그의 앞에서 직딩티를 내는 그녀의 어색한 연기가 은근히 눈에 거슬렸다. 이번에 우리 회사 신제품 엠에스가…… 잠깐, 엠에스가 뭐야? 마켓 셰어. 마켓 셰어? 시장점유율. 아…… 이런 식의 소모적인 다단계 통역을 그녀는 전혀 귀찮아하지 않았다.

"바다 보고 싶다더니."

"이런 바다는 아니었지."

영희는 심드렁하게 대꾸하고 튜브를 어깨에 걸쳤다. 철수가 돌아서는 그녀의 손목을 잡았다.

"우리 진짜 바다로 나가볼까?"

"진짜 바다?"

철수가 먼바다를 향해 고개를 돌렸다. 수도권 인구분포도처럼 해안에서 멀어질수록 피서객 밀도는 급격히 줄어들었다. 노란 부표를 띄워놓은 안전선 부근에는 조그만 머리통 몇 개만 오르락내리락했다. 고무보트를 탄 안전 요원이 부표 뒤에서 우두커니 해변을 바라보고 있었다. 그 뒤쪽으로 물결만 일렁이는 짙푸른 바다가 펼쳐졌다.

"어차피 저기까지밖에 못 가잖아."

영희가 점점이 떠 있는 부표를 보며 말했다.

"왜 못 가? 바다에 지들 멋대로 금 하나 그어놓은 건데."

철수는 영희의 손을 끌고 바위 언덕이 막아선 해수욕장 끝으로 갔다. 안전 요원의 보트는 2백 미터 이상 떨어져 있었다. 배경의 얼룩덜룩한 바위가 그들의 움직임을 숨겨줄 터였다. 철수는 영희가 탄 튜브를 밀고 부표를 향해 헤엄쳤다. 몸에 닿는 바닷물이 조금씩 시원해졌다.

"하반기 공채 곧 시작하지?"

"9월 중순에 몰려 있어."

"어플라이할 곳들은 정했어?"

'어플라이하다'가 '지원하다'라는 정도는 철수도 알고 있었다.

"왕창 뿌려놓고 눈먼 회사에서 데려가길 빌어야지."

"아무리 취업난이라고 해도 처음에 신중하게 선택해야 돼.

여긴 졸업이란 게 없으니까. 적성에 안 맞다고 한두 번 이직하다 보면 미아 되기 십상이더라."

철수는 영희에게 생리대 파는 건 적성에 잘 맞는지 물어보려다가 그만두었다. 정작 본인은 다른 회사 제품을 쓰는 걸로 봐서 그리 자부심을 가지고 파는 것 같진 않았다.

"저 바위, 인어 같지 않아?"

영희는 철수가 가리키는 쪽으로 고개를 돌렸다. 언덕 끝자락에 검회색 바위가 기이한 모양으로 불거져 있었다.

"저걸 어떻게 보면 인어가 되지?"

"언덕에서 점프하고 있잖아. 위에 뾰족 튀어나온 게 꼬리지느러미고. 인어공주가 언니들이 준 칼로 왕자를 찌르고 바다로 뛰어드는 모습이야."

"뭐야, 결말이 그게 아니잖아. 차마 찌르지 못하고 물거품이 되어 사라지는 거지. 어릴 때 그 부분 읽으면서 얼마나 울었는데."

"너무 신파야. 왕자를 제끼고 바다로 돌아갔어야지."

"하여간 삐딱해."

"엉뚱한 오해 때문에 왕자는 딴 년이랑 결혼하고 인어공주는 물거품으로 사라진다. 이게 삐딱한 거 아냐? 내 결말이 순리에 맞지."

"이건 사랑 얘기잖아. 순리가 왜 나와?"

"사랑, 그래, 사랑 얘기지. 그런데 말이야……"

"말이야."

"인어공주는 생리대가 필요 없겠다. 그치?"

영희는 몸을 돌려 철수의 머리에 알밤을 먹였다.

"두개골 수준 좀 높여라."

부표들은 굵은 밧줄로 연결돼 있었다. 녹조류가 잔뜩 달라붙은 밧줄은 질척하고 미끄러웠다. 철수는 안전 요원의 보트를 주시하며 튜브를 앞세우고 밧줄을 넘었다.

"이제부턴 빨리 갈 거야."

"실력 좀 볼까."

철수는 양손으로 번갈아 튜브를 밀며 리드미컬하게 팔다리를 저었다. 영희는 튜브에 납작하게 드러누워 출렁이는 물결에 몸을 맡겼다. 엉덩이를 쓸고 가는 바닷물이 한결 차가워졌다. 두 사람이 가르고 지나간 수면을 하얀 물거품이 달려들어 감쪽같이 봉합했다.

내가 철수가 아니었거나 영희가 영희가 아니었다면, 그래도 우리는 커플이 됐을까? 튜브에 누운 영희의 정수리를 보며 철수는 문득 그런 생각을 했다. 두 사람에겐 백 일이니 천 일이니 하는 기념일이 없었다. 사귀기 시작한 시점이 애매했기 때문이다. 처음으로 둘이 영화를 본 날과 처음으로 둘이 잔 날의 중간 어디쯤이라고 짐작할 뿐. 신입생 오리엔테이션 때부터 동기들은 철수와 영희를 교과서적인 커플이라며 세트로 묶으려고 안달이었다. 그런 실없는 농담들이 쌓여 둘은 어영부영 사귀게 되었다. 처음 둘이 잔 날로부터 한참 지난 후에 눈치를 챈 동기들이 학교 앞 치킨집에서 축하 파티를 열어주었다. 선물은 커다란 바둑이 인형이었다.

"너무 멀리 온 거 아냐?"

영희는 뒤를 돌아보았다. 해안선을 따라 버글거리는 사람들이 땅에 떨어진 아이스크림에 몰려든 개미 떼처럼 보였다.

"괜찮아, 이 정도는. 예전에 훈련할 땐 매일 4, 5천 미터씩 수영했는데."

"강철수가 유일하게 잘하는 거."

"유일하게라니. 최소한 하나는 더 있잖아."

철수는 튜브 아래로 다리를 뻗어 사타구니를 영희의 엉덩이에 대고 비볐다.

"훗, 정녕 잘한다고 생각하나?"

영희는 검지로 철수의 이마를 쿡 찔렀다. 철수는 백 텀블링하듯 물속으로 자맥질했다가 튜브 반대편으로 나왔다.

"물 깊어?"

"바닥이 안 보이는데. 무섭지 않아?"

"수영도 못 하면서 바다 한가운데 떠 있으니 스릴 넘치는데."

"인류의 위대한 발명품, 튜브 덕분이야."

철수는 다시 튜브를 밀고 갔다.

"근데 언제까지 선수였다고 했지?"

"중3."

"왜 그만둔 거야?"

"코치가 자꾸 고추를 만져서."

영희가 고개를 틀어 뜨악한 표정으로 철수를 보았다.

"정말?"

"농담이야. 싹수가 없으니까 그만뒀지. 키는 더 이상 안 크고, 스타트 문제도 있었고."

"스타트?"

"응. 시합만 나가면 스타트가 너무 늦었어. 아니면 너무 일찍 뛰어서 실격되거나. 아무리 연습해도 안 고쳐지더라고."

"왜 그런 거야? 심리적인 문젠가?"

"그런가 봐. 어릴 때 실수로 개구리를 밟은 적이 있는데, 스타트 버저 소리가 꼭 그때 들은 개구리 비명 소리 같았거든. 꾸럭. 스타팅 블록에서 자세 잡고 있으면 자꾸 그 장면이 떠오르는 거야. 이쯤에서 쉬자."

철수는 영희의 옆으로 와서 튜브에 매달렸다. 눈길이 닿는 곳은 전부 파란 하늘과 파란 바다였다. 영희는 몸속에서 무언가가 스르르 빠져나가는 느낌이었다.

"고독하다."

"응."

"좋다."

"이게 바다지."

"이쪽이 남쪽이니까, 계속 떠가면 적도까지 가겠네."

"가고 싶어?"

"응, 아니."

철수는 수면에 드러누워 천천히 튜브 주위를 돌았다. 영희는 철수가 앞을 지날 때 발로 얼굴에 물을 끼얹었다. 철수도 장풍을 쏘듯이 그녀에게 물을 튀겼다. 영희의 웃음소리가 파란 물너울 위를 종이배처럼 둥둥 떠갔다.

"마라."

철수가 바다에 누운 채 중얼거렸다.

"응?"

"일기예보에서 북상하고 있다던 태풍, 이름이 마라였어."

"프랑스 혁명가 이름이네."

영희는 벌건 살갗의 백인 노인이 읽던 책을 떠올렸다.

"그래? 불교에서는 사람 마음을 홀리는 마귀의 이름인데."

철수가 몸을 뒤집더니 수평선을 향해 전속력으로 헤엄쳤다. 저 애는 저대로 적도까지 가는 게 아닐까. 나를 도넛 모양의 숨위에 남겨둔 채…… 반짝이는 물비늘 속으로 멀어지는 철수의 뒷모습을 바라보며 영희는 멜랑콜리한 감상에 젖었다. 왠지 그래도 어쩔 수 없다는 마음이었다. 끝없이 펼쳐진 하늘과 바다 사이에서는. 하지만 자유형으로 떠나간 철수는 수영 경기장 규격인 50미터 지점에서 턴을 해 접영으로 돌아왔다. 두 팔을 활짝 펼치고 텅 빈 바다를 가로지르는 한 남자를 보고 있자니 아릿한 통증이 아랫배를 찔렀다. 영희는 허벅지에 지그시 힘을 주며 다리를 꼬았다. 결승점에 도착한 철수가 튜브에 팔을 걸치고 숨을 몰아쉬었다. 영희는 철수의 턱을 당겨 입을 맞추고 그 가쁜 숨을 받아먹었다. 침 속에 짭짤한 바닷물이 느껴졌다.

"영희야."

"응?"

"우리가 철수와 영희가 아니어도 사귀었을까?"

영희는 고개를 갸웃이 기울이고 철수를 쳐다보았다.

"넌 내 이름이 영희라서 사귀었다는 거야?"

"그건 아니지만, 어쨌든 애들이 줄기차게 놀리는 바람에 우리가 가까워진 건 사실이잖아."

영희는 눈을 치떠 새털구름을 올려다보았다.

"난 반대였는데. 애들이 그러는 게 싫어서 일부러 널 멀리했어."

철수도 고개를 들어 하늘의 구름을 올려다보았다.

"그랬나."

"어딜 가나 철수라는 애가 한 명쯤 있었거든. 초등학교에도 중학교에도 고등학교에도."

"맞아, 영희도. 심지어 불교 학교에도 있었어. 참 촌스러운 이름인데 아직도 인기가 있나 봐."

"흥, 철수는 어떻고. 아무튼 따로 있으면 놀림감이 될 이름까진 아닌데, 꼭 마주치는 게 문제였어."

"그래, 맞아. 같은 반에 영희가 두 명이어서 삼각관계에 얽힌

적도 있었지."

"지겨웠어. 설마 대학까지 와서 유치하게 그럴 줄이야."

영희는 고개를 절레절레 흔들었고 철수는 고개를 끄덕였다.

"우리는 철수와 영희라는 이름 '덕분'이 아니라 '에도 불구하고' 사귀게 된 거네."

"굳이 따지자면."

"우리, 생각보다 특별한 커플이네."

"생각보다? 무슨 말이 그래?"

철수와 영희는 시야에 가득 찬 하늘과 바다를 바라보았다. 대화가 끊기자 아무런 소리도 들리지 않았다.

"시간이 멈춘 것 같아."

"응."

그런 일은 있을 수 없다는 듯 물결이 계속 밀려와 두 사람을 한들한들 흔들었다. 새털구름을 거느린 옅은 파랑과 넘실거리는 짙은 파랑. 가장 넓은 공간과 가장 깊은 심연. 영희의 입에서 긴 한숨이 새어 나왔다.

"파랗다."

"파랗네."

"파래서."

"파래도."

"파라면."

"파라니까."

"파랑이 희망과 우울을 함께 상징하는 게 이상했는데……"

영희가 혼잣말처럼 중얼거렸다.

"했는데?"

"이렇게 넋 놓고 보고 있으니 알 것 같다."

영희의 옆얼굴을 물끄러미 쳐다보던 철수가 손으로 바닷물을 떠서 제 머리에 끼얹었다.

"우리 언젠가는 다 죽는 거겠지?"

"아마도, 틀림없이."

"박인찬 교수님처럼. 지난주에 장례식 갔었잖아."

"나도 가봤어야 되는데. 론칭 프로모션 때문에."

"그렇게 세상 즐겁게 살던 분이 갑자기 사라지는 걸 보니……"

"울적했어?"

철수는 천천히 고개를 저었다.

"아니, 전혀. 죽음이란 게 이렇게 뜬금포로 찾아오는구나, 그런 생각을 하니까 오히려 만만하게 보이더라고. 절대적인 자연의 섭리가 아니라 복불복 게임인 것처럼. 잘만 피해 다니면 영원히 살 것도 같고."

"그렇진 않을 거야."

"그렇겠지."

"음주 운전 차에 치이셨다고 했나?"

"그게 아니고, 교수님이 취한 상태에서 무단 횡단을 하다가……"

"아, 술을 너무 좋아하셨어. 사람들 많이 왔지?"

"응. 교수님 인기 좋았잖아. 다들 충격받았지. 참, 거기서 성주 형 만났어."

"민성주 선배?"

"응, 여전하더라. 장례식 정장도 명품으로 쫙 빼입고."

영희는 자세를 바꾸며 허리를 세웠다. 튜브가 뽀드득 소리를 냈다.

"그 오빠 집이 좀 살잖아."

"하는 일도 잘되나 봐. 잡지사 다닌다고 들었는데, 그만두고 무슨 공연 기획사를 차렸다더라고."

"그래……"

영희는 의문문도 평서문도 아닌 애매한 어조로 말끝을 흐렸다.

"하긴 그 형한테는 그런 일이 어울리지."

"그렇긴 해."

"명함 보니까 너희 회사 근처던데."

"아!"

영희는 어색한 감탄사를 흘렸다.

"나 전에 퇴근하다가 성주 오빠 봤다. 맞아, 뭘 차렸다고 들었는데 공연 기획사였구나."

"그래? 성주 형은 너 만났다는 얘기 안 하던데. 언제?"

철수는 햇빛에 뻐덕뻐덕하게 마른 영희의 머리칼을 곁눈으로 살피며 물었다.

"서너 달 전인가, 꽤 됐어."

"왜 얘기 안 했어?"

"뭘?"

"뭐긴. 성주 형 만났다는 거."

"잊어버렸나 보지."

영희는 발로 물장구를 쳤다. 물방울이 어지럽게 튀었다.

"지금이야 잊어버렸을 수 있지만 당일은 아니잖아. 우리가 매일 통화하는데 만났으면 그날 얘기하는 게 자연스럽지 않나?"

"아이, 얘기하고 말고 할 것도 없었어. 퇴근길에 잠깐 마주쳤다니까."

"길에서 인사만 나누고 헤어진 거야?"

"커피 한잔 마셨던가, 그랬을 거야."

"커, 피."

철수는 쓴웃음을 지으며 물속으로 스르르 잠겨들었다. 영희는 수면 아래에서 흐느적거리는 머리칼을 내려다보았다. 철수는 2분 가까이 잠수하고 있다가 고개를 뒤로 젖히며 솟구쳤다. 파! 요란하게 숨을 내뱉은 철수는 올백으로 단정하게 넘어간 머리를 손으로 재차 쓸어 넘겼다.

"성주 형이 그러더라."

"뭐라고?"

"두 달 전쯤 너 만나서 술 마셨다고."

영희는 입을 앙다물고 철수를 째려보았다. 지나가는 해풍이 그녀의 앞머리를 흔들었다.

"나 떠본 거야?"

"응."

"의도가 뭔데?"

"의도, 의도. 그건 네가 나한테 해명할 상황 아닌가? 왜 술이 커피로 바뀌었는지."

"그래, 오랜만에 만난 선배랑 맥주 한잔했다. 그게 어때서?"

"어떻긴, 아무것도 아니지. 근데 왜 처음부터 그렇게 얘기하지 않았을까?"

"관두자."

"뭘 관둬?"

"잘 놀다가 분위기 깨는 거."

"편리하네."

영희가 먼바다로 고개를 돌렸다. 철수도 같은 방향으로 고개를 돌렸다. 바다의 파란색이 조금 더 짙어진 것 같았다. 갈매기 한 마리가 끼룩거리며 해안을 향해 날아갔다.

"술만 마셨어?"

"정말 이럴래."

"어려운 질문 아니잖아. 술만 마셨어?"

"안주도 먹었다. 어쩔래?"

"또 회피하네."

"야, 너는…… 아, 짜증나. 돌아갈래."

영희는 해변을 향해 몸을 돌리고 노를 젓듯이 팔을 휘둘렀다. 하지만 튜브는 물결을 타고 제자리에서 찰랑거릴 뿐이었다.

"그날 무슨 일 있었어?"

"무슨 일?"

"술 마시다 같이 잤다던가."

"미쳤어?"

영희는 반사적으로 소리쳤다.

"성주 오빠가 그래? 나랑 잤다고?"

"아니."

철수는 물에 불어 쪼글쪼글해진 영희의 발가락을 빤히 쳐다보았다.

"지 얘기 실컷 하다가 지나가는 말로 나한테 묻는 거야. 영희하고 계속 만나냐고. 그렇다고 하니까…… 씩, 웃더라고."

"그게 뭐!"

"씩. 그 웃음도 기분 나빴지만, 집에 오는데 좀 이상한 거야."

"뭐가?"

"그걸 굳이 왜 물었을까. 얼마 전에 너 만나서 술까지 마셨다면서. 당연히 너한테 들었을 텐데."

"나도 그렇게 얘기했어. 했다고. 아마 흘려들었겠지. 그 오빠 원래…… 아, 씨, 내가 왜 이런 설명까지 해야 되는 거지? 갈래. 해변에 데려다줘, 빨리."

영희는 튜브 위에서 신경질적으로 팔다리를 버둥거렸다. 하지만 물속에서 다리를 휘저으며 버티는 철수 때문에 튜브는 계속 제자리였다.

"두 달 새 무슨 일이 있었을 거라고 생각했나?"

"알 게 뭐야."

"괜찮으니까 솔직히 말해줘."

"말했잖아."

"잤니?"

영희는 몸을 틀어 철수의 뺨을 향해 손바닥을 날렸다. 철수는 눈을 감고 기다렸으나 튜브가 기우뚱하는 바람에 손은 허공을 갈랐다. 영희는 허둥지둥 튜브를 팔에 꼈다. 물결이 남실거리며 해변을 향해 미끄러져갔다.

"강철수, 너 이제껏 나를 그런 여자로 본 거야?"

"아니. 그런 여자 아니라고 봤는데 왜 굳이 비밀로 했는지 궁금해서 그래."

"비밀은 무슨, 네가 이딴 식으로 나올까 봐 얘길 안 한 거지."

"진작 얘기했으면 내가 이러지 않지. 무슨 일이 있긴 있었어?"

"아, 미치겠네. 너 정말 찌질하게 왜 이래!"

영희의 얼굴이 붉으락푸르락 달아올랐다. 철수의 얼굴은 창백하게 가라앉았다. 그 와중에 영희는 철수의 왼쪽 눈썹 끝자락에서 눈사람 모양으로 붙은 두 개의 작은 점을 발견했다. 저기에 저런 점이 있었네.

"명확히 밝히자는 게 왜 찌질한 거야. 감추고 거짓말하는 게 찌질한 거지. 난 진실을 알고 싶은 것뿐이야."

"진실은 무슨 진실! 우연히 길에서 대학 선배 만나 술 한잔한 게 단데."

"그걸 어떻게 믿지?"

"믿기 싫으면 믿지 마, 이 찌질이 새끼야."

"말 막 하네."

"너 옛날부터 성주 오빠한테…… 관두자, 관둬."

"뭘 관둬?"

"진작 말 안 한 건 미안한데, 난 이제 할 얘기 다 했어. 네 구질구질한 의심은 네가 알아서 처리해."

영희는 단호하게 팔짱을 꼈다. 복잡한 에스닉 패턴이 그녀의 가슴을 봉곳하게 모아 잡았다. 미로처럼 얽힌 패턴을 노려보던 철수는 물밑으로 튜브를 가로질러 반대편으로 나왔다. 영희는 팔짱을 낀 채 철수의 움직임을 곁눈질했다. 쪼글쪼글 주름 잡힌 손가락이 갈매기들을 어루만지며 튜브를 훑어갔다. 손가락은 그녀의 무릎 옆에 있는 공기 주입구에서 멎었다. 철수는 손톱 끝으로 공기 주입구를 빼내 마개를 열었다.

"야, 야, 너, 뭐 하는 거야."

영희가 놀란 눈으로 떠듬거렸다.

"처음엔 만났다는 말도 안 했다가……"

철수가 웅얼거리며 엄지와 검지로 공기 주입구를 납작하게 눌러 잡았다. 쉬, 소리와 함께 갇혀 있던 숨이 빠져나갔다. 영희가 손등으로 철수의 손을 밀쳐냈다.

"너 돌았어?"

철수가 다시 공기 주입구를 잡았다. 영희가 재차 밀쳐내려 했지만 힘이 잔뜩 들어간 철수의 손은 꿈쩍도 하지 않았다.

"그다음엔 커피 마시고 헤어졌다."

쉬.

"그다음엔 술 한잔."

쉬.

"정말이라니까!"

영희가 울상이 되어 소리쳤다. 철수는 무표정한 얼굴로 계속 웅얼거렸다.

"자꾸 말이 바뀌는데 어떻게 믿으라는 거야."

쉬.

"믿어줘, 제발. 맥주 두세 잔 마시고 헤어진 게 다라니까. 성주 오빠한테 당장 전화해서…… 아이, 씨, 폰 놓고 왔네."

"날 보고 씩 웃는데……"

쉬.

철수가 손가락을 오므릴 때마다 튜브는 휘파람을 불며 쪼그라들었다. 영희의 몸이 조금씩 물에 가라앉았다.

"야, 너 정말 왜 이래. 나보고 어쩌라는 거야?"

"계속 거짓말만 하고."

쉭.

"진짜라니까! 어떻게 해야 내 말을 믿겠어."

튜브는 물먹은 도넛처럼 흐물흐물해졌다.

"무슨 일이 있었기에 저러는 건지."

쉭.

"아무 일도 없었다고!"

"처음부터 왜……"

쉭.

"몰라, 나도!"

영희의 종아리가 물에 잠겼다. 바닷물이 튜브를 넘어와 도도록이 솟은 배꼽을 덮쳤다. 튜브 안에 남은 숨은 영희의 무게가 버거운지 그녀의 팔다리를 이리저리 피해 다녔다. 머리털이 뭉텅뭉텅 뽑혀 나가는 느낌. 손꼽아 기다리던 바캉스가 왜 이 모양이 된 거지? 여태 하늘은 저렇게 맑고, 여전히 바다는 이렇게 잔잔한데. 모든 게 다 지겨웠다. 바다도 하늘도 태양도 철수도…… 눈높이에서 너울거리는 파도를 바라보다가 영희는 눈을 질끈 감고 소리쳤다.

"그래, 잤다! 잤어! 그날 성주 오빠랑 모텔, 아니 호텔에서 신나게 뒹굴었다!"

철수가 퍼뜩 고개를 들었다. 영희가 바람 빠진 튜브에 앉아 울고 있었다. 시퍼런 바다 한가운데서. 철수는 물속에서 다리를 휘저으며 해변을 돌아보았다. 하얗게 부서지는 파도 속에 떠 있는 까만 머리통들이 볼펜으로 점을 찍어놓은 것처럼 조그맣게 보였다. 이렇게 멀리 왔나?

"됐냐! 됐어?"

영희는 두 손으로 얼굴을 감싸고 훌쩍였다. 여덟 평짜리 아늑한 보금자리로 빨리 돌아가고 싶었다. 선선하게 에어컨을 틀어놓고 새로 세탁한 침대 시트 위에서 빈둥거리고 싶었다. 종일 손가락으로 텔레비전 리모컨만 누르다가 배가 고프면 치킨을 시켜 먹고, 졸리면 바둑이 인형을 끌어안고……

"영희야, 영희야."

철수가 영희의 팔을 움켜잡았다. 영희는 팔을 뿌리치며 빽 소리를 질렀다.

"왜! 또 뭐!"

"영희야, 나 다리가…… 다리에 경련이, 쥐가 난 것 같아."

겁에 질린 얼굴이 영희를 올려다보고 있었다. 팔꿈치가 미끄러지며 철수가 물밑으로 출렁 가라앉았다. 다급하게 튜브를 잡아채는 바람에 튜브가 크게 흔들렸다. 영희는 비명을 지르며 반대쪽으로 몸을 기울여 균형을 잡았다. 철수는 턱걸이 하듯 튜브를 잡고 수면 위로 간신히 얼굴을 내밀어 숨을 쉬었다. 영희가 철수의 팔을 잡고 끌어올리려 했지만 바람 빠진 튜브 위에서는 힘을 쓸 수가 없었다.

"철수야, 발을 쭉 펴봐. 쭉."

"아, 안 돼. 다리가 말을 안 들어."

"진정해, 진정. 긴장해서 그래. 가만히 있으면 금방 풀릴 거야."

"영희야, 이상해. 다리에, 감각이 없어."

철수는 흐물거리는 튜브에 필사적으로 매달렸다. 물에 잠긴 갈매기들이 날개를 늘어뜨렸다. 영희는 이를 악물고 철수의 손목을 잡아당겼다. 바다가 기름띠로 덮인 것처럼 손이 미끄러웠다.

"철수야, 그냥 매달려 있어. 매달려서 기다리자, 우리."

"다리가 너무 무거워, 밑에서 누가 잡아당기는 거 같아."

"아, 제발……"

손아귀에서 철수의 손목이 빠져나갔다. 물이 튀었다. 튜브가 요동쳤다.

"철수야!"

영희가 물속으로 손을 뻗었지만 이미 닿을 수 없는 거리였다. 일그러진 철수의 얼굴 위로 파란 물결이 겹겹이 쌓였다. 벌어진 입에서 거품이 보글보글 올라왔다. 철수는 점점 작아지며 파랗게 물들어갔다. 영희는 물속에 얼굴을 담그고 다급하게 뭐라고 외쳤다. 그녀의 외침은 물거품이 되어 수면에서 터졌다.

새털구름을 거느린 옅은 파랑과 넘실거리는 짙은 파랑. 두 파랑 사이에서 영희는 홀로 튜브에 걸터앉아 있었다. 입으로

흘러드는 찝찔한 물이 바닷물인지 눈물인지 더 이상 분간되지
않았다.

"야, 장난치지 말고 빨리 나와!"

영희는 수평선을 휘둘러보며 소리쳤다.

"강철수!"

해가 설핏 이울었지만 아직은 대낮이었다. 안전 요원의 고무
보트는 여전히 부표 근처에 떠 있고 해변에는 사람들이 득시글
거렸다. 영희는 바닷물을 손으로 떠서 얼굴에 끼얹었다.

"정신 차리자, 신영희. 정신 바짝 차려야 해."

영희는 튜브 위에서 몸을 조금씩 움직여 공기 주입구가 겨드
랑이 사이에 오도록 했다. 천천히 목을 외틀어 공기 주입구를
입에 물었다. 가슴을 부풀려 숨을 들이마셨다가, 흐읍, 뺨이 홀
쭉해지도록 내뱉으면서, 후욱. 튜브만 있으면 두려울 거 없어.
흐읍, 후욱. 수영을 못해도 해변까지 갈 수 있어. 흐읍, 후욱.
튜브는 위대한 발명품이니까. 흐읍, 후욱. 튜브 속에서 철수의
숨과 영희의 숨이 뒤섞이며 쪼그라들었던 갈매기의 날개가 다
시 펼쳐졌다. 영희의 배꼽이 수면 위로 고개를 내밀었다.

"됐어. 이제 가라앉을 일은 없고, 저쪽으로 가면 돼. 팔다리
를 계속 젓기만 하면 되는 거야."

영희는 또박또박 혼잣말하며 스스로를 안심시켰다. 허리를
세우고 다리를 한쪽씩 조심스럽게 당겨 튜브 구멍 속으로 집어
넣었다. 발장구를 칠 수 있도록 튜브를 양쪽 겨드랑이에 끼고

엎드렸다.

"보기보다 가까울 거야. 아까도 금방 왔잖아."

해변에 몰려 있는 까만 머리통들이 하나로 뭉쳐 꿈틀거렸다. 저 속에 철수도 있겠지? 수영을 얼마나 잘하는데. 아까 봤잖아. 벌써 저만치 가서 나를 지켜보고 있을 거야. 강철수 너, 정말 죽을 줄 알아. 영희는 손으로 물살을 가르며 부지런히 다리를 저었다. 모래사장은 아주 조금씩 가까워졌다. 그대로인 것 같기도 하고. 점점 멀어지는 느낌도 들고.

"아니야, 긴장해서 그렇게 보일 뿐이야. 갈 수 있어. 갈 수 있어."

문득 영희의 귓가에 소리가 들려왔다. 전화벨 소리. 전화벨은 저 멀리, 모래사장 뒤쪽의 돗자리 밑에서 울리고 있었다.

2054년, 교통사고

1.

반달 모양으로 잘린 가을 하늘이 터널 출구에 액자처럼 걸려
있었다. 노란 중앙선을 가로지른 두 개의 검은 선이 허공에 매
달린 하늘을 향해 달려갔다. 몽롱한 나트륨등 불빛에 아스팔트
위에 흩어진 유리 파편이 날카롭게 빛났다.

허 반장은 타이어 자국이 끝나는 지점에 쪼그려 앉아 유리
파편 하나를 집어 들었다. 투명한 모서리를 타고 흐르는 붉은
핏자국. 너무나 오랜만에 보는 광경에 무심코 아름답다는 생각
을 했다. 최 형사가 다가와 허리를 숙이며 장난스럽게 거수경
례를 붙였다. 허 반장은 무릎을 짚고 몸을 일으켰다.

"교통사고란 말이야?"

"예. 하행하던 시포스가 중앙선을 넘어 맞은편에서 달려오던

볼보 트레일러를 정면으로 받았어요. 시포스 탑승자는 즉사했고, 트레일러 기사는 병원에 있는데 생명에는 지장 없답니다."

"그런데."

"예?"

"낼모레면 옷 벗는 말년한테 뭔 수사 지휘를 하라는 거야?"

"헤어지기 아쉬운가 보죠. 마지막 조커 사건도 반장님이 담당했고."

"조커야?"

"아직 모릅니다. 시포스 탑승자의 신원을 조사 중이에요. 사고 차량은 TCC로 옮겼는데 블루박스까지 걸레가 된 상태라 걔들도 한숨을 쉬던데요."

허 반장은 중앙선을 가로지른 타이어 자국을 따라 천천히 걸음을 옮겼다.

"급브레이크를 밟으며 중앙선을 넘은 후 정확히 반대편 1차선을 따라 다시 급가속. 스키드 마크가 너무 깨끗한데."

"무슨 마크요?"

최 형사가 뒤를 따르며 물었다.

"스키드 마크. 급제동이나 급출발할 때 타이어가 밀리는 자국. 당시의 주행 속도와 핸들 조작을 추정할 수 있지. 교통사고 조사의 기본이야."

"그런 거야 센터에 수치로 다 나와 있잖아요."

허 반장은 타이어 자국이 시작된 지점에서 걸음을 멈췄다.

"발음이 폼 나잖아, 스키드 마크."

"어쨌든 의도적으로 역주행을 해서 박은 거네요. 블루박스를 뚫는 조커가 나왔다면 꽤나 시끄러워지겠는데요."

"블루박스 자체의 문제라면 시끄러운 정도가 아니겠지."

허 반장과 최 형사는 터널 맞은편의 잘린 하늘을 바라보았다.

"교통사고라니…… 이게 몇 년 만입니까?"

2.

하늘색 이불이 판판하게 펼쳐진 싱글 침대, 야생동물 피규어들이 늘어선 철제 선반, 책상 위에는 녹색 뱅커 스탠드와 노트북 한 대가 전부였다. 주방 수납장에는 흰색 코렐 식기 세트가 막 꺼낸 것처럼 크기별로 차곡차곡 쌓여 있었다. 단출하게 사는 싱글남이라면 누가 들어와도 그럭저럭 어울릴 원룸 풍경이었다. 누구도 이곳이 실제 자신의 방임을 입증하기는 쉽지 않겠지만.

"하민준, 38세, 미혼, 서울대공원 동물원 육식동물팀 사육사. 여기서 월세로 6년째 거주 중입니다."

최 형사는 서랍에 가지런히 개켜놓은 양말을 뒤적이며 말을 이었다.

"이웃들 얘기론 조용하고 착실했다네요. 동물원에서도 우수 직원 표창을 받을 정도로 성실했다고 하고. 특이 사항은 그 성실한 직원이 직무 태만으로 1개월 정직과 3개월 감봉 처분을 받은 상태라고 합니다."

허 반장은 선반에 놓인 정교한 캥거루 피규어를 들여다보았다. 새끼 캥거루가 주머니에서 고개를 내밀고 경계하는 눈빛으로 그를 주시했다.

"무슨 직무를 태만히 했다는 거야?"

"호랑이 먹이를 안 챙겨줬대요."

"밥을 안 주면 쓰나, 걔들도 먹고살자고 하는 짓인데. 조커 혐의는?"

"아무래도 그쪽은 아닌 것 같은데요. 해킹은커녕 기계치에 가까웠다고 합니다. 전공이나 이력도 엮을 게 없고, 차는 거의 출퇴근용으로만 썼다는데……"

최 형사는 휑한 벽을 휘둘러보았다.

"하다못해 레이싱 걸 사진이라도 하나 붙어 있어야 물고 늘어지죠."

"이쪽도 깨끗합니다."

노트북을 살피던 사이버수사대 소속 경장이 몸을 돌리며 말을 받았다.

"센터 블랙리스트와는 무관하고 관련 단체에 기웃거린 흔적도 없습니다. 해킹이나 블루박스 관련 검색어조차 입력한 적이 없어요. 이메일은 업무용 아니면 스팸. 컴퓨터가 너무 깨끗한데요. 일부러 정리를 한 건지, 동물들 사진 빼고는 하드가 텅텅 비었습니다."

"잘 뒤져봐. 원래 진정한 또라이는 티가 안 나는 법이야."

말은 그렇게 했지만 허 반장도 방의 주인이 조커가 아니라는 것쯤은 대번에 눈치챘다. 생활공간은 직접 만나는 것보다 그 사람에 대해 더 많은 것을 귀띔해주는 법. 방에 들어설 때부터 위반을 모의하는 불온한 기운 따윈 감지되지 않았다. 기계 쪽인가? 그렇다면 정년을 코앞에 둔 수사과 경위가 할 일은 별로 없었다. 아이큐 높고 연봉 높은 센터의 연구원들이 머리 맞대고 해결하면 그만일 테니.

허 반장은 죽은 막내아들의 집 열쇠를 내주던 노모의 주름진 손이 떠올랐다. 외형만 빚고 아직 영혼을 불어넣지 않은 듯 멍한 얼굴. 까만 눈동자가 문장 중간에 찍힌 마침표처럼 덩그마니 매달려 있었다. 허 반장에게는 익숙한 표정이었다. 교통조사계에서 경찰 생활을 시작하던 시절, 불시에 불려 나온 교통사고 유가족들은 그런 얼굴로 복도의 딱딱한 나무 의자에 앉아 있곤 했다. 시속 150킬로미터로 달려와 정면충돌하는 불행은 그 충격을 가늠하기가 쉽지 않았다. 며칠 후 결혼을 앞둔 약혼녀가, 막 대학에 입학한 외동아들이, 시골에서 상경하던 부모님이 홀연히 사라졌다는 사실은 그들에게 수수께끼에 가까울 터였다. 그 텅 빈 눈빛을 덤덤히 받아넘길 수 있게 되면서부터 허 반장은 자신이 아주 오래 살 것 같다는 지루한 예감이 들었다.

"호랑이 밥 한 번 안 줬다고 감봉에 정직은 너무한 거 아냐? 표창까지 받은 직원한테."

"그렇긴 해요."

허 반장은 냉장고를 열고 들여다보다가 사이다 캔 하나를 꺼냈다.

"최 형사, 동물원 가본 게 언제야?"

"까마득하죠. 정호 엄마하고 알콩달콩하던 시절이니까."

"제수씨하고 한번 가서 잃어버린 감성을 찾아봐. 솜사탕 먹으면서 코끼리도 보고 기린도 보고, 간 김에 하민준이 최근에 이상한 점은 없었는지 알아보고."

최 형사는 손가락으로 코끝을 갉작였다.

"그럴 필요까지 있을까요? 어차피 조커가 아니라면 블루박스 쪽에서 원인을 찾아야 할 텐데."

허 반장은 캔의 플립을 젖히고 사이다를 시원하게 한 모금 들이켰다.

"궁금하잖아. 죄 없는 호랑이를 왜 굶겼는지."

3.

TCC(Traffic Control Center) 중앙 관제실. 어스레한 홀에

50여 명의 직원들이 헤드셋을 쓰고 앉아 분주하게 손과 입을 놀렸다. 정면 벽을 온통 차지한 LED 전광판 불빛에 물들어 직원들은 필요 이상으로 창백해 보였다. 전광판에는 서울 내외곽의 주간선도로들이 대동맥처럼 퍼져 있고 그 사이사이로 보조간선도로와 집산도로, 국지도로들이 모세혈관처럼 얽혀 있었다. '정체'를 뜻하는 빨간색 흐름은 차량 분산을 통해, '한산'을 뜻하는 파란색 흐름은 차량 유입을 통해, 도로들은 끊임없이 보라색으로 수렴되어갔다. 암호 같은 숫자와 알파벳 이니셜이 전광판 아래쪽을 쉼 없이 가로질렀다. 홀 뒤편, 유리 벽으로 가로막힌 서버실 안에서 헤르메스가 이 모든 장면을 지켜보고 있었다.

허 반장은 관제실 2층 난간에 기대서서 기억을 더듬어보았다. 마지막 조커가 바다로 뛰어든 게 벌써 14년 전. 교통사고는 그에게도 흐리마리하게 지워져가는 구시대의 불순물이었다. 예상보다 빠르게 5단계 완전 자율 주행 시대가 열리면서 사람들은 직접 운전할 필요가 없어졌다. 목적지만 입력하면 게임을 하거나 책을 읽거나 잠을 자는 사이 차량이 가장 빠른 경로를 설정하고 알아서 찾아갔다. 이동 시간을 효율적으로 사용할 수 있게 되었을 뿐 아니라 음주 운전이나 졸음운전 같은 위협적인 단어가 사라졌다.

자율 주행 차가 보편화되자 자연스럽게 또 하나의 발상이 뒤따랐다. 인공지능에 의해 움직이는 개별 차량들을 전부 네트워

크로 묶으면 더욱 효율적인 운행이 가능하지 않을까? 이 발상이 현실화되면서 교통의 역사에 일대 혁신이 일어났다. 경찰청 직속으로 TCC가 신설되고 자동차 원격 제어 시스템에 관한 도로교통법 개정안이 발의되었다. 도로 위에 나온 모든 차량의 최적 경로를 매 순간 산출할 수 있는 엑사플롭스급 슈퍼컴퓨터 헤르메스가 등장했기에 가능한 일이었다.

처음에는 반발이 만만치 않았다. 수동 운전을 고수하던 아날로그 마니아들은 개인의 자유를 부르짖었고, 자율 주행에 의지하던 대다수 시민 역시 자신의 차를 정부 기관이 제어한다는 사실에 막연한 거부감을 보였다. 격렬한 갑론을박 끝에 국민투표까지 거쳐 '스마트 로드Smart Road 프로젝트'의 6개월 시범 운영이 결정되었다. 도로를 '이용자 균형User Equilibrium'에 맡겨두지 않고 하나의 시스템이 전체 도로의 최적 패턴을 설계하는 '시스템 최적System Optimum'의 꿈. 세계 최고 수준의 IT 기술과 좁은 국토라는 이점을 내세워 획기적인 실험을 시작한 한국에 전 세계의 이목이 쏠렸다.

결과는 대성공이었다. 정밀한 교통량 분산과 유령 체증의 해소로 전 도로에서 평균 통행 속도가 20퍼센트 이상 증가했고 교통사고는 완전히 사라졌다. 시간과 안전이라는 확실한 성과 앞에서 이의를 제기하는 목소리는 힘을 잃었다. 불완전한 인간이 초래하던 오차를 헤르메스가 말끔히 지워버린 것이다.

멍하니 전광판을 바라보고 있는 허 반장에게 빳빳한 정복 차림의 경장이 다가왔다.

"특별수사팀에 합류한 이시형 경장입니다. TCC 기술분석팀 선임연구원으로 있습니다."

거수경례를 하는 매끄럽고 하얀 손가락은 경찰이라기보다는 피아니스트를 연상시켰다. 이 경장은 들고 있던 태블릿 PC를 내려다보며 설명에 들어갔다.

"데이터에 따르면 EG-401은 강원도 고성으로……"

"가해 차량 말인가?"

"예. 고성으로 향하는 중이었습니다. 탑승자는 목적지를 '푸른 바다'라고만 말했더군요. 11시 18분에 탑승했고, 사고 지점까지는 설정된 경로를 따라 정상적으로 운행되고 있었습니다. 그런데 터널 진입 후 217미터 지점에서 급정거를 하며 중앙선을 침범했습니다. 헤르메스가 즉시 경로 복귀를 지시했지만 EG-401은 이를 무시하고 시속 158킬로미터까지 급가속해 맞은편에서 오던 SE-854를 들이받았습니다."

"블루박스에서는 뭐가 나왔나?"

"아직 복원 작업 중입니다. 사실 블루박스에 결함이 있다고 해도 최악의 상황은 주행 중에 멈추는 정도인데, 이번 케이스는 경로를 이탈한 후에도 차량을 완벽하게 제어했고……"

태블릿 PC를 내려다보는 이 경장의 미간이 살짝 찌푸려졌다.

"이해가 안 됩니다. 중앙선을 침범할 때에도, 충돌하는 순간까지도 헤르메스에 아무런 이상 신호를 보내지 않았습니다. 기

록만 보면 EG-401은 자신이 계속 정상적으로 운행되고 있다
고 인지한 상태에서 충돌한 거죠."

"기술적으로, 그 상태를 유지하면서 블루박스를 해킹해 수동
으로 운전하는 게 가능한가?"

이 경장의 미간이 조금 더 찌푸려졌다.

"그건 뇌가 아픔을 느끼지 못하는 상태에서 눈알을 뽑아내는
것과 같습니다. 게다가 뽑아낸 후에도 앞이 보여야 한다는 거
죠."

"어따, 비유도 살벌하게 드네."

"현재로선 저희 기술분석팀 연구원을 총동원해도 불가능합
니다. 저희가 상상하지 못한 새로운 해킹 툴을 개발했다면 모
를까. 사망자가 관련 분야 전문가였나요?"

"동물원 사육사였어."

이 경장은 다소 실망한 표정이었다. 허 반장은 새끼손가락으
로 귓구멍을 후비며 중얼거렸다.

"사람도 아니라 하고, 기계도 아니라 하고."

"기술적인 부분은 철저히 검증하도록 하겠습니다. 헤르메스
가 뚫린다는 건……"

이 경장은 서버실 유리 벽을 향해 고개를 돌렸다. 은빛 철갑
뒤에서 수백 개의 푸른 램프가 아르고스의 눈처럼 끔벅였다.

"있을 수 없는 일이니까요."

2천만 대가 넘는 차량으로부터 운행 정보를 받아 전체 도로

의 교통량을 예측하고, 개별 차량의 최적 경로와 속도를 설정해 운행 지시를 내리고, 수시로 보내오는 신호를 분석해 돌발 상황에 대처하는 일을 혼자 도맡아 처리하는 헤르메스. TCC의 알파이자 오메가인 녀석에게 전령의 신, 여행자의 신의 이름은 결코 과분하지 않았다. 그런데 일개 소형 승용차가 시속 158킬로미터의 속도로 달려들어 신의 권능에 흠집을 낸 것이다.

4.

"직장에서도 똑같은 얘기만 하네요. 조용하고 착실했다고. 9년간 근무하면서 결근 한 번 하지 않았고 동료들과도 원만하게 지냈답니다."

최 형사는 큐 끝에 초크를 칠하며 당구대 위의 공들을 노려보았다.

"사육사 업무라는 게 맡은 동물이 다르면 서로 부딪칠 일이 별로 없나 봐요. 다들 좋은 사람이었다곤 하는데 깊이 아는 것 같진 않더라고요. 사내 동호회에도 가입하지 않았고 가끔 술자리에 얼굴을 비치긴 했지만 맥주 두세 잔 마시는 정도였답니다. 반장님, 이거 점심 내깁니다. 쿠션 딱 떴어요."

최 형사는 싱글거리며 마지막 샷을 날렸지만 당구대를 한 바퀴 돌아온 흰 공은 두번째 빨간 공을 아슬아슬하게 비껴갔다.

"호랑이는 토끼 한 마리를 잡을 때에도 최선을 다하는 법이야."

"사자 아닙니까?"

"사자나 호랑이나."

허 반장은 큐를 들고 당구대로 다가갔다.

"그 호랑이 박해 사건은 어떻게 된 거야?"

"그게 좀 이상해요. 역시 징계가 과하다 했는데, 처음이 아니었답니다."

최 형사는 자신이 들은 얘기를 상세하게 옮겼다. 동물원에는 네 살짜리 백호(白虎)가 한 마리 있었다. 백호는 상서로운 영물로 대접받지만 생물학적으로는 열성 유전자끼리 결합해 태어나는 변종일 뿐이었다. 일반 호랑이와 신체적인 차이는 없으나 눈에 잘 띄는 털 색깔이 사냥꾼으로선 치명적인 약점이었다. 때문에 야생에서는 살아남기 어렵고 동물원의 스타로 근근이 명맥을 유지했다. 서울대공원에서도 백호를 다른 호랑이들과 격리하여 관리했는데 녀석의 담당 사육사가 하민준이었다.

그가 백호의 먹이를 건너뛴 게 적발돼 팀장에게 주의를 받을 때만 해도 동료들은 대수롭지 않게 넘겼다. 별도로 관리하다가 생긴 실수일 거라고. 하지만 성실한 직원의 실수를 미심쩍게 여긴 팀장이 CCTV를 검사했고, 거기엔 하민준이 수차례 백호의 먹이를 절반 이상 버리는 장면이 찍혀 있었다. 그는 팀장의 추궁에 어떠한 변명도 하지 않았다. 원장까지 나서서 하민준을 면담했으나 묵묵부답, 결국 중징계를 받았다.

"그런데 거기 경비원 하나가 희한한 얘기를 해주더라고요."

허 반장은 공을 치려다 말고 최 형사를 돌아보았다.

"지난주에 야간 순찰을 돌다가 실내 사육장에 있어야 할 백호가 야외 방사장에 나와 있는 걸 발견했답니다. 당직 사육사에게 연락해서 녀석은 사육장으로 돌려보내졌죠. 그런데 경비원 말이 백호를 발견할 당시 그 옆에 뭔가가 있었다는 거예요. 거리가 멀긴 했지만 분명 벌거벗은 사람의 형체였답니다. 그자가 겁도 없이 백호의 콧잔등을 때리고 옆구리에 발길질을 하고, 백호는 귀찮다는 듯 으르렁거리며 뒤로 웅크리기만 하고. 보름달 밑에서 그런 광경이 펼쳐지는데 무슨 호러 영화를 보는 줄 알았대요. 놀라서 손전등을 비추며 소리치자 그 형체는 방사장 뒤쪽으로 달아났죠. 경비원은 자기가 허깨비를 본 것도 같고 괜히 문제가 커질까 봐 입을 다물었는데, 생각해보니 그 벌거벗은 사람이 죽은 하민준과 체구가 비슷했다는 겁니다."

허 반장은 큐에 몸을 지탱하고 서서 잠시 생각에 잠겼다.

"고대 로마에서는 말이야, 맹수를 검투사와 싸우게 할 때 야성을 자극하려고 며칠씩 굶겨서 내보냈지."

"하민준이 백호와 검투사 놀이를 하고 있었다는 건가요?"

허 반장은 당구대 위로 허리를 숙이고 자세를 잡았다.

"검투사라면 알몸으로 들어가지 않았겠지."

휴게실 문이 열리고 정복 차림의 이 경장이 들어섰다. 실내를 둘러보던 그는 허 반장을 발견하고 빠른 걸음으로 다가왔다.

"반장님, EG-401 데이터 복원 결과가 나왔습니다."

"잠깐, 이것만 치고. 마지막 쿠션이야."

"안 됩니다."

이 경장의 단호한 목소리에 허 반장은 엉거주춤 고개를 들었다.

"그렇게 치면 키스가 납니다. 대회전으로 돌리는 게 더 확실합니다."

이 경장은 허 반장에게 길을 알려주고 정확한 당점과 힘 조절까지 조언해주었다. 흰 공과 쿠션 사이를 절묘하게 통과한 노란 공은 당구대를 한 바퀴 반 돌아 두번째 빨간 공을 맞혔다. 최 형사의 얼굴이 일그러졌다.

"당구는 방정식입니다. 제대로 문제를 풀면 언제나 단 하나의 답이 나오죠."

이 경장은 무뚝뚝한 수학 교수처럼 말하고 태블릿 PC를 내밀었다. 허 반장은 방정식, 하고 중얼거리며 PC를 받았다.

"데이터만 보자면 블루박스의 기능에는 전혀 이상이 없었습니다. 자체 방어 시스템이 정상적으로 작동 중이었고 외부에서 해킹한 흔적도 없습니다. 목적지 외에는 다른 지시 사항이나 대화도 일체 입력되지 않았고요. 도무지 납득이 가지 않습니다. 설정된 경로를 이탈해 역주행을 하면서 헤르메스에 아무런 이상 신호를 보내지 않았다는 게."

"붙잡고 취조라도 해야 되나."

"일단 블루박스의 부품을 하나씩 분해해서 점검하고 있습니다. 극히 희박하긴 하지만, 부품의 물리적 결함이 인공지능의 판단에 착란을 일으켰을 가능성도 배제할 수 없으니까요. 인간으로 치면 일시적 정신 질환 같은 거죠."

허 반장은 초크 가루가 묻은 손가락으로 화면을 스크롤하며 빽빽하게 나열된 문자와 그래프와 수치 들을 훑었다.

"사고 당시 노래를 틀어놓고 달렸네. 「Sirens of the Sea」, 오션랩. 야, 이거 옛날 노랜데. 하민준이는 '푸른 바다' 외에는 아무 말 안 했다며."

"블루박스가 탑승자의 기분에 맞춰 스스로 음악을 틀기도 하니까요."

"그래?"

"모르셨어요?

"내 차에 있는 놈은 안 그러던데."

"평소에 음악을 안 들으셨던 모양이네요. 탑승자의 음색과 체온, 호흡으로 심리 상태를 감지하고, 이전 재생 목록이나 탑승자의 SNS 데이터를 바탕으로 선곡하는 거죠."

"방정식처럼."

"노래에 무슨 문제라도……"

"아니, 취향이 독특한 블루박스 같아서."

허 반장이 생각에 잠겨 있는 동안 이 경장은 꼿꼿이 서서 추가 지시를 기다렸다.

"한 게임 할 텐가? 점심은 우리 최 형사가 살 거고, 저녁에 맥주 내기 어때?"

이 경장은 근무 중인데, 하고 중얼거리며 제복 소매를 걷어 올렸다. 최 형사는 입을 꾹 다물고 당구대 위의 공들을 그러모았다.

5.

"오션랩, 「Sirens of the Sea」."

계기판에 장착된 블루박스가 푸른 눈을 깜빡였다.

"웬일이세요, 노래를 다 요청하시고. 반장님 오늘……"

"쉿!"

허 반장은 의자를 뒤로 젖히고 눈을 감았다. 몽환적인 신시사이저 반주 위로 여성 보컬의 나른한 음색이 겹쳐졌다.

　　내 손을 잡아요 내 손을 잡아요 내 손을 잡아요
　　나를 따라와요 나를 따라와요 우리 함께 가요
　　모래사장으로 모래사장으로 가장 순수한 모래사장으로
　　바닷속으로 바닷속으로 우리 함께 가요

TCC 초창기부터 많은 이단이 신의 권능에 도전했다. 좋건 싫건 세상에는 늘 그런 사람들이 존재한다. 모든 차량이 한 마리 뱀의 비늘처럼 가지런히 뭉쳐 전진하는 것을 참지 못하는. 이들은 온갖 수단을 동원해 자신의 차와 센터 사이의 네트워크를 끊고 수동 운전으로 질서 정연한 대열을 헤집었다. 이 폭주족들에게는 '조커'라는 이름이 붙여졌다. 네 개의 문양, 열세 개의 숫자 어디에도 속하지 않는 열외의 카드, 불확실성을 신봉하는 배트맨의 천적. 조커들이 난폭 운전으로 크고 작은 사고를 일으킬 때마다 센터의 전광판에는 붉은 피딱지가 엉겨 붙었다.

전체 차량을 일사불란하게 통제해야 하는 센터 입장에서 조커들은 여간한 골칫거리가 아니었다. 무방비로 피해를 입는 시민들이 늘어갈수록 시스템 자체에 대한 회의론이 대두되었다. 센터는 해킹당할 때마다 업그레이드된 방패를 내놓았고 새로운 창으로 이를 뚫는 조커는 그들 세계에서 영웅으로 군림했다. 한동안 공방이 계속됐지만, 애당초 승부가 정해진 대결이었다. 센터는 막대한 예산으로 IT 분야의 우수 인력들을 쓸어모아 시스템에 이중 삼중으로 철책을 둘렀고, 국회는 여론을 등에 업고 해킹에 대한 처벌을 강화해갔다. 시간이 지날수록 조커의 저항은 한계에 부딪쳤다.

저 바다 끝 너머
산호 절벽을 지나 멀리
다이아몬드가 춤추는 듯한 불빛 아래
저 깊은 곳에서부터 세상을 쫓아가요
조용히 잠든 쪽빛 바다
끝없는 밤으로 계속 떠내려가요

TCC의 승리가 공인되고 여론이 잠잠해지던 시점에 마지막 조커가 나타났다. 그녀는 센터의 철옹성 같은 방어 시스템 구축에 참여한 엘리트 연구원이었다. 재규어 컨버터블을 몰고 동해안 해안 도로를 달리던 그녀는 헤르메스와의 통신을 차단한 후 시속 180킬로미터의 속도로 가드레일을 뚫고 나갔다. 미끈한 은빛 재규어가 한 마리 갈매기처럼 날았다고, 갯바위에서 소주를 마시던 낚시꾼은 진술했다. 그녀가 차와 함께 바닷속에 가라앉았기 때문에 해킹 방법은 알려지지 않았다. 하지만 숨죽이고 있던 조커들은 새로운 여전사의 등장에 흥분했고 언론은 연일 자극적인 기사로 센터를 성토했다.

인간이라면 자신의 연구원조차 믿을 수 없게 된 센터는 또다시 엄청난 예산을 쏟아부어 최후의 방어막을 쳤다. 헤르메스의 운행 지시만 이행하던 기존의 인공지능을 자체 방어 시스템을 갖춘 블루박스로 대체한 것이다. 블루박스는 차량 내외부에서 발생하는 일체의 이상 징후를 헤르메스에 전송했는데 여기에는 위험한 단어가 섞인 탑승자의 대화도 포함됐다. 주행 중 해킹 시도가 감지되면 즉시 안전지대에 차를 세운 후 센터의 기동대가 올 때까지 엔진을 봉쇄했다. 목적지 입력 외에는 탑승자보다 헤르메스의 지시를 우선시하게 설정되었으며, 물리적 파괴 시도에 대해서는 탑승자를 전기 충격으로 기절시키는 은밀한 기능까지 구비했다. 명목상으로는 차량을 스스로 점검하고 관리하는 업그레이드 버전의 장착이었지만 실제로는 차량마다 센터의 직원을 한 명씩 파견한 셈이었다.

블루박스의 등장 이후 단 한 건의 해킹 사례도 보고되지 않았다. 철통 같은 방어막의 효과만은 아니었다. 블루박스의 또 다른 핵심 기능은 '대화'였다. 빅 데이터를 활용한 통계적인 응대가 아닌 진심 어린 대화. 4세대 인공지능이 탑재된 블루박스는 상대의 심리에 따른 다양한 정서 반응이 가능했으며, 지속적인 상호작용을 통해 탑승자에게 적합한 동반자가 되도록 스스로를 디자인했다. 가족이나 친구와 하기 힘든 얘기도 스스럼없이 털어놓을 수 있는 나의 분신, 언제나 내 편이 되어주는 차 안의 비밀 요정이 새로운 트렌드로 자리 잡았다. 사람들은 밀폐된 사적 공간에서 해킹의 스릴보다는 충직한 전자두뇌와의 교류를 즐겼다. 조커는 궤멸된 게 아니라 교화되어 자취를 감춘 것이었다.

이성은 저 멀리 던져버려요

여기선 잔인한 것도 친절한 것도 없어요
나를 자유롭게 하려는 그대의 갈망만 있을 뿐
여기에 우리끼리만 누워요
강가의 돌멩이처럼 닳아서
우리는 바다의 세이렌이 되는 거예요

노래를 흥얼거리던 허 반장은 실눈을 떴다. 블루박스는 몽환
적인 리듬에 취한 듯 파란 눈을 무겁게 끔뻑이고 있었다. 자신
과 짝지어지는 바람에 과묵하고 어수룩해진 녀석이 조금은 안
쓰러웠다. 어쩌겠냐, 그게 팔자라는 거다. 허 반장은 오래전 교
통조사계 시절을 떠올렸다. 파괴의 현장을 찾아다니며 악다구
니와 통곡을 몸으로 받아내야 했던 시절을.

6.

센터의 차량 보관소. 검은색 시포스는 집단 린치를 당한 듯
한 몰골이었다. 앞 유리에는 하민준의 머리통 크기로 추정되는
동그란 구멍이 뚫렸고 거미줄 같은 파열 흔적이 구멍을 중심으
로 퍼져나갔다. 유려한 곡선을 자랑했을 보닛은 날카로운 예
각으로 구겨졌고 엔진 룸 내부에는 잘린 호스가 뱉어낸 시커먼
오일이 말라붙어 있었다. 교통사고가 사라진 후 안전성은 더

이상 차량의 성능을 가름하는 요소가 아니었다. 자동차 제조사들은 연비를 높이기 위해 차체에 강판을 줄이고 플라스틱 소재의 비중을 높였다. 차는 더 적은 연료로 더 오래 달릴 수 있게 되었고 더 연약해졌다.

납작하게 짜부라진 운전석을 들여다보며 허 반장은 과거 숱하게 보았던 만신창이 몸뚱이들을 떠올렸다. 늑골을 향해 달려드는 운전대, 칼날처럼 절단된 프레임, 운전석으로 돌진하는 실린더 블록, 적재함에서 튕겨 나온 H빔 철근, 보닛을 타고 덮치는 덤프트럭 타이어, 작은 불꽃을 기다리는 휘발유 웅덩이…… 사신으로 돌변한 차량은 인간의 존엄성에는 관심이 없었다. 질주의 끝에서 맞닥뜨린 찰나의 충격을 탑승자들과 아낌없이 공유할 뿐이었다. 함께 부서지고 뒤섞이면서. 생명이란 요소만 배제한다면 그건 차라리 교감에 가까웠다.

허 반장은 차량 주위를 천천히 한 바퀴 돌아본 후 너덜너덜한 범퍼 앞에 한쪽 무릎을 꿇고 앉았다. 사고의 진실을 알고 있는 건 오직 이 녀석뿐이었다. 한때 EG-401의 육체였으며 한 사내의 관짝이 되었고 또 다른 사내를 덮친 흉기. 허 반장은 가느다란 전선에 매달려 있는 헤드라이트를 제자리에 밀어 넣고 흉하게 일그러진 보닛을 손바닥으로 쓰다듬었다. 어이, 도대체 왜 이런 짓을 한 거야? 보닛이 종잇장처럼 접혀 안쪽 면이 노출된 부분에서 손이 멎었다. 검은색 페인트 아래로 은회색 표면이 살짝 드러나 보였다. 너, 옷을 갈아입었구나.

TCC의 설립은 사망 원인 통계에도 변화를 가져왔다. 급격한 개체 증가를 경계한 생태계의 조화일까? 교통사고가 빠져나간 자리를 자살이 빠르게 메웠다. 많은 사람이 아무런 징후도 없이, 유서조차 남기지 않고 홀가분하게 죽어갔다. 환경 단체에서는 대기오염에 의한 일조량 부족을 원인으로 지목했고 야당은 빈부 격차에 의한 상대적 박탈감 때문이라며 여당의 정책 실패를 규탄했다. 정신과 의사들은 현대인의 만성화된 우울증에 우려를 표했고 유교 단체에서는 결혼 기피로 인한 가족의 붕괴를 한탄했다. 원인이야 어찌 됐든 이러한 자살 열병은 앞으로 가장 큰 사회 문제가 될 거라고 모두들 입을 모았다.

가장 먼저 문제를 절감한 쪽은 경찰 강력계였다. 자살과 타살을 구분해주는 결정적 단서인 유서가 없으니 자살이라는 확증이 나올 때까지 모든 사망 사건을 철저히 수사해야 했다. 강력계 업무량이 폭발적으로 늘어났다. 경찰청 주도로 '자살은 유서와 함께' 같은 캠페인을 벌여야 하는 것 아니냐는 볼멘 농담이 나왔고 몇몇 간부는 이를 진지하게 받아들이기도 했다. 자살은 꾸준히 사망률을 낮춰가는 암과 심장 질환을 제치고 수년째 한국인 사망 원인 1위의 자리를 굳건히 지켰다. 사람들은 자신이 죽고 싶을 때, 죽고 싶은 곳에서, 마음에 드는 방법으로 죽음을 선택했다. 죽음에 있어서만큼은 불확실성의 문제가 상당 부분 해소된 셈이었다.

때문에 사고 차량의 이전 소유주 두 명이 모두 자살했다는 사실을 허 반장은 그다지 놀라운 우연으로 받아들이지 않았다. 출근길 지하철에서 봤던 사람을 퇴근길 지하철에서 다시 만나는 정도의 확률.

은회색 시포스의 첫번째 주인은 강연과 교회 봉사 활동으로 소일하던 전직 영문학과 교수였다. 그녀는 차 앞 유리에 붉은 립스틱으로 바이런의 시 한 구절을 휘갈겨놓고 운전석에 앉아 얼음송곳으로 자신의 심장을 찔렀다. "For the sword outwears its sheath,/And the soul wears out the breast(칼은 칼집을 닳게 하고,/영혼은 가슴을 해지게 한다)."

중고 시장에 나온 시포스를 싼값에 구입해 검은색으로 도색한 이는 프로야구 2군 선수였다. 그는 한밤중에 구단 연습장의 배팅 케이지 안에 기대앉은 채 발견됐다. 만취 상태였고 피칭 머신에서 최고 속도로 튀어나오는 야구공이 그의 얼굴을 계속 짓이기고 있었다. 차는 바로 옆에 주차돼 있었다고 한다.

두 건 모두 수사 결과 자살로 판명돼 파일에는 사실 관계만 간략히 정리돼 있었다. 허 반장은 사무실 책상에 앉아 사건 현장 사진을 한 장 한 장 들여다보았다. 정해진 경로를 규정 속도로 달리다가 선명한 스키드 마크를 찍어놓고 사라진 노교수와 야구 선수를.

7.

예, 제가 발견했어요. 보육원 재롱 잔치에 함께 가기로 한 날
이었는데…… 저한텐 그날 아침이 아직 트라우마로 남아 있어
요. 물론 저뿐만 아니라 다들 충격이었죠. 다른 분도 아닌 손
교수님이 자살을…… 정말 믿기 힘들었어요. 인자하시고 겸손
하시고 잔정 많으시고, 늘 한결같은 분이었는데. 영문과에선
수강 신청 경쟁이 치열한 인기 강좌였어요. 실력과 인성을 겸
비한 교수님은 흔치 않거든요. 제가 조교로 모실 때부터 노년
의 롤 모델로 삼았죠. 아드님 내외분은 애리조나 주립대 교수
로 재직 중이고, 사부님이 좀 일찍 돌아가시긴 했지만 남부러
울 게 없는 집안이었어요. 두 분이 옥스퍼드 유학 시절에 만나
신 걸로 알고 있는데, 그 애긴 잘 안 하시더라고요. 사별 후부
터 더욱 연구에만 매진하셨다고 들었어요. 책도 많이 내시고,
영국 낭만주의 분야에서는 국내 톱이셨죠. ……예, 그게 교수
님 전공이에요. 정말 다시 생각해도 믿기지가 않네요. 전혀 그
런 내색을 안 하셨거든요. 아, 그런데…… 아뇨, 별일은 아니
고…… 그땐 말하기가 좀 그래서 경찰에 진술하진 않았어요.
경황도 없었고. 근데 시간이 지나면서 자꾸 교수님 그 모습이
떠오르는 거예요. 정말 별일 아닌데…… 그 사건 전날에 교수
님과 아이들 나눠 줄 선물을 사러 외출했거든요. 쇼핑을 마치
고 날씨가 너무 좋아서 근처 공원에 들렀죠. 느긋하게 장미 정

원을 산책하는데 만삭의 임산부가 벤치에 앉아서 쉬고 있더라고요. 하얀 임부복을 입은 예비 엄마가 동그란 배를 받쳐 안고 해바라기하는 모습이 참 아름다워 보였어요. 교수님도 저도 고개를 돌려 눈인사를 건네며 지나갔죠. 그런데, 아, 이 얘길 해도 되나…… 갑자기 그런 소리가 들리는 거예요. 꼭 무덤 같네. 설마 교수님이 하신 말이라곤 상상도 못 했죠. 어떻게 임산부의 배를 보고…… 근데 틀림없는 교수님 목소리였어요. 당황해서 돌아보니 교수님은 고개를 숙이고 혼자 빙긋이 웃으시더라고요. 그 표정이 지금도 생생해요. 너무나 평화롭게, 빙긋이.

참 아까운 놈이었는데. 공은 빠르지 않았지만 제구가 좋고 배짱이 두둑했어요. 내가 2군에서 가르쳐보니까 또 애가 워낙에 성실하더라고. 운동밖에 몰라. 야구 선수로 성공하겠다는 집념이 대단했죠. 뒷바라지한 홀어머니 호강시켜준다고. 선배들도 기특하니까 붙잡고 하나라도 더 가르쳐주고, 실력이 쑥쑥 늘었지. 그런데 그게 오히려 독이 됐나, 고졸인데 너무 일찍 올렸나 봐. 아니, 그런 것도 아닌데. 2년 잘 다듬었고 1군 올라가서도 침착하게 잘했거든요. 첫해 반 시즌 뛰고 5승에 3점대 방어율 찍었으니까. 구단에서는 내심 다음 시즌 3선발까지 기대했죠. 그런데 시즌 시작하자마자 그게 온 거야. 블래스 신드롬이라고, 들어보셨나? 예전에 메이저리그의 블래스란 선수 때문에 붙은 이름인데, 뭔 블래스더라…… 아무튼 투수가 갑자기 스트라이크를 던지지 못하는 병이에요. 아무 이유 없이. 멘털 문제라고 추측만 할 뿐 아직 정확한 원인을 몰라요. 팔꿈치나 어깨가 잘못됐으면 수술이라도 하지, 이건 방법이 없어, 방법이. 가끔 신인이 포스트 시즌 같은 큰 게임에서 중압감 때문에 그런 경우는 있지만, 걔는 그것도 아니었는데. 동계 훈련, 스프링 캠프 착실히 하고는 시즌 첫 게임부터 사구에 폭투를 남발했어요. 포수도 못 잡는 공을 계속 던져대니 어떡해, 일단 2군으로 다시 내렸죠. 그때까지만 해도 여전히 밸런스는 좋아서 일시적인 슬럼프라고 봤어요. 조급하게 생각하지 말고 웨이트나 하면서 마음 편히 쉬라고 했죠. 그런데 그게 되나. 자기도 충격이 컸겠지. 슬럼프를 이기는 건 훈련뿐이라고 전보다 더 독하게 매달리더라고. 그게 훈련만으로 극복되는 거면 신드롬이라고 하겠어요? 구단에서 정신과 상담의까지 붙여줬지만 소용없었죠. 스트라이크를 못 던지는 투수라니, 그걸 어디 쓰겠어. 결국 2년 정도 그러다가 제풀에 무너지더라고요. 술을 입에 대기 시작하더니 무단이탈로 징계 먹고, 와서 잘못했다고 빌고, 또 술 처먹고 도망치고. 결국 구단에서도 포기했죠. 그러다가 어느 날 그 꼴로⋯⋯ 쯧, 아까운 놈이었는데.

8.

허 반장은 호출을 받고 TCC 소장실로 갔다. 이마가 M 자로 깔끔하게 벗어진 소장이 반갑게 악수를 건네며 그를 소파로 안내했다.

"퇴임식이 내달 1일인가?"

"예."

날짜까지 미리 챙겨놓은 걸 보니 일없이 부른 건 아니지 싶었다.

"그래, 퇴직 후 계획은?"

"거제도에 친구가 있는데 거기 내려갈까 합니다."

"거제도?"

"예, 경치가 예술이죠. 섬에서 낚시나 하고 텃밭도 가꾸면서 설렁설렁 지내려고요."

소장은 좋지, 좋아, 하며 고개를 끄덕였다. 그는 교통조사계 시절 허 반장의 선임이었다. TCC 신설과 함께 부서가 통폐합되자 그는 발 빠르게 움직여 센터의 핵심에 자리를 잡았다. 허 반장이 애매한 위치에서 허둥대며 수사과 경위로 정년을 채우는 동안 그는 탄탄대로를 달려 소장 자리까지 올랐다.

소장은 교통조사계에서 함께 근무하던 시절의 추억담을 늘어놓았다. 그땐 몸이 고달파도 파이팅이 있었다, 퇴근길에 한잔 걸치던 내장탕집이 그립다, 말년에 골치 아픈 수사를 맡겨서 미안하다. 사람 좋은 미소를 머금고 변죽만 울리던 소장이 불쑥 본론을 던졌다.

"그래, 사건은 어떻게 됐나?"

소장은 사고가 아니라 사건이라는 표현을 썼다.

"아직 조사 중입니다. 곧 중간 보고서 작성해서 과장님 통해 올리겠습니다."

"아니야. 이번 특별수사팀은 내 직속으로 구성된 것이니 나한테 직접 보고하면 돼. 가능하면 지금 받고 싶군. 구두로."

무슨 꿍꿍이야? 허 반장은 잠시 고민하다가 자신의 견해를 털어놓기로 했다.

"자살을 한 것 같습니다."

"역시 그렇군. 그런데 그자가 어떻게 블루박스를 뚫고……"

"사람이 아니라, 자동차가 자살한 것 같습니다."

소장은 소파에 등을 기대고 팔걸이 프레임의 포도 문양 조각을 만지작거렸다.

"그건 기계 결함에 대한 낭만적 표현인가?"

"저 그런 거 못하잖습니까."

소장은 허 반장을 물끄러미 쳐다보며 설명을 기다렸다.

"하민준이 시스템을 해킹했다거나 블루박스가 오류를 일으킨 흔적은 발견하지 못했습니다. 그렇다면 블루박스가 자발적으로 사고를 일으킨 게 아닐까, 생각해봤죠. 황당하게 들리겠지만 전혀 불가능한 일은 아닙니다. 블루박스가 탑승자와의 교감을 통해 정서적 동조 현상을 일으켰다면."

허 반장은 최근 하민준이 보인 이상 징후와 사고 차량의 이전 소유주 두 명의 자살, 그 현장에 차가 함께 있었다는 사실을 설명했다. 이어서 블루박스의 모태가 된 4세대 인공지능 가정용 로봇이 우울증을 앓는 주인과 지내면서 기능에 미세한 변화가 생긴 연구 사례를 덧붙였다.

"기술적인 용어는 모르겠습니다만, 애들도 인간과 마찬가지로 감정 전염 현상을 겪는다는 거죠. 그것마저 학습했다고 해야 하나. 가능한 일이죠. 주인에 관한 정보를 닥치는 대로 수집해 인간보다 훨씬 뛰어난 능력으로 분석하고 자기한테 적용하니까요. 이번 사고는 그게 단순한 공감에 그치지 않고 적극적인 행동으로 이어진 결과라는 게 제 가설입니다. 자체 방어 개념을 안다면 자체 파괴 개념을 배우는 건 어렵지 않을 테니까요."

"증거가 나왔나?"

"말씀드렸듯이 가설일 뿐입니다."

"맨땅에 헤딩하는 스타일 아니잖아."

허 반장은 녹차를 홀짝이며 잠시 뜸을 들이다가 입을 열었다.

"블루박스가 사고 당시 「Sirens of the Sea」라는 노래를 틀어 놓고 달렸습니다."

"그런데?"

"하민준은 차에서는 물론 다른 어떤 스마트 기기로도 이 노래를 재생한 적이 없습니다. 이전 데이터를 찾아보니 영문과 교수님이 자주 요청해서 들었더군요. 그리고 야구 선수는 레트로 클럽 뮤직을 종종 틀어놓았는데 거기에 이 노래의 리믹스 버전이 포함돼 있었습니다."

"차주가 바뀌면 데이터를 전부 헤르메스에 전송한 후 시스템을 초기화했을 텐데?"

"그러니까 이상한 일이죠. 이게 국내에서 히트했던 곡도 아니고, 트랜스라는 장르 자체가 한물간 지 오래거든요. 기억을 전부 지웠는데 자발적으로 그 노래를 틀었다는 건 단순한 우연이라고 보기 어렵습니다. 잠재의식 속에 무언가 남아 있었던 게죠."

"잠재의식."

소장은 쓴웃음을 지으며 검지로 포도 알갱이를 톡톡 쳤다.

"그러니까 차량을 통제해야 할 블루박스가 탑승자의 자살 성향에 전염됐고, 인생이 지겹다며 몸소 사고를 내서 죽었다."

"제 생각은 그렇습니다."

"결국, 기계 결함이라는 얘기군."

허 반장은 긍정도 부정도 하지 않았다. 소장은 창가로 가서 뒷짐을 지고 밖을 내다보았다. 양쪽 엄지가 교대로 까딱거렸다. 허 반장이 시험 삼아 따라해봤는데 의외로 쉽지 않은 동작이었다.

"수고했네, 허 경위."

소장이 헛기침을 하며 돌아섰다.

"수사는 여기서 종결짓게. 최종 보고서는 기술적인 사고 원인을 발견하지 못했다는 것과 하민준이 자살 징후를 보였다는 정도로 간략하게 작성해. 동물원에서 있었다는 그 흥미로운 사건 빼놓지 말고. 토요일 오후에 시간 잡아놓을 테니 직접 브리핑하게. 기자들이 난리야. 위에서도 계속 닦달이고."

허 반장은 왜 수사팀장으로 자신을 택했는지 감이 잡혔다.

"어쩌실 작정입니까?"

"어쩌다니, 명확히 밝혀진 게 아무것도 없지 않나. 우린 조사 결과를 그대로 발표하는 거야."

"나머지는 언론이 온갖 추측 기사를 쏟아내 난장판을 만들어줄 거다, 그건가요?"

"그리 오래가지는 않겠지. 새로운 영웅의 출현에 흥분할 조커들도 이젠 없고."

"블루박스가 뚫렸다는 오명을 감수하는 겁니까?"

"어쩌겠나, 예방주사 맞은 셈 쳐야지. 가끔 불순분자가 나타날지라도 시스템 자체는 견고하다는 걸 보여주는 게 중요하니까. 이미 죽어버린 한 사람에게 십자가를 지워 모든 시민의 불안을 잠재울 수 있다면, 그렇게 하는 게 경찰의 소임 아니겠나."

"모든 차량의 불안은 어떻게 하실 겁니까?"

"허 경위, 낭만적인 표현 잘하네."

소장은 웃으며 셔츠의 양쪽 소맷귀를 교대로 잡아당겨 팔의 주름을 폈다.

"자네 가설이 맞는다고 가정하면, 음, 우선 자살자들의 차량을 추적해서 고위험군부터 임시 조치를 취해야겠지. 그사이 센터에서 업그레이드 패치를 만들 테고. 블루박스가 탑승자와 친밀한 관계는 유지하되 정서적 동조를 일으키지 않도록."

"이번에는 기계를 다시 기계답게 만드는 기술이 필요하겠군요."

"위험한 변수를 통제하는 기술이지. 참, 브리핑 이후에는 인터뷰 요청이 오더라도 나서지 말게. 제풀에 지치면 잠잠해지겠지. 어차피 자네는 거제도에서 세컨드 라이프를 즐기고 있지 않겠나. 낚시나 하고 텃밭도 가꾸면서."

소장은 웃으며 다가와 손을 내밀었다. 너구리 같으니. 역시 웃대가리는 아무나 해먹는 게 아니야. 허 반장은 자리에서 일어나 소장과 짧게 악수를 나눴다.

"봄 되면 거제도에 한번 내려오세요. 참돔에 소주나 한잔하시죠."

9.

백호는 방사장의 바위에 너부러져 자고 있었다. 네 다리와 꼬리까지 축 늘어뜨린 모습은 마치 털가죽 러그를 걸쳐놓은 것 같았다. 저 아름다운 털 때문에 신성한 박제가 됐구나. 허 반장은 유리 벽에 붙어서 솜사탕을 입에 뜯어 넣으며 생각했다. 만년설처럼 하얀 털을 가로지르는 검은 줄무늬에서는 과연 강인하면서도 고상한 기품이 느껴졌다. 백호가 일어나서 움직이는 모습을 보고 싶었으나 녀석은 만사가 귀찮은지 이따금 파리를 쫓기 위해 귀만 쫑긋거릴 뿐이었다. 허 반장은 교교한 보름달 밑에서 백호의 크고 날카로운 발톱이 하민준의 심장을 아이스크림 푸듯 도려내는 모습을 그려보았다.

주머니에서 휴대폰이 울렸다. 허 반장은 손가락에 묻은 솜사탕 찌꺼기를 혀로 핥고 휴대폰을 꺼냈다. 이시형 경장이었다.

"반장님, EG-401의 부품 조사 도중에 이상이 발견됐습니다."

이 경장은 평소보다 약간 빠른 말투였다.

"내장된 메모리 칩 중 하나가 드림캐처라는 하청업체에서 2049년 6월에 생산한 제품입니다. 그런데 당시 드림캐처 공장은 환경 평가에 문제가 있어서 4월부터 6월까지 생산한 메모리 칩에 대해 전량 폐기 조치를 받았습니다. 이게 어떻게 그대로 장착됐는지 모르겠네요. 영장 받아서 당시 기록을 자세히 들여다봐야 할 것 같습니다."

"그게 블루박스의 기능에 영향을 미쳤다는 건가?"

"사실 그럴 가능성은 희박합니다. 메모리 칩 자체에 문제가 있었던 것도 아니고, 5년 넘게 정상적으로 작동하다가 그렇게 교묘한 오작동을 유발한다는 건 말이 안 됩니다. 다만 블루박스가 워낙 예민한 부품들이 얽혀 있기 때문에 모든 오류 가능성을 점검해봐야 합니다. 말씀드렸듯이 불순물이 섞여 들어가면 다른 부품에 예측하기 힘든 영향을 미칠 수 있으니까요."

"일시적 정신 질환 같은."

"예. 그 부분을 조사하자면 시간이 더 걸릴 것 같습니다. 어쨌든 EG-401은 조립 단계에서 걸러졌어야 할 불량품이었습니다."

"그렇군. 그 내용은 소장님께 직접 보고하도록 하게. 구두로. 특별수사팀은 조금 전에 해체됐으니까."

허 반장은 어, 어, 하며 말을 잇지 못하는 이 경장에게 봄 되면 거제도에 한번 놀러 오라는 인사를 남기고 전화를 끊었다.

불량품…… 휴대폰을 주머니에 넣고 고개를 드는 순간 허 반장은 그대로 얼어붙었다. 어느 틈에 낮잠에서 깨어난 백호가 유리 벽 바로 앞에 붙어 서 있었다. 1미터 남짓한 거리였다. 푸른 홍채 속에 단단한 씨앗처럼 박힌 까만 눈동자가 그를 꿰뚫을 듯이 노려보았다. 앞다리로 상체를 받치고 털을 곤두세운 녀석은 누워 있을 때보다 덩치가 두 배는 커 보였다. 두툼한 앞발에는 갈고리 모양의 발톱이 삐져나와 있었다. 허 반장은 저도 모르게 유리 벽의 테두리 접합부를 곁눈질로 확인했다. 백호가 콧잔등에 주름을 잡으며 천천히 입을 벌렸다. 철사를 마구 박아놓은 것 같은 수염이 날개를 펼쳤다. 붉은 아가리를 가로지르는 누렇고 긴 송곳니가 드러났다. 크르렁. 목을 떠는 소리가 땅속에서 올라오는 것처럼 발바닥부터 정수리까지 훑고

갔다. 백호의 푸른 눈을 마주 노려보는 허 반장의 눈동자에 묘한 열기가 번들거렸다. 녀석이 금방이라도 바위를 박차고 뛰어올라 유리 벽을 박살낼 것 같았다. 앞발로 자신의 가슴팍을 찍어 누르고 목덜미에 송곳니를 박아 넣는 상상에 허 반장은 부르르 몸을 떨었다.

마네킹

1.

준기는 로라를 어깨에 걸머메고 전속력으로 달렸다. 하얀 드레스 자락이 펄럭이며 시야를 어지럽혔다. 사탕을 빼앗긴 아이처럼 빽빽 울어대는 경보음이 등 뒤로 멀어져갔다. 맙소사, 내가 무슨 짓을 한 거지?

물론 준기는 자신이 무슨 짓을 했는지 정확히 알고 있었다. 로라를 처음 본 순간부터 하루에도 몇 번씩 꿈꾸었던 일이니까. 급하게 마신 소주 두 병 반의 술기운이 치받치지 않았다면, 쇼윈도 안에 누워 있는 그녀가 오늘따라 울적해 보이지 않았다면, 잔설이 녹으며 울퉁불퉁 일어난 보도블록이 눈에 들어오지 않았다면, 그는 오늘도 하염없이 바라만 보다가 돌아섰을 것이다.

2.

세상엔 예쁜 여자가 너무 많아. 준기는 이어폰을 꽂고 컴퓨터 모니터로 텔레비전을 시청하며 불평 아닌 불평을 했다. 돌리는 채널마다 등장해 때론 귀엽게, 때론 섹시하게, 때론 도도하게, 때론 청순하게 춤추고 노래하는 걸 그룹들. 저렇게 새로운 요정들이 끝도 없이 탄생하다니, 어디 걸 그룹 광산이라도 있나? 그녀들은 프로그램과 프로그램 사이에도 등장해 함께 치킨을 먹고 함께 음료를 마시고 함께 게임을 하자며 유혹했다. 많아, 너무 많아.

준기가 마지막 여자친구와 헤어진 지도 벌써 3년이 넘었다. 그동안 친구들을 졸라 몇 차례 소개팅을 했지만 결과는 신통찮았다. 고시원에서 지내는 고졸 계약직 보일러 기사와 만나볼 의향이 있다는 여자들 중 그의 기대치를 충족시키는 상대는 찾기 힘들었다. 제발 주제 파악 좀 해라. 보다 못한 친구들이 혀를 차며 충고했지만, 겸허한 주제 파악으로 건너뛰기에는 그 간격이 너무나 아득했다. 관두라지. 이상형이라도 내 맘대로 갖겠다는데, 그게 그렇게 욕먹을 일인가? 쉭, 쉭, 쉭. 휘발유도 없는 자동차의 타이어에 공기만 계속 주입해대는 꼴이었다. 쉭, 쉭, 쉭.

한 번이라도 좋으니 저런 매력적인 이성과 알콩달콩 연애를 해봤으면…… 준기의 한숨이 모니터에 부딪쳐 흘러내렸다. 아무리 요정들이 권하는 치킨을 먹고 음료를 마시고 게임을 해봤자 자신은 그녀들의 새끼손가락 한번 잡아볼 수 없다는 현실이, 이해는 가지만 짜증스러웠다. 그저 베개를 끌어안고 홍얼홍얼 노래나 따라 부르는 방구석 오빠 팬이 되는 수밖에. 그마저 홍얼거림이 조금만 높아지면 어김없이 벽 너머에서 주먹이 날아왔다.

쿵, 쿵, 쿵.

행정 고시인지 외무 고시인지를 준비한다는 옆방 고시생이었다. 준기는 자신의 소박한 팬심마저 잠재적 국가 권력의 주먹질로 제지받는 현실을 개탄했다. 아, 고시원에서 왜 공부는 하고 난리야.

3.

P백화점 기계실은 지하 4층에 위치했다. 머리 위 고객들이 쾌적하게 쇼핑할 수 있도록 냉난방을 조절하고 환기 시설을 관리하는 게 준기의 업무였다. 그 업무를 하고 받는 보수로는 P백화점에서 쾌적하게 쇼핑할 날이 결코 오지 않으리라는 현실이, 이해는 가지만 짜증스러웠다.

어디서 누가 저걸 다 만드는 거야? 저 많은 물건이 전부 손때 묻혀줄 주인을 찾기는 하는 걸까? 매장마다 빼곡히 진열된 상품들을 보며 준기는 걱정 아닌 걱정을 했다. 많아, 너무 많아. 청년 시절 열혈 마르크시스트였다는 박 주임은 이게 바로 혁명의 전조라고 주장했다.

"저 남아도는 물건들을 보라고. 생산력과 생산관계의 모순, 응? 소련이고 동유럽이고 북한이고 다 쌈마이였어. 바로 지금, 자본주의의 피크가 진짜 사회주의 혁명의 적기지."

준기는 마르크스라는 사람을 잘 모르지만, 백화점에 물건이 아무리 많이 쌓인다 한들 판매 사원들이 혁명을 일으킬 것 같지는 않았다. '이월 상품 대전'이니 '특별 할인전'이니 재고 처리 행사로 몸만 더 고달파질 뿐.

"사회주의가 되면 저 남아도는 물건들이 저한테도 오나요?"

"아니, 딱 필요한 만큼만 만들겠지."

대로 쪽 외벽에 설치된 여섯 개의 쇼윈도는 P백화점의 시그니처 아이템이었다. 시즌마다 테마를 정해 명품 위주로 디스플레이하는 방식은 여타 백화점과 다를 바 없었다. 차이는 마네킹이었다. 언제부턴가 백화점 쇼윈도는 이목구비가 생략되거나 머리가 없거나 아예 인간의 형태를 벗어난 추상 마네킹들이 점령했다. 인간과 멀어질수록 세련된 걸로 인식되는 미감에 대한 반발일까? 인간과 가장 가까운 슈퍼 리얼 마네킹을 쇼윈도에 내세운 P백화점의 역발상은 단번에 사람들의 눈길을 잡아끌었다.

과장되지 않은 건강한 체형, 실리콘 피부와 인모 가발, 유리로 만든 의안에 인조 속눈썹과 인조 치아, 인조 손톱까지 끼운 정교한 마네킹은 보는 이들의 감탄을 자아냈다. 여기에 전문가의 메이크업과 조명이 더해지면 모조와 진품의 최후 경계선마저 허물어졌다. 쇼윈도 앞을 지나는 사람들은 감탄을 넘어 의혹의 시선으로 마네킹을 뜯어보기 일쑤였다. 저거 진짜 사람이 마네킹인 척하고 있는 거 아냐? 경계선을 허무는 또 하나의 필살기는 마네킹 내부에 갖춰진 관절 구조였다. 디스플레이 담당자가 2, 3일에 한 번씩 마네킹의 자세에 미세한 변화를 줌으로써 행인들의 잔상을 슬쩍 헤집어놓았다. 어라, 마네킹이 움직인 것 같은데. 어제는 분명히……

 백화점의 스타이다 보니 근거 없는 괴소문에 시달리기도 했다. 다양한 버전이 떠도는데 공통분모는 이 마네킹의 재료가 실제 사람이라는 것. 들었어? 이 백화점에서 물건 훔치다가 붙잡히면 지하 주차장 밑에 있는 비밀 공간으로 끌려간대. 거기엔 벙어리 꼽추 박제사가 있는데, 산 채로 좀도둑의 피를 뽑고 내장을 제거해서…… 좀더 점잖은 소문에 의하면 마네킹은 일본의 리얼돌 제작 업체에서 특별 주문해 들여왔다고 한다.

 "일본 애들은 저기에 구멍을 뚫어서 빠구리를 한다며? 허, 난 보기만 해도 섬뜩해서 불알이 오그라들던데."

 희끗한 머리를 절레절레 흔드는 박 주임을 보며 준기는 코웃음을 쳤다. 참, 감수성도 풍부하셔. 그래봤자 실리콘 덩어리일

뿐인데.

그때만 해도 준기는 몰랐다. 자신이 '그래봤자 실리콘 덩어리'와 사랑에 빠질 줄은.

봄맞이 새 단장을 마치고 쇼윈도를 오픈한 날이었다. 봄 시즌 테마는 'I am a Princess!'. 준기는 저녁 메뉴 결승전에 굴순두부와 왕돈가스를 올려놓고 퇴근길을 재촉했다. 프라다 핸드백을 메고 사과를 베어 문 백설공주를 지나, 티파니 목걸이와 팔찌로 치장한 인어공주를 지나, 마놀로블라닉 킬힐을 신은 신데렐라를 지나, 머리채에 샤넬 향수를 뿌리는 라푼젤을 지나, 발렌티노 이브닝드레스를 걸치고 야수의 품에 안긴 벨을 지나, 마지막 여섯번째 쇼윈도 앞에서 준기는 그대로 굳어버렸다. 조용하던 거리에 갑자기 팡파르가 울려 퍼지고 하늘에서는 오색 불꽃이 터졌다.

색색의 새틴 장미 꽃잎이 뿌려진 히프노스 침대 위에 하얀 홈드레스 차림의 그녀가 잠들어 있었다. 막 몸을 뒤척인 것처럼 왼팔을 머리 위로 뻗고 가볍게 오므린 오른손을 발그레한 뺨에 댄 채로. 볼록한 이마에서 출발한 영롱한 빛이 부드러운 콧날로 미끄러졌다가 살굿빛 입술에 어린 미소를 타고 은은하게 번졌다. 물결치는 금발 머리에 얹힌 크리스털 티아라는, 숲속에서 잔다는 사실 때문에 자주 간과되지만, 그녀의 본래 신분이 공주였음을 상기시켜주었다.

아…… 준기가 뱉은 긴 탄성이 봄바람에 흩날렸다. 이런 거였구나. 공주를 보자마자 첫눈에 반하는 동화 속 헤픈 왕자들의 심정을 알 것 같았다. 그래서 다들 그 난리를 쳤구나. 준기는 주춤주춤 쇼윈도를 향해 다가갔다. 앞을 막아선 유리에 부옇게 입김이 서렸다.

4.

출퇴근길마다 준기는 여섯번째 쇼윈도 앞에서 쪼그려 앉아 신발 끈을 고쳐 매거나 일없이 지갑을 뒤적였다. 그래봤자 백화점 직원들이 몰려다니는 시간이라 그에게 허락된 건 무심함을 가장한 곁눈질뿐이었다. 열기구처럼 부풀어 오른 연정이 하루 두 번의 스타카토 응시만으로 채워질까. 준기는 매일 밤 야구 모자를 눌러쓰고 백화점까지 산책하는 습관이 생겼다.

로라, 로라, 오! 로라. 수정 구슬이 입속에서 굴러다니는 듯한 맑은 울림이 그녀에게 꼭 어울렸다. 금 식기가 부족하다는 이유로 축하연에 초대받지 못한 열세번째 마법사, 그의 저주로 물레에 찔려 영원한 잠에 빠진 오로라 공주. 드디어 눈앞에 강림한 이상형. 로라는 눈웃음치며 물건만 팔아먹는 텔레비전 속 요정들과 달랐다. 그윽하게 '멈춰' 있는 그녀의 침묵은 세상 어떤 화려한 안무나 깜찍한 애교보다도 유혹적이었다. 언제나 불

을 밝힌 쇼윈도 안에서 조용히 그를 기다리는 로라. 하지만 그
녀가 기다리는 건 준기만이 아니었다.

"야, 저거 섹스돌 아냐?"
"졸라 예쁜데. 함 하고 싶다."
"백화점 화장실에 숨어 있다가 밤에 들어가서 할까?"
퇴근길에 쇼윈도 앞에서 키득거리는 중학생들을 보고 준기
는 피가 거꾸로 솟구쳤다. 뒤통수를 한 대씩 후려치며 썩 꺼지
라고 소리치고 싶은 걸 꾹 눌러 참았다. 중학생이라고는 해도
순순히 당하고 있을 덩치들이 아니었다. 뭘 처먹고 저렇게 몸
만 불어가지고. 준기는 녀석들이 건들거리며 쇼윈도 앞을 떠날
때까지 뒤통수를 쩨려보았다.
로라의 수모는 발정기 청소년들에 국한된 문제가 아니었다.
대학생, 군인, 양복쟁이, 백발노인 할 것 없이 모든 남자가 그
녀에게 질척한 시선을 던지고 지나갔다. 준기의 귀엔 중학생들
의 대화와 별반 다르지 않은 그들의 속마음이 들렸다. 유리를
닦는 여자들의 뾰족한 시선 역시 언짢기는 마찬가지였다. 고개
를 돌려 쇼윈도를 흘끔거리는 모든 행인이 그의 연적이었다.
할 수만 있다면 경주마용 눈가리개를 구해 일일이 씌워주고 싶
었다.
로라마저 길거리 눈요깃감으로 전락하는 모습을 이렇게 지
켜볼 수밖에 없다니. 준기의 속은 하루하루 꺼멓게 타들어갔

다. 아무것도 요구하지 않는 그녀였기에 자신의 무력함이 더욱 아프게 다가왔다. 로라의 진가를 알아보는 건 나뿐인데…… 그녀의 고귀한 침묵을 지켜주고 싶었다. 그 침묵의 속삭임을 혼자만 듣고 싶었다.

개나리가 꽃망울을 터뜨리는 밤, 준기는 고시원 옥상에서 매운 닭발에 소주 두 병 반을 들이켠 후 모자를 눌러쓰고 산책길에 나섰다. 한심한 놈, 바보, 멍청이, 찌질이, 찐따…… 백화점까지 비틀비틀 걸어가는 내내 그는 자신의 소심함을 자책했다. 동화에서 저주를 풀고 공주를 구한 건 왕자의 키스였는데. 앞을 가로막는 가시덩굴을 헤치고 불을 뿜는 용을 물리친 용감한 왕자의 키스.

로라는 언제나처럼 장미 꽃잎이 깔린 침대에 잠들어 있었다. 나쁜 꿈이라도 꾸는 걸까? 오늘따라 그녀의 표정이 울적해 보였다. '나를 깨워줘요. 히프노스의 품에서 나를 건져줘요. 이제 그만 유리 상자를 벗어나고 싶어요.' 그녀가 애원하는 소리가 들리는 듯했다. 이 쫄보야, 뭘 망설이는 거야. 백화점에는 가시덩굴도 없고 불을 뿜는 용도 없잖아. 나와 로라 사이에는 고작 유리가 한 장 있을 뿐이야, 유리. 준기는 새큼한 꽃 내음이 스민 밤공기를 깊이 들이마셨다. 쉭, 쉭, 쉭. 갑자기 치받친 소주 두 병 반의 술기운이 두개골 속을 휘돌았다. 쉭, 쉭, 쉭. 잔설이 녹으며 울퉁불퉁 일어난 보도블록이 눈에 들어왔다.

5.

　준기는 숨을 몰아쉬며 로라를 내려다보았다. 사랑의 환희와 범죄의 흥분으로 펄떡이는 가슴은 쉽게 진정되지 않았다. 구성비를 따지자면 6 대 4 정도. 전자의 비율이 조금씩 높아지는 중이었다. 로라가 내 눈앞에 있다니. 내 방에. 내 침대에. 다만 고시원 방이 쇼윈도 침대보다 작다는 사실은 미처 생각하지 못했다. 머리 위로 뻗은 왼팔 때문에 그녀는 침대에 상반신만 걸친 채 방을 대각선으로 가로지르고 있었다.

　준기는 로라의 어깨와 팔꿈치를 잡고 천천히 왼팔을 내렸다. 끼익하는 마찰음이 귀에 거슬렸지만 관절은 생각보다 부드럽게 움직였다. 흘러내린 티아라가 머리채 중간에 뒤엉겨 있었다. 준기는 금발 머리칼을 한 올 한 올 조심스럽게 풀어 티아라를 벗겨냈다. 이제 왕관은 필요 없겠지. 오늘부터 나만의 공주님이니까. 반짝이는 티아라는 서랍의 겨울옷 사이로 들어갔다.

　살포시 내리덮인 눈꺼풀을 바라보다가 준기는 허리를 숙여 로라에게 다가갔다. 뒷목에 뻣뻣하게 힘이 들어갔다. 솜털 하나, 숨구멍 하나 보이지 않는 매끈한 실리콘 피부가 가까이 다가왔다. 준기의 떨리는 입술이 로라의 살굿빛 입술에 닿았다. 세상에서 가장 감미로운 고무지우개에 입을 맞추는 느낌이었다.

　물론 동화처럼 키스 한 방으로 로라가 눈을 번쩍 뜨지는 않았다. 마네킹의 잠을 깨우려면 좀더 직접적인 방법이 필요했다. 준기는 엄지와 검지를 바지에 문질러 닦고 그녀의 눈으로 가져갔다. 설마 잠자는 공주라고 눈알을 빼놓은 건 아니겠지? 떨리는 손끝을 그녀의 눈꺼풀에 대고 지그시 밀어 올렸다. 파란 유리알 눈동자에 그의 그림자가 얼비쳤다. 마침내 저주가 풀린 것이다.

쿵, 쿵, 쿵.

벽이 울리고 나서야 준기는 자신이 큰 소리로 웃고 있다는 걸 깨달았다. 그래그래, 너도 열심히 공부해서 행정 고시인지 외무 고시인지 합격해라. 사람이 꿈을 이루고 살아야지.

이튿날 준기는 마음을 단단히 먹고 출근길에 올랐다. 여섯번째 쇼윈도 앞에 사람들이 모여 웅성대고 있었다. 예상한 장면이긴 했지만 지붕에 경광등을 붙인 차를 보자 가슴이 철렁 내려앉는 건 어쩔 수 없었다. 검은 슈트 차림의 부점장이 형사로 보이는 두 사내를 상대하고 있었다. '다스 베이더'라는 별명이 무색하게 부점장은 무척 격앙된 표정이었다. 준기는 다스 베이더가 사라질 때까지 기다렸다가 부서진 쇼윈도를 구경하는 척 형사들의 대화를 엿들었다.

"강력반 형사가 마네킹까지 찾으러 다녀야 됩니까?"

"고가라잖아, 고가. 금니라도 몇 개 박았나 보지."

"어떤 또라이 새끼가 마네킹을 훔쳐 간 거야?"

다행히 CCTV 같은 결정적인 증거는 없는 모양이었다. 형사들 태도로 봐선 그리 철저한 수사가 진행될 것 같지도 않았고.
준기는 일단 한숨을 돌렸다. 공주를 구한 왕자가 현실 세계에
서는 '또라이 새끼'라는 점만 남몰래 감수하면 그만이었다.

"매우 혁명적인 사건이구나."

박 주임은 모닝커피를 손에 들고 고개를 주억거렸다.

"마네킹 훔쳐간 게요?"

"자본주의의 성채에 홀로 맞서 짱돌을 던졌잖아."

"그럼 잘한 짓이네요?"

"아니, 덜떨어진 짓이지. 만국의 프롤레타리아트는 단결해
야 하는 거야."

마네킹 절도 사건은 직원들 사이에서도 단연 화제였다. 평
생 연애 한 번 못 해본 모쏠이겠지. (두어 번은 해봤어요.) 야,
오죽하면 그걸 다 훔쳐 가. (사랑해서 그런 겁니다.) 지나가
던 취객이 충동적으로 그랬겠죠? (술을 마셨고 충동적이긴 했지
만, 좀 달라요.) 무서워라, 그런 놈이 낮에 올 수도 있는 거잖아.
(예, 여기 옆에 있습니다.) 그 마네킹은 값이 얼마나 하나? (저
도 궁금하네요.)

준기는 지상에서 한 뼘 정도 떠다니는 기분을 들키지 않으려
고 종일 발에 힘을 주고 바닥을 딛어야 했다. 퇴근하자마자 저
녁거리를 사 들고 고시원으로 달려갈 생각에 일이 손에 잡히지
않았다. 그녀는 뭘 먹고 싶어 할까? 파스타? 샐러드? 떡볶이와

순대? 초밥? 아, 오랫동안 잤으니 소화가 잘되는 전복죽이 좋지 않을까? 이런저런 메뉴를 떠올리다가 준기는 퍼뜩 정신을 차렸다. 마네킹이 먹긴 뭘 먹는단 말인가. 위장도 없는데.

준기는 스스로에게 한 가지 다짐을 했다. 난 엄연히 이성적인 판단으로 마네킹과의 로맨스를 선택한 것이다. 이를 명심할 것. 「순간포착 세상에 이런 일이」에 소개되는 정도의 별난 취향은 인정할 용의가 있다. 하지만 감정 이입이 지나쳐서 내가 사람과 연애하고 있다고 착각하는 순간 이 순수한 로맨스는 신경정신과 전문 용어들로 오염된다. 로라 역시 미치광이와 사귀고 싶지는 않을 테지. 준기는 문장을 약간 수정하여 저녁 메뉴에 대한 생각을 이어갔다. 그녀는 내가 뭘 먹는 걸 지켜보고 싶어 할까?

6.

"사랑하는 것은 사랑을 받느니보다 행복하나니라."

어느 시인의 말처럼 준기는 따뜻한 말 한마디 건네지 않는 로라를 지극정성으로 보살피며 행복을 만끽했다. 아침이면 메이크업 브러시로 샤워하듯 온몸을 털어주고 긴 곱슬머리를 세 종류의 빗으로 꼼꼼히 손질했다. 의상은 그날그날 스타일을 정해 속옷과 액세서리까지 매치해 입혀주었다. 때론 귀엽게, 때론 섹시하게, 때론 도도하게, 때론 청순하게. 의상에 어울리는 포즈로 관절을 조절해 로라를 의자에 앉혀놓고 나서야 준기는 출근 준비를 서둘렀다.

퇴근 후에는 로라와 침대에 나란히 앉아 텔레비전을 시청하며 저녁을 먹었다. 이젠 아이돌이 몰려나오는 예능 프로그램 대신 차분한 여행 전문 채널을 선호했다. 둘은 이어폰을 한쪽씩 나눠 끼고 마다가스카르로 샌프란시스코로 로마로 이스탄불로 라오스로 여행을 떠났다. 졸음이 오면 로라를 레이스 달린 원피스 잠옷이나 딸기 무늬 파자마로 갈아입히고 입맞춤과 함께 눈꺼풀을 내려주었다. 좁은 침대에서 로라를 끌어안고 칼잠을 자며 준기는 매일같이 꿈을 꾸었다. 얼굴이 보이지 않는 연인과 손을 잡고 바오밥나무들 사이를 거닐고, 금문교를 배경으로 사진을 찍고, 트레비 분수에 동전을 던지고……

쉬는 날이면 패션 유튜브 채널을 보거나 인터넷 쇼핑몰을 돌아다니며 시간을 보냈다. 벽에 붙은 행거는 이내 55 사이즈 여성 의류로 채워졌다. 스카프, 안경, 머리핀, 목걸이, 팔찌 같은 패션 아이템을 위한 수납장을 들여놓으면서 방은 더욱 좁아졌다. 그래도 모든 걸 인터넷으로 살 수 있는 세상이라서 다행이었다. 혼자 지낼 때보다 돈이 많이 들었지만 데이트나 여행 경비를 생각하면 사람과의 연애보다 많이 드는 건 아니었다. 로라는 아름다울 뿐 아니라 경제적인 연인이었다.

패션에 이어 뷰티 유튜브 채널을 보며 블러셔, 아이섀도, 립글로스, 매니큐어, 볼 터치 등을 사 모을 때는 준기도 왠지 꺼림칙한 마음이 들었다. 그 꺼림칙함은 갑자기 방문을 열고 이 광경을 목격한 지인들의 경악 예상치와 비례했다. 야! 너! 지금…… 하지만 그런 줏대 없는 걱정은 이내 떨쳐버렸다. 연애란 게 어차피 놀이이고 자기만족인데 내가 좋으면 그만이지. 지들이 언제 내 외로움에 신경이나 썼어? 준기는 박 주임이 떠벌린 마르크스의 경전 중 가장 귀에 와닿았던 한마디를 되새겼다. 『자본론』이란 책의 서문에 나온다고 했던가? "너의 길을 가라. 그리고 사람들로 하여금 지껄이게 내버려둬라."

내친김에 준기는 커플링도 맞췄다. 새끼줄처럼 꼬여 있는 가느다란 14K 실반지. P백화점에서는 취급도 안 할 소박한 물건이지만 두 사람에겐 생물과 무생물의 경계를 허무는 신성한 징표였다. 준기는 로라의 왼손을 잡고 약지에 반지를 끼워주었다. 사랑해. 그녀의 유리 눈알에 반짝, 말간 빛이 스쳤다.

"애인 생겼냐? 요새 아주 입이 귀에 걸렸네."

퇴근 준비를 서두르던 준기는 박 주임의 말에 뜨끔했다. 하긴 소방 압력 탱크를 보면서도 실실 웃어대니 눈치를 채는 게 당연했다.

"애인은 무슨, 연애 같은 건 귀찮기만 해요."

"어허, 젊은 놈이 불온한 사상을 가졌네. 자고로 남자건 여자건 주기적으로 몸을 풀어줘야 음양의 기가 원활하게 순환되는 법이야. 오죽하면 인형에 구멍을 뚫어서 그 짓을 하겠어. 사이코 연쇄살인범들 보면 태반이 고자야, 고자. 그게 다 기 순환이 안 돼서 그런 거라고."

"나 참, 그럼 스님이나 신부들은 죄다 연쇄살인범이겠네."

준기는 볼멘소리로 쏘아붙이고 사무실을 나왔다. 인형에 구멍을 뚫느니 하는 말에 와락 심사가 뒤틀린 것이다. 이전에는 그도 술김에 한 번씩 안마방이나 오피를 기웃거리곤 했다. 하지만 로라와 함께 지낸 이후로는 성적인 욕구가 전혀 떠오르지 않았다. 알몸으로 서로에게 체액을 묻히는 행위가 번거롭고 불결하게 여겨졌다. 그렇다고 기 순환이 안 되기는커녕 공중 부양이라도 할 것처럼 몸이 가벼웠다. 준기는 뭔가 고차원적인 깨달음을 얻은 기분이었다. '섹스 없는 사랑이 사랑 없는 섹스보다 행복하나니라.'

7.

오로라 공주의 방은 봄철 내내 빈 침대만 덩그러니 놓여 있었다. 다섯 공주를 구경하며 지나던 행인들은 십중팔구 마지막 쇼윈도 앞에서 발걸음을 멈칫거렸다. 뭐라도 찾아내야 한다는 일념으로 유리에 붙어 안을 들여다보는 이들도 적지 않았다. 뒤에서 그 모습을 지켜보고 있노라면 준기는 마음이 무거웠다.

법적으로 로라의 현재 신분은 장물이라는 것. 그의 순백색 플라토닉 러브에 묻은 유일한 오점이었다.

로라의 몸값이 얼마나 될까? 인터넷을 뒤져보니 일본에서 8백만 원 정도에 판매된다는 리얼돌도 로라의 사람됨에는 한참 못 미쳤다. 주문 제작 상품은 옵션에 따라 가격이 천차만별이라는데, 로라 정도면 못해도 천5백만 원은 넘지 않을까? 손가락, 발가락 관절까지 다 움직이는데. 준기는 돈이 모이는 대로 백화점에 익명의 봉투를 보낼 생각이었다. 그에겐 큰돈이었지만 로라를 데려오는 지참금이라고 생각하면 전혀 아깝지 않았다. 그 전까지는 하루 두 번 돌덩이가 얹힌 마음으로 쇼윈도 앞을 지날 수밖에 없었다. 그런데 얼마 후 또 다른 돌덩이가 그 위로 떨어졌다. 훨씬 더 크고 무거운 돌덩이가.

방문을 닫고 형광등 스위치를 올리는 순간 준기의 손에 들려 있던 치킨 박스가 바닥으로 떨어졌다. 언제나처럼 의자에 앉아 출입문을 향하고 있는 로라. 입가로 피를 흘린 것처럼 립글로스가 번졌고 마스카라가 뭉개져 눈두덩이 시커멓게 물들어 있었다. 아침에 그가 입혀준 땡땡이 원피스의 앞섶이 쥐어뜯겨 하얀 브래지어가 들여다보였다. 솔솔 올라오는 프라이드 치킨 냄새에 속이 메슥거렸다. 준기는 로라를 끌어안고 등을 토닥였다. 괜찮아, 괜찮아.

다른 짐을 뒤진 흔적은 없었다. 문손잡이를 살폈지만 강제로 침입한 흔적 역시 없었다. 열쇠를 가진 건 그와 고시원 주인뿐이었다. 물론 돋보기를 쓰고 「최후의 만찬」 십자수를 놓는 호호 할머니를 의심할 만한 사건은 아니었다. 이런 허술한 잠금 장치는 약간의 손재주만 있으면 누구든 딸 수 있었다.

준기는 고개를 내밀고 양쪽 복도를 둘러보았다. 다닥다닥 늘어선 방문들, 그 뒤에 소라게처럼 웅크린 살덩이들, ㅁ 자 복도를 돌고 도는 고릿한 냄새. 대개의 싸구려 고시원처럼 이곳도 그렇고 그런 인생들이 서로를 경원시하며 살아가는 빈민굴이나 마찬가지였다. 침침한 복도에서 몸을 스친 수상쩍은 인상의 용의자가 금방 서너 명은 떠올랐다. 그들의 얼굴을 합성한 대변인을 향해 준기는 어금니를 깨물고 씹어뱉었다.

"미친, 변태 새끼."

준기는 로라를 침대에 눕히고 찢어진 원피스를 벗겼다. 다행히 속옷에 손을 댄 흔적은 없었다. 내 기척을 듣고 급하게 달아난 걸까? 범인이 방금 전까지 이 좁은 방에 머물렀다고 생각하자 들이마시는 공기마저 역겨웠다. 하지만 로라에게는 그런 내색을 하지 않았다. 준기는 듬직한 미소를 머금은 채 그녀의 얼굴에 번진 메이크업을 지우고 향균 물티슈로 몸 구석구석을 닦아주었다. 실리콘이 변형되지 않도록 드라이기의 냉풍으로 물기를 말리고 새 속옷과 레이스 달린 원피스 잠옷을 입혀주었다. 이마에 입을 맞추고 눈꺼풀을 감겨준 후에야 준기는 소리죽여 흐느꼈다. 흐느낌이 높아질 때마다 벽 너머에서 주먹이 날아왔다.

쿵, 쿵, 쿵.

준기는 바닥에 주저앉아 로라의 손을 잡고 뜬눈으로 밤을 새웠다. 추잡한 손길에 아무런 저항도 못 하고 당하는 그녀의 모습이 계속 떠올랐다. 마네킹 연인을 종일 빈민굴에 방치해놓으면서 문단속에 신경을 안 쓰다니. 심심찮게 도난 사건이 발생한다는 걸 알았으면서. 자신의 무심함을 용서할 수가 없었다. 준기는 하루빨리 둘만의 보금자리를 구해 고시원을 떠나기로 마음먹었다. 계획대로라면 내후년까지 착실히 적금을 부어 전셋집을 마련할 생각이었다. 이어폰 없이 텔레비전을 시청하고 밥은 식탁에서 먹고 소개팅 상대를 조금이라도 업그레이드할 수 있는 번듯한 집으로. 하지만 이제 다른 조건은 상관없었다. 로라만 안전하게 보관할 수 있다면.

8.

"어디 가냐? 오늘 시설팀 전체 회식인데."

"상갓집에 가야 돼요. 친구 아버지가 돌아가셔서."

"핑계 한번 고색창연하다. 너 데이트 가는 거지? 에라, 그렇게 초장부터 휘둘리면……"

박 주임의 잔소리를 뒤로하고 준기는 도망치듯 사무실을 빠져나왔다. 퇴근 시간을 손꼽아 기다리는 그의 마음은 설렘과 기대 대신 초조와 불안으로 바뀌었다. 얼른 달려가서 아침에 단장해준 모습 그대로 앉아 있는 로라를 확인해야 그날 치의 근심을 덜 수 있었다.

그 사건 이후 로라의 표정은 눈에 띄게 침울해졌다. 일부러 밝고 화사한 색으로 립글로스를 바르고 볼 터치를 해줬지만 그럴수록 그녀의 얼굴은 기괴하게 일그러질 뿐이었다. 어쩐지 낯빛도 파리하게 변하고 눈도 퀭하게 꺼진 것 같았다. 아니야, 뭉개진 마스카라가 실리콘에 침착돼서 그럴 거야. 마네킹의 표정이 변할 리 없잖아. 내 눈에만 그렇게 보이는 거야. 스스로에게 계속 되뇌었지만 소용없었다. 그의 눈에 실제로 그렇게 보였으니까.

그동안 근처 부동산을 돌며 이사할 집을 알아봤으나 전세가는 그가 기억하는 시세보다 두 배 가까이 뛰어오른 상태였다. 그렇다고 습기와 곰팡이에 취약한 연인을 반지하에 종일 놔둘 수는 없고, 변두리로 나가자니 출퇴근 시간이 늘어나는 만큼 그녀와 함께하는 시간이 줄어들 터였다. 위험과 누추함과 시간이라는 세 가지 조건 사이에서 그는 갈팡질팡했다.

준기는 까치발을 하고 출입문 위에 뚫린 쪽창으로 손을 집어넣었다. 자물쇠가 손아귀에 잡히자 안도의 한숨이 나왔다. 사건 다음 날 그는 철물점에서 걸고리와 번호 자물쇠를 구입해 쪽창으로 손이 닿는 방문 안쪽에 설치했다. 문손잡이를 쉽게 따는 놈이라면 바깥쪽에 걸린 자물쇠는 무용지물일 터였다. 준기는 손끝의 감각으로 비밀번호를 눌렀다. 0-3-1-4, 지난봄 쇼윈도를 깨고 그녀를 구출한 날이었다.

문을 열자 로라는 의자에 그대로 앉아 있었다. 아침에 그가 입혀준 청바지와 핑크색 블라우스, 침울한 눈빛까지 그대로였다. 하지만 머리 위에 티아라를 씌워준 기억은 없었다. 그녀를 데려온 첫날 서랍에 처박아놓고 한 번도 꺼낸 적이 없는 물건이었다. 준기의 벌어진 입에서 헛웃음이 흘러나왔다. 비록 고시원에 처박혀 있을지라도 내 신분은 엄연히 공주라고, 크리스털 티아라는 반짝반짝 선언하고 있었다.

들었어? 이 백화점에서 물건 훔치다가 붙잡히면 지하 주차장 밑에 있는 비밀 공간으로 끌려간대. 거기엔 벙어리 꼽추 박제사가 있는데…… 준기의 머릿속에 또 다른 케케묵은 옛이야기 하나가 떠올랐다. 자신이 만든 조각상과 사랑에 빠진 조각가. 그의 마음을 어여삐 여긴 사랑의 여신이 조각상을 살아 있는 여인으로 만들어주었고, 둘은 결혼해서 오래오래 행복하게 살았던가? 준기는 로라의 유리 눈알을 들여다보며 설레설레 고개를 저었다.

9.

쇼윈도의 여름 시즌 테마는 'Atlantis Pool Party!'였다. 바다 밑에 가라앉은 이오니아 양식 신전을 배경으로 바캉스 룩으로 멋을 낸 다섯 마네킹이 포즈를 취하고 있었다. 머리칼과 옷자락을 흩날리듯 허공에 고정시키고 일렁이는 푸른 조명을 쏘아 그녀들 역시 물속에 있는 것처럼 신비롭게 보였다. 여섯번째 쇼윈도는 산호초와 열대어 떼가 차지하고 있었다.

준기는 방문 앞에 서서 자물쇠의 비밀번호를 눌렀다. 2-5-7-9, 아무런 의미 없는 숫자였다. 로라는 얌전히 침대에 엎드려 있었다. 진주가 일렬로 박힌 머리핀부터 까만 발목 스타킹까지 꼼꼼히 확인한 후 준기는 로라의 안대를 벗겼다. 입에 물린 가죽 재갈을 풀자 양쪽 입가에 눌린 자국이 남았다. 주머니에서 열쇠를 꺼내 등 뒤로 채운 손목의 수갑과 발목의 족쇄를 풀었다. 쇠사슬로 연결된 족쇄의 반대쪽 고리는 방바닥에 고정된 책상 다리에 걸려 있었다.

준기는 로라와 침대에 나란히 앉아 편의점에서 산 치킨마요 도시락을 먹었다. 마요네즈가 너무 많이 뿌려져서 느끼했다. 텔레비전에서는 삿대질을 하는 국회의원들의 모습이 나왔다. 정치 뉴스가 끝나자 코스피가 저평가됐지만 저가 매수는 신중히 하라는 충고와 자율 주행 차의 사고 소식이 이어졌다.

"사고도 자율적으로 냈나 보네."

준기는 혼잣말로 중얼거리고 로라를 곁눈질했다. 그녀는 아무런 반응이 없었다. 이어서 프랑스 실업자들의 시위, 여름철 물놀이 안전하게 즐기기, 새로 개봉한 슈퍼히어로 영화, 가축 살처분 후 심리 치료 필요……

사람이 이렇게 미쳐가는 거구나. 준기는 직육면체 어둠 속에 누워 생각했다. 로라는 딸기 무늬 파자마를 입고 그의 품에 다소곳이 안겨 있었다. 머리칼 한 가닥이 그의 입가를 간질였다. 준기는 그녀의 왼손을 더듬어 약지의 커플링이 서로 만나도록 손깍지를 끼었다. 이런 증상을 신경정신과 전문 용어로 뭐라고 할까? 망상? 정신 분열? 또라이 새끼?

티아라는 자신의 착각이라고 우겼다. 아침에 서랍에서 꺼내 직접 머리에 씌워주고는 까맣게 잊었다고. 그럼, 청바지와 블라우스에는 역시 왕관이지. 이튿날 귀가했더니 텔레비전이 켜져 있었다. 로라는 의자 위에서 목을 뒤틀고 패션쇼를 시청하는 중이었다. 화려한 의상을 걸친 늘씬한 모델들이 무표정한 얼굴로 런웨이를 누볐다. 준기는 다시 실실 웃으며 우겼다. 아침에 너무 서두르다가 텔레비전을 켜놓고 나왔구나. 얼마나 정신이 없었으면 로라의 목을 저렇게 뒤틀어놓았을까.

다음 날 문을 열었을 때에는 도저히 자신의 착각이라고 우길 핑곗거리가 떠오르지 않았다. 로라는 의자에서 내려와 문을 향해 기어가는 자세로 바닥에 엎드려 있었다. 쭉 뻗은 오른팔은 손가락 끝까지 잔뜩 힘이 들어갔고 왼 다리는 금방이라도 몸을 밀어 올릴 것처럼 팽팽하게 구부러져 있었다. 책상 위에 오도카니 놓인 14K 커플링. 더 이상은 외면할 수 없었다.

로라가, 사람으로, 변해가고 있다.

기적이야, 동화책에나 나오는. 준기는 지극히 비이성적인 전제를 바탕으로 지극히 이성적인 판단을 내렸다. 이렇게 아름다운 여자가 살아 움직이게 되면 내 곁에 머물러 있을까? 옛이야기처럼 내 사랑에 감동해서 나와 결혼할까? 고시원만 벗어나면 나보다 잘난 놈들이 지천으로 깔렸는데. 굳이 벗어날 필요도 없지. 옆방 고시생의 미래 가치만 따져봐도 고졸 계약직 보일러 기사보다는 훨씬 높을 테니까. 더군다나 그녀의 고향은 자본주의의 성채인 백화점 쇼윈도 아닌가.

아무리 생각해도 로라가 사람으로 변하는 순간 그의 로맨스는 끝장이었다. 그 말은 단순히 적금을 붓고 소개팅을 하고 텔레비전 속 요정들을 보며 불평 아닌 불평을 하는 생활로 돌아간다는 의미가 아니었다. 로라는 맹물 같던 그의 일상을 한 잔의 따끈한 코코아로 만들어준 감미로운 분말이었다. 이제 와서 다시 맹물과 분말로 분리하는 건 불가능했다. 로맨스가 끝장나는 순간 그의 삶도 끝장이었다. 준기는 어디선가 혼자 뿌듯해

하고 있을 사랑의 여신이 원망스러웠다. 눈치가 없는 겁니까, 공감 능력이 떨어지는 겁니까? 여태 신경도 안 쓰다가 왜 이제 와서 이런 쓸데없는 기적을…… 왜!

준기의 눈길이 걸고리에 걸린 자물쇠를 향했다. 매일 쪽창으로 손이 들어와서 자물쇠 여는 걸 지켜봤겠지? 빌어먹을 기적에 맞설 대비를 해야 했다. 준기는 일단 방 안쪽의 걸고리를 바깥 문틀에 옮겨 달고 자물쇠의 비밀번호도 바꾸었다. 로라를 벽을 향해 눕혀놓고 인터넷을 뒤졌다. '퍼스트 러브'라는 BDSM 쇼핑몰에서 필요한 물건들을 찾을 수 있었다. 안대, 재갈, 수갑, 족쇄…… 그래도 모든 걸 인터넷으로 살 수 있는 세상이라서 다행이었다.

이튿날 준기는 열흘 후에 들어갈 수 있는 반지하 셋집을 계약했다. 누추하기 짝이 없었지만 건물 뒤쪽으로 출입구가 따로 나 있고 옆집은 인쇄업체에서 창고로 쓴다는 점이 마음에 들었다. 습기 문제는 제습기 두 대가 해결해줄 터였다. 준기는 곧장 을지로 철제 상가로 가서 가로 2미터, 세로 1미터의 철제 우리를 주문하고 이삿날에 맞춰 배달해달라고 했다. 용도를 묻는 사장에게는 진돗개를 키운다고 둘러댔다. 아주 사나운 놈인가 보네. 아뇨, 그렇지는 않아요.

"오늘만 참아. 내일 우린 새집으로 이사 갈 거야. 우리 둘만의 보금자리로. 어제 도배를 새로 했어."

준기는 손으로 로라의 머리를 쓸어내리며 속삭였다. 맨살에 닿는 실리콘 피부에서 미적지근한 온기가 느껴졌다.

"자작나무가 그려진 연두색 벽지로 골랐어. 당신은 숲속의 공주였으니까. 화분도 몇 개 사다 놓을까 해. 공기 정화 식물로. 참, 박 주임이 그러는데, 나 내년에 정규직 될지도 몰라. 그럼 4대 보험 적용되고 연봉도 좀 오를 거야. 내가 열심히 일해서 보살펴줄게. 언제까지나."

준기는 로라를 꼭 끌어안았다. 가슴팍을 누르는 그녀의 젖가슴 안쪽에서 희미하게 심장박동이 느껴졌다.

"그러니까 사람 같은 거 될 필요 없어. 이거, 그저 그래."

10.

최 반장은 라텍스 장갑을 끼고 고시원 방을 뒤적였다. 벽에 붙은 행거에는 다양한 스타일의 여자 옷이 빼곡히 걸려 있었다. 모두 같은 사이즈였다. 구석구석의 수납공간도 대부분 여성용 액세서리와 메이크업 용품들이 차지하고 있었다.

"주인 할머니는 여자친구가 드나드는 걸 본 적이 없다는데요. 방에서 여자 말소리가 들리거나 하지도 않았고."

허 형사가 문간에 서서 보고했다.

"이 정도 살림이면 여기서 거의 살았다는 건데."

"몰래 드나들었을 수 있죠. 할머니 귀가 잘 안 들리던데. 아무튼 방세 꼬박꼬박 잘 내고, 조용하고 착실한 총각이었답니다. 사건만 터지면 다들 조용하고 착실했대. 그리고 오늘 밤에 방을 비울 예정이었다네요."

"오늘?"

최 반장은 침대에 눈을 홉뜨고 죽어 있는 남자를 내려다보았다. 목에는 족쇄의 쇠사슬이 감겨 있었다. 족쇄의 반대쪽 고리는 방바닥에 고정된 책상 다리에 걸려 있었다. 혈흔이나 다른 외상은 없었다. 벌어진 입꼬리가 웃는 것처럼 위로 살짝 당겨져 있었다.

"옆방 사람들은 정말 아무 소리 못 들었대?"

"예. 이런 벽 너머에서 살인 사건이 벌어졌는데 어떻게 모를 수가 있지?"

허 형사는 베니어판 벽을 주먹으로 두드리며 말했다. 최 반장은 남자의 목을 파고든 쇠사슬 자국을 유심히 살폈다.

"모르지, 자살인지도."

"저게요?"

"드물지만 제 손으로 목을 졸라 죽는 자교사(自絞死)도 있으니까."

"어쨌든 여자친구를 빨리 찾아야 단서가 나오겠네요."

최 반장은 남자가 벗어놓은 것으로 보이는 바지와 점퍼를 뒤졌다. 주머니에서 사원증이 나왔다.

"P백화점 시설지원팀 직원이네. 지난봄에 마네킹 도난당했다고 신고한 백화점이잖아."

"참, 아까 P백화점 부점장한테 전화 왔었는데, 그 마네킹 찾았답니다."

"그래?"

"누군가 쇼윈도 앞에 두고 간 걸 새벽에 경비원이 발견했대요."

"오늘?"

"예. 또라이 새끼가 뒤늦게 정신 차린 모양이죠."

"마네킹이 돌아왔다, 오늘…… 묘한 우연이네."

최 반장은 행거에서 노란 원피스를 꺼내 들고 남자의 시신과 번갈아 바라보았다. 남자의 몸에 들어갈 사이즈는 아니었다. 한참을 골똘히 생각에 잠겨 있던 최 반장은 피식 웃으며 원피스를 다시 행거에 걸었다.

"왜 그러세요?"

"아냐, 아무것도."

미루의 초상화

미루. 그녀의 이름일세. 미루나무에서 따왔을까? 아니면 아름다운 눈물? 성은 모르겠어. 본명인지도 확실치 않고. 어쩌면 '미유'나 '이루'라고 말한 걸 내가 잘못 들었는지도 몰라. 처음 이름을 물었을 때 그녀는 고개를 숙인 채 조그맣게 웅얼거리기만 했거든. 재차 물었다가는 그대로 사라져버릴 것 같아서 난 그냥 가장 그럴싸한 발음으로 알아들은 척했지. 미루. 그녀에게 잘 어울리는 이름이야. 눈을 감고 불러보게. 혀 위에서 슬며시 생겨난 소리가 숨결과 함께 흩어지는 게 느껴지지 않나? 휘파람 같은 여운을 남기면서.

　노인은 생맥주를 길게 한 모금 마시고 콧수염에 묻은 거품을 손바닥으로 훔쳤다. 작년에 봤을 때도 그랬지만 도무지 연배를 짐작하기 힘든 풍모였다. 예순 초반에서 여든 중반까지 어떤 숫자를 말해도 순순히 받아들일 수밖에 없었다. 어깨에 걸쳐놓은 잿빛 땋은 머리와 육각 선글라스, 빛바랜 양가죽 사파리 재킷에서 풍기는 아우라 때문이었다. 무림의 은둔 고수 내지는 관록의 허풍선이 같은. 우리도 바로 그 아우라를 검증해보고 싶은 호기심에 그를 선택했던 것이다.

지난해 봄 진희와 나는 연극을 보기 위해 오랜만에 대학로를 찾았다. 하지만 그날 우리는 연극을 보지 못했다. 버거킹의 트레이에 올려놓은 티켓을 내가 햄버거 포장지와 함께 휴지통에 처넣은 탓이었다. 그녀가 전부터 벼르던 공연의 마지막 회차 티켓이었다. '넌 정말이지'로 시작하는 융단 폭격을 각오했으나 진희는 웬일인지 별말이 없었다. 평소 나의 덜렁이 기질을 그냥 넘기는 법이 없었는데. 나를 더 깊은 자책의 수렁으로 밀어 넣는 새로운 전술인가 싶어서 기죽은 표정으로 뒤만 졸졸 따라다녔다. 술을 마시기에는 애매한 시간이고, 밥은 이미 햄버거로 때웠고, 봄이 무색하게 날씨는 구질구질하고…… 그렇게 마로니에 공원을 배회하던 중 진희가 먼저 사면의 손길을 내밀어주었다. 초상화나 그려볼까?

미루를 만난 건 중학교 미술 교사로 재직하고 있을 때였네. 지금은 어떤지 모르겠지만, 인생 공으로 먹고사는 직업이었지.

설렁설렁 애들 그림이나 봐주면 월급 따박따박 나오겠다, 방학이면 시간 남아돌겠다, 정년까지 해고될 염려 없겠다. 미대 교수님들에겐 내 그런 선택이 의외였던 모양이야. 자넨 그림을 계속 그릴 줄 알았다는 둥, 재능을 썩히는 게 아쉽다는 둥. 그저 성실성 하나 봐줄 만했던 제자에 대한 공치사였겠지. 재능은 무슨.

나라고 예술적 호기에 들려 기고만장하던 때가 없었겠나. 나의 영혼을 캔버스에 발라 미술사의 한 챕터를 장식하리라. 시간과 감각의 세계 너머에 아로새겨질 명작을 남기리라. 미대를 졸업하자마자 몽진포의 다 쓰러져가는 어촌 폐가를 헐값에 사들여 아틀리에로 꾸몄다네. 거기 틀어박혀서 밤낮없이 그림만 그렸지. 돈이 떨어지면 어판장에 나가 며칠 막일을 하고, 다시 틀어박혀 그림을 그리고. 가난이나 고독 따윈 미래에 쓰일 내 전기를 꾸며줄 배경에 불과했어. 고흐, 로트레크, 모딜리아니, 다 그렇지 않았나. 몽마르트르 언덕에 모여 뇌가 녹아내리도록 압생트를 퍼마시고 시궁창에서 예술혼을 불태운 선배들. '나는 가난하여 가진 건 오직 꿈뿐이라.' 예이츠의 시구처럼 꿈을 먹고, 꿈을 지펴 불을 때고, 꿈과 연애하던 시절이었지.

어쩐지, 정식으로 그림을 배운 사람이구나. 노인은 독특한 분위기만큼이나 그리는 과정도 범상치 않았다. 콧수염을 만지작거리며 선글라스 너머로 진희를 잠시 관찰하더니 대강의 윤곽선도 잡지 않고 왼쪽 눈부터 거침없이 그려나갔다. 옹이가 박힌 손가락의 날렵한 움직임을 따라 빙판 아래 숨어 있던 얼굴이 떠오르는 것처럼 백지 위에 진희가 나타났다. 처음의 일별만으로 충분하다는 듯 노인은 초상화를 그리는 내내 고개를 거의 들지 않았다. 역시 은둔 고수 쪽인가.

완성된 그림에 대해서 말하자면, 뭐랄까, 볼수록 야릇한 초상화였다. 길거리에서 푼돈에 팔리기 아까운 솜씨인 건 분명했다. 문외한인 내 눈에도 터치 하나하나에 오랜 수련의 흔적이 엿보였으니까. 다만 연필 초상화의 생명이랄 수 있는 싱크로율의 측면에서 미묘한 어긋남이 있었다. 어느 부분이 실물과 닮지 않았다고 꼭 집어 말하기는 어려웠다. 도화지 위에서 뚱한 미소—당시 상황이 상황이니만큼—를 머금고 있는 여인은 나의 여자친구 진희가 틀림없었다. 그런데 아닌 것 같았다. 마치 분장술의 대가가 시치미 뚝 떼고 진희인 척하는 느낌이랄까. 진희 역시 못내 꺼림칙한 표정이었다. 잘 그리긴 했는데…… 그녀는 고개를 갸웃거리다가 도화지를 둘둘 말아 고무줄 머리끈으로 묶었다. 자, 선물.

하지만 사람이 언제까지 꿈만 뜯어먹고 살 수 있겠나. 솜사탕처럼 배도 부르지 않은데. 꾸준히 공모전에 출품하고 여기저기 청을 넣어 전시회를 가졌지만 알아봐주는 사람은 없더군. 몽마르트르 선배들이 보여주듯 그런 세상의 무관심 역시 전기의 필수 요소이긴 해. 그렇지만 그들과 나 사이엔 한 가지 결정적인 차이가 있었다네. 날 몰라보는 세상을 탓하기 전에 나 스스로 작품에 확신이 없었다는 거야. 매번 혼신을 다해 하나의 캔버스를 채웠지만 거기엔 늘 무언가가 빠져 있었어. 작품을 캔버스와 물감의 결합 이상의 것으로 만들어주는 꿈틀거리는 무언가.

애당초 내겐 재능이 없었던 게 아닐까. 감각의 세계 너머는커녕 감각의 세계에도 도달하지 못한 게 아닐까. 바람만 잔뜩 들어 인생을 허비하고 있는 게 아닐까. 의심이 열정을 갉아먹으면서 가슴 한복판에 구멍이 뻥 뚫렸지. 그 구멍으로 불안과 공허가 스멀스멀 기어들어 오더군. 하얀 캔버스가 허공에 나타난 괴물의 아가리처럼 보이기 시작했어.

아틀리에보다 항구 술집에서 보내는 시간이 늘어갔다네. 만일 알코올중독과 한순간 반짝이는 영감 사이에 바늘 끝만 한 상관관계라도 있다면 기꺼이 내 간을 제물로 바치고픈 심정이었어. 하지만 아무도 받아주지 않더군. 알코올중독과 상관관계가 있는 건 수전증과 기억상실, 환각, 환청이라는 사실만 확인했지. 다행히 그땐 예술의 신비만 포기하면 되는 거였어. 사람이 팔이나 다리 한 짝 없다고 못 사는 건 아니니까.

서울로 돌아와 교편을 잡은 후부터 생활은 제자리를 찾아갔다네. 나를 짓누르던 불안과 공허가 가시고 자연스럽게 술을 멀리하면서 건강을 회복했지. 동료 교사에게 소개받아 결혼을 전제로 만나는 아가씨도 있었어. 음, 이젠 이름도 얼굴도 가물가물하네. 뭐든 잘 무치는 아가씨였는데. 콩나물이건 달래건 파래건 양념을 휙휙 뿌리고 석석 무치기만 하면 감칠맛이 기가 막혔어. 지금쯤 어떻게 살고 있을까? 아마 자식들 다 키워놓고 남편과 오순도순 노년을 보내고 있겠지. 콩나물을 무치고 달래를 무치고 파래를 무치면서. 나도 그렇게 살 수 있었을 텐데. 잔잔한 연못 위에 뜬 종이배처럼. 그녀가 물보라를 일으키며 뛰어들지만 않았다면.

노인과 나의 눈길이 동시에 테이블 위에 펼쳐놓은 초상화에 쏠렸다. 갑작스러운 주목이 어색한지 그녀는 어정쩡하게 입을 벌리고 웃었다. 갸웃이 처진 눈꼬리가 우수와 우울 사이를 무심하게 배회했다. 쳐다보고 있자니 연필 선들이 눈에 띄지 않게 꿈틀거리며 표정이 미세하게 변하는 것 같았다. 또다시 등골이 오싹해졌다.

두루마리는 서랍 안쪽 철 지난 다이어리 밑에 깔려 있었다. 납작하게 찌그러진 두루마리를 보자 1년 전의 대학로 데이트가 고스란히 떠올랐다. 그게 우리의 마지막 데이트였다. 그날 진희의 관대함이나 난데없는 초상화 선물에는 다 이유가 있었던 것이다. 까만 머리끈에 엉켜 있는 머리카락 한 올이 왜 그리 짠해 보이던지. 너와 나는 같은 곳에서 떨어져 나왔구나. 그녀에게 좀더 단단히 뿌리를 내리지 그랬니. 감상에 젖어 도화지를 펼치는 순간, 등골이 오싹해졌다.

 교감 선생의 부탁으로 결혼식 부조금을 대신 전달하러 간 날
이었네. 동창 아들이라고 했던가. 총각이 휴일에 먹는 것도 시
원찮을 텐데 가서 요기나 하라는 배려 아닌 배려였지. 부조 테
이블에 봉투만 던져주고 식당으로 가려는데 때마침 울리는 웨
딩 마치에 발길이 저절로 예식장으로 향하더군. 나도 조만간
치를 행사이니 견학이나 해두자는 생각이었나 봐. 웨딩드레스
를 입은 신부가 궁금하기도 했고. 운명이란 놈은 늘 그런 식으
로 미끼를 던지지.
 지루한 주례사가 이어지던 중 갑자기 하객석 뒤쪽이 술렁
였어. 돌아보니 하늘하늘한 꽃무늬 원피스를 입은 여자가 하
얀 카펫을 따라 걸어오는 거야. 표정이 없는 파리한 얼굴로, 웨
딩드레스를 입은 신부처럼 한 걸음 한 걸음. 여자가 단상 앞까
지 다가오자 주례사가 끊기고 양가 부모며 하객들이 모두 어리
둥절한 표정을 지었지. 돌아보는 신랑 혼자 사색이 되더군. 저
런, 저런. 안쓰러움 반 호기심 반으로 지켜보는데, 여자가 핸
드백에서 접이식 면도칼을 꺼내 펼치더니 순식간에 자기 손목
을……
 식장은 아수라장이 됐지. 사방에서 비명을 질러대고 의자가
넘어가고 신부는 기절해 쓰러지고 신랑은 어느 여자부터 일으
켜야 할지 몰라 갈팡질팡. 달려온 예식장 직원들이 여자를 둘

러웁고 나간 후에도 소동은 쉬이 진정되지 않았다네. 웨딩드레스 자락에 뿌려진 핏자국이 식장을 나가는 장면이 기억나는 걸 보면 난 끝까지 자리를 지켰던 모양이야.

힘한 꼴을 보게 해서 미안하다며 교감 선생이 들려준 자초지종은 예상을 크게 벗어나지 않더군. 그 여자가 원래 정상이 아니었다더라, 처음엔 애교 섞인 질투인 줄 알았는데 점점 감당하기 힘든 집착과 이상행동을 보였다더라, 알고 보니 정신 병력이 있었다더라, 헤어진 후에는 자살하겠다는 협박 전화에 골머리를 앓았다더라, 정신과 치료비를 대는 조건으로 이모라는 사람과 얘기를 잘 끝냈다는데 이런 대형 사고를 칠 줄 누가 알았겠느냐.

그렇게 사랑했나? 들을 땐 그냥 그러고 말았지. 어차피 남의 일이니까. 그런데 말이야, 그날 밤 꿈을 꾸었어. 눈 덮인 거리에서 여자의 구두 발자국을 따라가는 꿈을. 뽀드득, 뽀드득, 발자국과 보폭을 맞춰 걷는데 하늘에서 눈송이가 떨어지기 시작하는 거야. 걸음을 재촉해 뒤쫓았지만 가도 가도 발자국의 주인은 보이지 않았어. 난 숨을 헐떡이며 눈길을 내달렸지. 점점 희미해지다가 하얗게 지워지는 발자국을 따라 마지막 모퉁이를 돌았는데, 가로등 불빛 아래 눈밭을 파고든 빨간 핏자국이…… 그 꿈이 반복되는 거야. 매일. 눈을 뜨면 실제로 눈길을 달린 것처럼 가슴이 벌떡거렸지. 마치 심장이 갈비뼈를 두드려 모스부호를 보내는 것 같았어. 그녀를 만나야 한다고.

노인은 남은 맥주를 비우고 고개를 돌려 그윽한 눈빛으로 허공을 응시했다. 테이블에 앉은 지 채 30분이 안 됐는데 벌써 세 잔째였다.

"한 잔 더 하시겠어요?"

"그럴까?"

손님도 없는 휑한 실내에 비틀스의 「Ob-La-Di, Ob-La-Da」가 요란하게 울려 퍼졌다. 종업원을 불러 생맥주를 주문하고 볼륨을 조금 낮춰달라고 했다. 노인이 포크로 소면을 뒤적여 골뱅이를 골라 먹는 동안 옆에 놓인 초상화를 곁눈질했다. 전 남친의 결혼식장에 난입해 자해 소동을 벌일 만한 객기는 없어 보이는데…… 여자가 새치름하게 시선을 피했다.

1년 만에 다시 찾은 대학로. 노인은 그 모습 그대로 마로니에 공원 한구석에 이젤을 세워놓고 앉아 있었다. 또라이 취급받을 각오를 하고 노인에게 다가가 초상화를 펼쳐 보였다. 작년 봄에 여기서 여자친구 초상화를 그렸는데요. 아니, 지금은 헤어졌지만. 아무튼 이상하게 들리시겠지만, 저기, 그림이…… 막상 설명하려니 입이 떨어지지 않았다. 콧수염을 만지작거리며 초상화를 들여다보던 노인이 뒷말을 이었다. 변했군. 서늘한 꽃샘바람이 초상화를 흔들고 지나갔다. 그렇다, 도화지 속에는 진희가 아닌 다른 여자가 뚱한 미소를 머금고 있었다. 육각 선글라스 뒤에서 흔들리는 눈빛이 말해주었다. 노인은 그림 속의 여자를 안다는 걸. 그리고 둘 사이에는 이 괴이한 현상을 설명해줄 사연이 있다는 걸. 내겐 애프터 서비스 차원에서 그 사연을 들을 권리가 있다는 걸.

"그래서 그 여자분은 만나셨나요?"

자네, 모딜리아니 좋아하나? 화가는 몰라도 그림은 어디선가 봤을 걸세. 얼굴이 길고 목도 길고 고개를 갸우뚱하게 기울여 멍하니 정면을 쳐다보는 여인들. 매혹적이지. 그런데 뭔가 이상하지 않던가? 눈동자가 없어. 모딜리아니는 대부분의 인물화에 눈동자를 그려 넣지 않았거든. 마음의 창이 없으니 아무리 쳐다봐도 무슨 생각을 하는지 짐작이 안 가는 거야. 되레 쳐다보는 상대방이 당황하고, 안절부절못하며 시선을 피하고, 영혼을 빨아들일 것 같은 그 침묵이 두려워 급기야 적개심까지 품게 되지.

예식장에 전화해 신랑 친척인 척하며 그녀가 실려 간 병원을 알아냈다네. 병원에 전화해 예식장 직원인 척하며 보호자 연락처를 알아내고, 이모라는 사람에게 전화해 병원 원무과인 척하며 알아낸 정보에 의하면, 그녀는 김포 변두리의 조그만 이발소에서 면도사로 일하고 있더군. 면도사라니, 그것참, 상상도 못 했어. 충분히 상상할 수 있는 일인데.

얼마 남지 않은 머리칼을 포마드로 눌러 붙인 늙수그레한 이발사가 커트를 하는 동안 난 거울을 통해 뒤쪽 소파에 앉은 그

118

녀를 관찰했다네. 흰 가운을 걸친 호리호리한 몸피에 윤기 없는 입술, 손수건으로 동여맨 푸석한 머리채, 비스듬히 허공을 더듬는 무심한 눈길. 예식장에서보다 훨씬 더 초췌한 모습이었지. 왜, 아이들 색칠 놀이 책 있지 않나. 까만 선으로 테두리만 그려놓은. 거기서 막 튀어나온 사람처럼 보였어. 왼 손목에 칭칭 감긴 화려한 비즈 팔찌가 생뚱맞게 반짝이더군.

"면도도 해주세요."

윤곽선처럼 앉아 있던 그녀가 부스스 일어나 다가왔다. 철컹하고 의자 등받이 넘어가는 소리에 나도 모르게 양손으로 팔걸이를 움켜잡았다. 뻣뻣한 솔이 뺨과 턱에 사늘한 면도 거품을 발랐다. 사각형으로 자른 신문지 조각을 내 어깨에 걸쳐놓고 그녀는 초록색 자루가 달린 접이식 면도칼을 꺼냈다. 저게 그 칼일까? 벽에 매달아놓은 가죽 띠를 당겨 잡고 면도칼의 날을 세우는 뒷모습이 미사를 준비하는 사제처럼 숙연해 보였다.

칼날은 뺨 위를 시원스럽게 내달리다가 입술 주위를 갉작이고 턱뼈 모서리를 섬세하게 매만졌다. 그녀가 손끝으로 내 턱의 각도를 조절하고 면도날에 묻은 거품을 한 번씩 신문지로 닦아내는 모습을 나는 실눈을 뜨고 훔쳐보았다. 얼굴 굴곡을 따라 칼날의 각도를 달리하면서 적절히 힘을 넣고 빼는 게 살갗에 전해졌다. 색색의 비즈 팔찌가 손을 뒤로 감추고 과장되게 도리질 치는 아이처럼 찰랑거렸다.

"팔찌 예쁘네요."

목의 곡선을 타고 올라오던 면도칼이 울대뼈 위에서 멈칫했다.

"말하시면…… 안 돼요."

눈을 감고 의자에 편안히 몸을 묻었다. 세상에 그녀와 나 둘만 존재하는 것 같았다. 핵전쟁으로 인류가 멸망하고 황무지로 변해버린 지구를 나는 수염이 덥수룩해지도록 떠돌고 있다. 뿌연 흙먼지 속에 빙글빙글 돌아가는 삼색등이 보인다. 하양, 빨강, 파랑. 반쯤 허물어진 이발소의 문을 밀고 들어가 나는 면도를 부탁한다. 다행히 이발소가 남아 있었네요. 예, 여기가 지구 최후의 이발소예요. 앞으로 면도는 여기서만 할 수 있겠군요. 그래요, 당신도 저도 선택의 여지가 없죠. 어째서요? 어차피 손님은 당신밖에 없거든요.

이틀이 멀다 하고 이발소를 찾아가 퇴근하는 그녀를 무작정 쫓아다녔지. 잠깐 시간 좀 내달라, 커피나 한잔하자, 꼭 하고 싶은 얘기가 있다. 그녀는 요지부동이더군. 쉽지 않을 거라고 예상은 했어. 이전의 연애가 그 지경으로 끝났으니. 그렇다고 길거리에서 나를 쏘아붙이거나 발걸음을 재촉해 떨쳐내는 건 또 아니었어. 일이 끝나면 항상 일정한 속도로 타박타박 걸어서 집으로 돌아갈 뿐이었지. 미안하지만 눈동자가 없어서 당신이 보이지 않는다는 듯이. 어쩌겠나, 계속 투박하기 짝이 없는 수작을 걸어보는 수밖에.

　당신에게서 좋은 느낌을 받았다. 우린 왠지 인연이 있는 것 같다. 나 이상한 사람 아니다. 중학교 미술 교사다. 교사이자 화가다. 당신을 그리고 싶다. 그녀가 고개를 돌려 나를 빤히 쳐다보았네. 너무나 갑작스러운 반응에 내가 무슨 말을 지껄였는지 되짚어보아야 했지. 맞다, 실은 모델을 부탁하고 싶다. 당신을 보는 순간 예술적 영감이 벼락같이 내리꽂혔다. 끝내주는 걸작이 나올 것 같다. 모델료는 지불하겠다. 부탁한다. 반드시 해주어야 한다. 한국 미술, 아니 세계 미술의 발전을 위해……
그녀가 다시 발걸음을 옮기며 웅얼거리더군. 그래요, 그럼.

　"자네는 그때 같이 왔던 여자친구와 헤어졌다고."
　노인이 맥주잔을 들고 물었다.
　"예, 미국으로 유학을 갔어요."
　"오, 미국. 똑똑한 친군가 보네."
　"예, 뭐, 저보다는 훨씬 더."
　노인은 지그시 고개를 끄덕였다.
　대학로 데이트 며칠 후, 진희는 회사에서 석사과정을 지원해주는 글로벌 교육 프로그램에 선정됐다는 사실을 통고했다. 이미 다 결정된 일이었기에 상의나 의사 타진은 필요 없었다. UCLA를 포함해 세 곳의 대학에서 입학 허가가 떨어졌고 2년 과정인데 더 길어질 수도 있다고 했다. 내 여자친구가 얼마나 유능한 인재인지 사방팔방 자랑이라도 하고 싶었다.

미안해, 도저히 놓치기 아까운 기회야. 나는 놓쳐도 안 아까운 사람이냐는 질문을 꾹 참고 고개만 끄덕여주었다. 글로벌 교육 프로그램은커녕 동네 회식 프로그램에도 인색한 내 직장을 정리하고 함께 떠나는 문제를 잠시 고민해보았으나, 형식적인 절차라는 건 서로가 알고 있었다.

"사랑하나?"

노인이 눈을 맞추며 물었다. 반사적으로 '예'라고 대답하려다가 멈칫했다. 과거형이 아니라 현재형 질문이었다. 그 시제 차이가 내 감정을 혼란스럽게 만들었다. 나는 어느 순간까지 그 질문에 선뜻 현재형으로 대답할 수 있었을까?

마음의 빗장을 풀고 나자 미루는 대문까지 활짝 열어주더군. 작업할 장소가 마땅치 않다고 황당한 고민을 털어놓는 내게 선선히 자신의 집을 제공했어. 뒤뜰에 창고가 하나 있어요. 널찍하고 별도 잘 드는데…… 화가라는 놈이 전부 새로 장만한 화구를 들고 나타났을 때에도 그녀는 별다른 의문을 제기하지 않았다네. 돌이켜보면, 그녀는 계속 외치고 있었던 게야. 나를 그려달라고.

하얀 캔버스를 사이에 두고 우리는 조심스럽게 서로에게 다가갔어. 말줄임표에서 쉼표로, 다시 마침표로, 때론 물음표나 느낌표로. 그녀는 내 싱거운 농담에 한 박자 늦게 웃어주었고 우두커니 눈을 맞추고 있다가 화들짝 고개를 돌리곤 했지. 그렇다고 그녀가 모딜리아니의 화폭에서 뛰쳐나와 밝고 화사한 르누아르의 화폭으로 냉큼 옮겨 간 건 아닐세. 미루는 여전히 웅얼거렸고 감정 표현이 무뎠고 몸놀림이 어색했어. 할 수만 있다면 가죽 띠를 당겨 잡고 쓱쓱 문질러서 날을 세워주고 싶었지. 아마 정신과 치료의 영향도 있었을 거야. 주방 찬장에 숨겨놓은 약봉지를 몰래 꺼내는 걸 몇 번인가 봤거든.

극적인 변화가 찾아온 건 오히려 내 쪽이었다네. 열정이나 예술혼 따윈 죄다 몽진포의 갯벌에 묻어놓고 온 줄 알았는데…… 처음엔 적당히 스케치나 하면서 시간을 때울 생각이었어. 장소까지 제공해줬는데 손을 놀릴 수는 없지 않나. 한데 그마저도 쉽지 않더군. 눈, 그녀의 눈 때문이었지. 얼굴 윤곽을 다 잡은 후에도 눈을 그려 넣지 못했다네. 그녀의 눈동자를 쳐다보고 있으면 왠지, 어, 뭐라고 할까…… 섬뜩하다, 허무하다, 고혹적이다. 이 세 단어의 중간쯤에 있는 표현이 하나 있으면 좋겠는데. 정작 필요한 단어는 없단 말이야. 아무튼 그랬어. 바닥이 보이지 않는 우물 같은 그 검은 구멍이.

그렇다고 언제까지 눈만 비워둘 수가 있나. 유령을 그리는 것도 아니고. 안구일 뿐이야. 흰자위와 검은자위를 보이는 대로 그리면 돼. 그렇게 마음을 다잡고 스케치북에 연필을 가져가는데, 섬광이 번쩍하며 눈앞이 아뜩해졌어. 알록달록한 기름 막 같은 게 나를 휘돌고 사라진 느낌. 정신을 차려보니 온몸의 기운이 다 빠져나가고 없더군. 갑자기 흐느적거리며 돌아가는 나를 미루는 어리둥절한 표정으로 배웅했지. 그날 밤 잠자리에 누웠는데 그 기묘한 순간이 계속 떠오르는 거야. 작은 구멍을 통해 어딘가로, 어딘가 다른 차원으로 이동했다가 돌아온 듯한, 그 찰나의 체험이 너무나…… 황홀했거든.

심장이 왜 그토록 갈비뼈를 두드려댔는지 알겠더군. 예식장에서 그녀의 텅 빈 눈동자와 마주친 순간 느낀 거야. 그 검은 우물 속에 나를 위한 비밀 통로가 있다는 걸. 우주 반대편으로 점프하는 웜 홀이. 그렇게 도달한 이름 모를 별에는 지구를 비틀어 짜놓은 듯한 그로테스크한 이미지들이 가득했다네. 풀어헤친 머리채가 나무뿌리와 연결된 여인, 팔에서 당근이 자라는 남자, 차에 치어 파도로 변하는 파란 나비, 붉은 천에 감싸여 하늘로 올라가는 하마 떼…… 각각의 이미지 속에는 저마다의 노래와 이야기가 흘러 다녔고, 그들은 또 다른 노래와 이야기를 만나 새로운 이미지를 만들어냈지. 그 신비의 별을 날아다니다 보면 어느새 눈앞의 하얀 캔버스가 다채로운 색으로 채워졌다네.

아, 그때의 순수한 희열을 다시 한번 느껴보고 싶군. 매일 손목이 저리도록 붓을 놀려도 이미지들은 계속해서 샘솟았어. 초현실주의 테마와 거친 터치의 결합은 이전의 내 작품에서 볼 수 없었던 독창적인 아름다움을 탄생시켰지. 하지만 예술적 가치 같은 건 나중 문제였다네. 그리는 행위 자체의 즐거움보다

더 큰 보상은 없었으니까. 드디어 화폭에 꿈틀거리는 생명력을 불어넣었다는 기쁨은 오롯이 나만의 것이었으니까.

정작 나의 뮤즈는 왜 그림에 자신이 없느냐며 서운한 표정을 짓더군. 황당했겠지. 매일 이젤 앞에 앉아 있었는데 완성된 그림이라고 내미는 게 해괴한 형상들뿐이니. 화가는 사물을 보이는 대로만 그리는 사람이 아니다, 이 모든 붓질 하나하나에 당신이 녹아 있다는 설명에 미루는 마지못해 고개를 끄덕여주었어. 팔다리가 흩어진 채 춤추는 무희를 뚫어지게 쳐다보면서.

자신의 그림과 사랑에 빠진 환쟁이를 누가 말리겠나. 난 학교를 때려치우고 연인에게 이별을 고한 후 짐을 싸서 미루의 집으로 들어갔다네. 함께 밥을 먹고, 그녀의 눈동자 속을 탐험하고, 방바닥을 뒹굴며 몸을 섞고, 살과 살을 밀착시킨 채 잠들고…… 매일 반복되는 일상으로 충분했지. 우린 함께 있는 자체로 서로의 빈자리를 꼭 맞게 채워줬거든. 나란히 놓인 퍼즐 조각처럼.

우리에겐 둘만이 치르는 신성한 의식이 있었다네. 면도. 내가 무릎을 베고 누우면 그녀가 얼굴에 발라주던 촉촉한 거품의 감촉이 지금도 생생해. 잘 벼린 칼날이 얼굴 구석구석을 어루만지는 동안 그녀는 위에서 난 아래에서 거꾸로 마주 보고 있는 거야. 그녀가 네 손가락 끝으로 초록색 자루를 쥐고 반쯤 편 새끼손가락으로 균형을 잡으며 면도칼을 다루는 모습이 어찌나 근사하던지. 마지막 순서로 스킨로션을 손바닥에 덜어 착, 착, 두

번 박수를 치고 마사지하듯 얼굴과 목에 발라주면 화끈거리며 피부가 새로 돋아나는 기분이었어. 미루도 그 시간이 좋았나 봐. 수염이 조금만 올라오면 나를 무릎에 눕히고 칼을 갈곤 했거든.

행복했지. 내 삶에서 유일하게 행복한 시간이었다네. 신비와 생활이 하나로 겹쳐 있던. 그게 비록 거대한 두 원의 순간적인 접점일 뿐이었다 해도 말이야.

노인은 아련한 추억이 북받치는 듯 다시 고개를 돌려 허공을 응시했다. 습관적인 동작이라기엔 그 각도가 지나치게 일정했다. 그의 그윽한 시선을 따라가보니 선반에 진열된 위스키병들이 조명을 받아 반짝이고 있었다.

"맥주 더 시킬까요?"

"어, 맥주는 배가 불러서 더 못 마시겠군."

그러시겠지. 내가 두 잔을 홀짝일 동안 일곱 잔인가 여덟 잔을 쉬지 않고 들이부었으니. 머릿속으로 위스키값과 남은 이야기를 저울질해보았다. 초상화의 비밀이 곧 나올 것 같은데, 그렇다고 나도 내 돈 주고 안 마시는 양주를 처음 보는 노인네한테…… 노련한 바람잡이처럼 초상화 속 여인이 미스터리한 눈웃음을 흘렸다.

노인은 메뉴판을 꼼꼼히 살피더니 커티 삭 12년산을 주문했다. 고맙게도 터무니없이 뻔뻔한 선택은 아니었다. 돛을 활짝

펼친 커티 삭과 과일 안주가 테이블에 입항했다. 스트레이트로
한 잔 들어가고 나자 노인의 입이 다시 열렸다.

"어디까지 했더라?"

'꿈길밖에 길이 없어 꿈길로 가니, 그 님은 나를 찾아 길 떠
나셨네.' 아름다운 어긋남이지 않나? 하지만 꿈속의 당사자들
에겐 난감하기 짝이 없는 어긋남일 테지. 사랑하는 이의 부재
가 나에 대한 사랑 때문이라니.

바닥이 보이지 않는 깊은 우물에 분홍 꽃잎 한 장이 팔랑이
며 떨어졌어. 작은 파문이 일며 검은 수면에 내 얼굴이 비쳤지.
수면은 생각보다 가까운 곳에 있더군. 허리를 굽혀 손을 뻗으
면 닿을 거리에. 고개를 들어보니 미루가 홍조 띤 얼굴로 미소
짓고 있었어. 눈을 반짝이면서. 반짝이면서…… 그 빛이 비밀
통로를 막아버린 거야. 신비의 별로 가는 웜 홀을. 그 별은 혼
돈과 결핍의 놀이터였으니까.

물감을 머금은 붓이 허공에서 머뭇거리는 시간이 늘어갔지.
노래가, 이야기가, 이미지가 사라지자 하얀 캔버스가 다시 아
가리를 벌리고 달려들더군. 순수한 희열의 붕괴는 예술적 호기
의 붕괴보다 더 아팠다네. 훨씬 더. 팔다리 하나 절단하는 것과
내부에서부터 파먹혀 사라지는 것의 차이랄까. 조용히 사라지
기라도 했으면 좋았을걸. 미루, 그녀는 나의 사라짐을 용납하
지 않았다네. 곧 '감당하기 힘든 집착과 이상행동'의 실체를 알

게 됐지.

갑자기 화장이 짙어지고 내 일거수일투족에 과민하게 반응하고 방바닥에 떨어진 터럭을 서랍에 모아두지 않나, 하루에도 몇 번씩 집으로 전화를 걸어댔어. 전화를 받지 않았더니 일하다 말고 달려오기도 했다네. 한번은 숨을 헐떡이며 문을 열어젖히는데 손에 거품이 묻은 면도칼이 들려 있더라고. 누군가의 검은 수염이 점점이 박혀 있는. 밤이면 나를 눕혀놓고 손, 발, 입술, 혀, 가슴, 머리채를 동원해 내 몸 구석구석을 애무했어. 어둠 속에서 과장된 신음을 듣고 있노라면 어린 창부에게 화대를 찔러준 음탕한 노인네가 된 기분이었지.

미루의 처연한 노력은 나를 더욱 비참하게 만들었다네. 다시 술을 입에 대기 시작했어. 입에 댄 정도가 아니라 밤낮으로 술병을 물고 살았지. 술에서 깬 후와 다시 취하기 전까지의 자투리 시간은 에곤 실레의 자화상 같은 얼굴로 방구석에 구겨져 있었고, 알코올이란 게 원래 모든 감정을 증폭시키잖아. 특히 사랑과 원망을. 면전에서 가학적인 독설을 퍼붓다가 다음 날이면 엎드려 그녀의 발을 끌어안고 우는 일이 반복됐어. 넌 나의 뮤즈다, 아니 또 다른 굴레다, 네 침묵이 내 영혼을 빨아들인 거다, 잘못했다, 내겐 너뿐이다, 미치겠다, 당장 떠나겠다, 우린 떨어질 수 없다, 우린 끝났다, 영원히……

미루는 내 변덕맞은 주벽을 묵묵히 받아냈다네. 그게 부끄러워서 나는 또 화가 났고, 화가 나서 또 술을 마셨지. 그녀는 말

리지 않았어. 말리기는커녕 항상 술값을 넉넉히 챙겨주고 집에
도 술이 떨어지지 않도록 신경 썼다네. 차라리 내가 매일 인사
불성이 되기를 바라는 눈치였지. 두 다리로 떠날 기운조차 없
도록. 언제부턴가 주방 찬장 안의 약이 줄어들지 않더군.

재밌는 건, 그 난장판 속에서도 신성한 면도 의식은 계속됐
다는 거야. 수염이 까칠하다 싶으면 그녀는 가죽 띠에 칼날을
벼렸고 난 얌전히 그녀의 무릎을 베고 누웠지. 거뭇하게 웃자
란 수염 위로 그녀가 하얀 거품을 바를 때면 묘한 스릴이 느껴
졌다네. 이 넌더리 나는 반복을 끝내줄 짙붉은 한순간을 기다
렸나 봐. 하지만 미루는 언제나처럼 능숙한 손놀림으로 주정꾼
의 초췌한 얼굴을 멀끔하게 만들어줄 뿐이었지. 매번 어긋나는
기대에 지쳐버린 걸까? 만취해 폭언을 퍼부을 때도 삼가던 말
까지 결국 꺼내고 말았어.

"미루."

"응."

"이 면도칼 말이야."

"응."

"예식장에서 썼던 그 칼이야?"

칼날이 턱 밑에서 우뚝 멈췄다. 내 앞에서는 항상 왼쪽 손목
을 팔찌나 옷소매로 가리고 있던 그녀였다.

"놀랄 거 없어. 나 거기 있었거든."

이쯤에서 그만둬야 한다고 생각했지만, 생각은 이미 힘을 잃은 지 오래였다.

"당신 찾느라 여기저기 거짓말 많이 했잖아. 궁금하더라고, 어떤 여자인지."

턱 밑에서 칼날이 미세하게 떨렸다.

"그 남자, 그렇게 사랑한 거야?"

미루는 대답이 없었다. 내려다보는 그녀의 눈동자에 작은 꽃잎이 떠 있었다.

"정말로 죽을 생각이었어?"

연한 피부를 누르고 있던 칼날이 떨어져 나갔다. 미루는 내 눈길을 피하며 면도칼에 묻은 거품을 신문지로 닦아냈다.

"아니, 쇼한 거야."

그녀가 왼손 검지와 중지로 내 턱을 잡고 뒤로 젖혔다. 평소와 달리 손끝에 힘이 들어가 있었다. 칼날이 목의 대동맥 위에 얹혔다.

"왜?"

거침없는 손길이 면도날을 턱 끝까지 한번에 쓸어 올렸다. 칼날이 지나간 자리가 알알하게 쓰렸다.

"나를 평생 기억하게 하려고."

눈동자에 뜬 꽃잎이 저 혼자 빙글빙글 맴을 돌았다.

"아니, 싫으면 떠나면 그만이지 왜 그 지경이 되도록 옆에 붙어서……"

괴롭혔냐는 말은 생략했다. '진드기처럼'이라는 수식어도. 노인은 술잔을 입안으로 던지듯이 위스키를 털어 넣었다.

"미루와 나는 마주친 순간 이미 고무줄의 양 끝을 허리에 비끄러맨 거야. 아무리 서로를 밀쳐내고 반대 방향으로 달려도 우린 연결돼 있었지. 고무줄의 장력이 버티는 한도 내에서는."

문득 미국으로 떠난 진희가 떠올랐다. 우리의 장력은 어느 정도였을까? 영화나 드라마에서 사랑은 온갖 현실적 장벽을 가볍게 뛰어넘는 초능력을 발휘하지만, 진짜 현실에서는 번번이 뒷전으로 밀리며 호구 취급받기 일쑤이다. 내 역할은 담담한 미소를 머금고 출국장 게이트 너머에서 손을 흔들어주는 것뿐이었다. 포스트잇을 떼어내듯 깔끔한 이별이었다. 2년이라는 시간을 감안한다면, 청 테이프의 그악스러운 흔적까지는 아니더라도 스카치테이프의 투명한 끈적임 정도는 남아도 좋았으련만.

나도 술잔을 입안으로 던지듯이 위스키를 털어 넣었다. 노인이 내 잔과 자신의 잔을 차례로 채웠다.

"그때를 돌아보면 모든 게 어렴풋해. 나는 술을 끊지 못해서, 미루는 약을 끊어서, 둘 다 제정신이…… 아니, 변명은 않겠네. 결국 내가 먼저 허리에 묶인 매듭을 풀어버린 거야. 팽팽하게 당겨진 고무줄이 총알처럼 날아가 그녀의 등짝을 후려칠 줄 알면서."

저 나무 보고 싶다. 어느 날 텔레비전을 보고 있던 미루가 웅얼거렸어. 하늘을 향해 곧게 뻗은 거대한 나무가 화면을 채우고 있더라고. 우산을 쓴 것처럼 윗부분에만 가지들이 퍼진 특이한 모양이었지. 남자 성우의 차분한 내레이션에 따르면 그게 바로 『어린 왕자』에 등장하는 바오밥나무라는군.

바오밥나무는 아프리카 주술사들에 의해 예로부터 신성한 나무로 여겨졌습니다. 속이 빈 줄기에 구멍을 뚫어서 사람이 살기도 하고 시신을 매장하기도 했지요. 가지가 퍼진 윗부분이 뿌리처럼 보여 신이 거꾸로 심은 나무라는 전설도 전해지고 있습니다. 평균 수령이 5천 년에 이르는 이 나무는……

5천 년이라니, 정말 무지막지한 시간 아닌가. 수십 그루의 바오밥나무들이 뿌리 같은 가지로 마다가스카르의 붉은 노을을 움켜쥔 풍경은 장관이었다네. 저 나무 보고 싶다. 미루가 무릎을 끌어안고 되뇌었지. 그 맥없는 소망이 바람에 날리는 검은 비닐봉지처럼 방 안을 떠다녔어. 잡아채 휴지통에 구겨 넣고 싶은 마음 때문이었나 봐. 내 입에서 그런 말이 튀어나온 건. 가자, 우리.

여기저기 손을 벌려 푼돈을 긁어모으고 마다가스카르 여행 정보를 수집하고 여권을 만들고 항공편을 예약하고 짐을 꾸리고…… 정신을 차려보니 미루와 난 방콕으로 가는 비행기에 앉아 있더군. 아프리카 오지와 김포 변두리 사이에서 흔적 없이 사라졌어야 할 흰소리가 며칠 만에 현실이 돼버렸어. 바오밥나무였겠지. 그 수천 년 묵은 요괴가 지구 반대편에서 텔레비전을 통해 우리에게 최면을 건 거야. 어서 오라. 이곳에 너희를 위한 제단이 준비돼 있다.

우리는 방콕에서 마다가스카르의 수도인 안타나나리보행 비행기로 환승했고, 거기서 다시 비행기를 바꿔 타고 모론다바라는 해안 도시로 날아갔어. 호텔에 짐을 풀자마자 지프를 타고 비포장도로를 두 시간쯤 달려 텔레비전에서 보았던 바오밥나무 군락지에 도착했지. 거기엔…… 바오밥나무가 있더군. 가장 단순한 말로 표현할 수밖에 없는 순간이 있는 법이라네. 인간이 만들어낸 어떠한 미사여구도 누가 될 수밖에 없는. 우리는 아프리카 초원에 어깨를 맞대고 앉아 그 거대한 나무들을 바라보았지.

"있지."
"응."
"바오밥나무 수령이 5천 년이라고 했잖아."
"그랬지."
"그럼 저 나무들 중에는 이순신 장군이 거북선을 만들 때 저기 서 있던 나무가 있겠네."

"그렇겠지."

"예수가 십자가에 못 박힐 때 저기 서 있던 나무도 있겠다."

"그렇겠지."

"소크라테스가 독배를 마실 때에도."

"석가모니가 '천상천하 유아독존'을 외칠 때에도."

"이집트 노예들이 피라미드를 쌓을 때에도."

"저 어린 나무들은 앞으로 또 그 정도의 세월을 살아가겠지?"

"그렇겠지, 아마도."

그 위압적인 시간을 조롱하듯 노을은 불쑥 나타나 서녘 하늘을 물들였다. 끈적하게 땀이 밴 손이 겨드랑이를 파고들었다. 돌아보니 미루는 눈물이 그렁그렁한 눈으로 해사하게 웃고 있었다. 어느새 바오밥나무들을 모조리 뒤덮은 아프리카의 짙붉은 노을이 미루의 눈물 한 방울에 담겨 뺨을 타고 흘러내렸다.

우린 대부분의 시간을 바오밥나무 군락지에서 보냈다네. 근처의 칭기 국립공원을 체면치레 삼아 둘러보았을 뿐 미루의 관심은 오직 바오밥나무뿐이었지. 비포장도로를 왕복 네 시간이나 달려야 하는 고충을 마다 않고 매일같이 가자고 졸랐어. 거기서 할 일이 뭐 있겠나. 미루는 꿈꾸는 듯한 표정으로 아프리카 초원을 거닐고, 난 나무 그늘에 앉아 럼을 홀짝이며 그녀를 바라보았지. 미루의 모습은 하루하루 눈에 띄게 달라졌어. 그

림에 덧칠을 하는 것처럼 얼굴에 다채로운 표정이 생기고 뻣뻣
하던 몸놀림은 한결 부드러워졌지. 마치 보이지 않는 튜브를
통해 바오밥나무들로부터 영기를 수혈받는 것 같더군.

한번은 이런 일이 있었다네. 호텔로 돌아갈 시간이 됐는데
미루가 보이지 않는 거야. 조금 전까지 노란 원피스를 입고 나
무들 사이를 돌아다니고 있었는데. 한참을 찾아 헤맨 끝에 나
무둥치에 뚫린 구멍 속에서 그녀를 발견했지. 몸을 동그랗게
웅크리고 잠들어 있더군. 어깨를 흔들어도 깨어나지 않을 만큼
깊이. 하는 수 없이 구멍 속으로 상체를 들이밀고 안아 올리는
데, 도저히 그녀의 무게라고 생각할 수 없는 하중이 팔을 잡아
당기는 거야. 간신히 끌어내보니 미루의 뺨이며 팔뚝의 맨살에
떨어져 나온 나무껍질이 붙어 있더라고. 마치 본드로 붙여놓았
던 자국처럼. 그녀는 눈을 비비며 배시시 웃기만 했어.

하긴 미루는 바오밥나무가 우거진 그곳에서 사라지는 게 어
울렸어. 김포 변두리가 아니라.

"예? 사라지다뇨?"

나도 모르게 목청이 높아졌다.

"말 그대로야. 평소처럼 바오밥나무들 사이를 배회하고 있었
는데, 어느 순간 사라졌어. 나무에 스며든 것처럼."

"그게 말이…… 그래서 어떻게 했습니까?"

"어떡하긴, 혼자 호텔로 돌아왔지. 곧장 짐을 싸고 공항으로

가서 가장 빨리 떠나는 비행기를 탔어."

노인은 포크로 키위 세 조각을 한목에 찍어 입에 넣고 씹었다. 시큼한 과육의 물컹거리는 감촉이 내 입에까지 전해졌다.

"영감님 혹시 미루 씨를 아프리카 오지에 버려두고 혼자 도망친 거 아닙니까?"

"그랬는지도 모르지."

노인은 태연하게 고개를 끄덕였다.

"어떻게 그럴 수 있죠? 헤어지더라도 한국에 돌아와서 깔끔하게 정리하는 게 매너죠."

노인은 때가 긴 엄지손톱으로 술병 라벨에 그려진 커티 삭의 돛을 파냈다. 대양을 누비던 쾌속 범선을 볼품없는 거룻배로 만들어놓고 나서야 노인은 입을 열었다.

"그런 얘기 있지 않나. 태초에 인간은 네 개의 팔과 네 개의 다리와 반대쪽을 바라보는 두 개의 얼굴을 가진 완전한 존재였다고. 한데 인간의 힘을 두려워한 신이 반으로 갈라놓았다고. 그래서 인간은 평생 자신의 반쪽을 그리워하며 찾아 헤매는 거라고."

"플라톤의 『향연』에 나오는 얘기네요."

"찾으면 어떻게 될까? 다시 합체해서 오래오래 행복하게 살게 될까? 네 개의 팔과 네 개의 다리와 두 개의 얼굴로? 그건 괴물이잖아, 이제는. 그러니 어쩌겠나. 나의 진짜 반쪽임을 확신한 순간 달아나기 위해 발버둥 치는 수밖에."

"그건 또 무슨 뚱딴지같은 궤변입니까? 다들 지지고 볶고 하면서 그렇게 사는 거지. 아무튼 그건 범죕니다, 범죄. 미루 씨에게 무슨 일이 생길 줄 알고."

노인이 싱긋 웃었다.

"걱정 말게. 그녀는 불사신이니까."

공항에 내리자마자 짐을 챙기기 위해 미루의 집으로 갔다네. 창고에는 하얀 캔버스가 얹힌 이젤이 그대로 서 있더군. 저기다 뭘 그리고 싶었던 걸까, 나는? 맞은편에 놓인 낡은 나무 의자가 왠지 눈에 설었어. 방석을 감싼 레자에 꽃봉오리가 그려져 있더라고. 초록 꽃받침에 감싸인 분홍 꽃봉오리. 늘 미루가 앉아 있었기 때문에 미처 못 봤나 봐. 레자와 함께 닳고 갈라진 꽃봉오리는 막 꽃잎을 펼치려는 것처럼 보였어. 무슨 꽃일까?

난 가방을 내려놓고 화구를 챙겨 이젤 앞에 앉았네. 시야가 어룽거릴 때까지 빈 나무 의자를 바라보다가 붓을 들고 그리기 시작했어. 거기에 없는 미루를. 거기에 없는 미루의 눈을, 거기에 없는 미루의 입술을, 거기에 없는 미루의 손을, 미루의 손가락을, 미루의 손톱을, 미루의 손마디 주름을, 손등의 불거진 뼈를, 불거진 뼈를 가로지르는 정맥을, 그 위에 돋은 솜털을, 피부의 숨구멍 하나까지.

사흘간의 밤샘 작업 끝에 초상화를 완성했다네. 뒤뜰이 내다보이는 창을 배경으로 꽃무늬 원피스를 입고 낡은 나무 의자에 앉은 미루. 무심히 창밖을 더듬는 눈길을 어깨에 걸터앉은 머리채가 좇고, 체크무늬 트렁크가 발치에서 길을 재촉하지만 창틀에 걸쳐놓은 팔꿈치는 아무 데도 갈 생각이 없어 보였어. 평범한 초상화였다네. 그림 좀 배운 사람이라면 누구나 그릴 수 있는. 의도하지 않은 붓질 때문에 생긴 입가의 옅은 미소를 보고 있자니 문득 그런 생각이 들더군. 이제껏 내가 그린 모든 그림은 이 평범한 초상화 한 점을 완성하기 위한 습작이 아니었을까.

난 짐을 챙겨 몽진포의 아틀리에로 갔네. 돌아갈 곳은 거기밖에 없었으니까. 6년 만에 찾은 내 열정의 고향은 흉가로 변해 있더군. 실내 전체에 잿빛 천을 덮어놓은 것처럼 먼지가 쌓였고 바닥에 굴러다니는 쥐똥이며 여기저기 꺼멓게 썩어 들어간 마룻장, 울긋불긋 녹이 앉은 수도관, 구석에 거미줄을 뒤집어쓰고 있는 이젤과 화구 박스…… 난 시간을 들여 꼼꼼히 청소를 하고 전기와 수도를 손보고 읍내를 오가며 필요한 살림살이를 하나씩 장만했지. 나는 가난하여 가진 건 오직 시간뿐이라.

한동안 그냥 살았어. 배운 게 도둑질이라고 극장 간판을 그려 밥벌이를 했지. 극장 간판의 생명은 첫째도 둘째도 배우를, 특히 여배우를 얼마나 실물과 닮게 그리느냐 하는 거야. 그걸로 흥행 성적까지 좌우됐으니까. 당시 대도시 개봉관의 미술팀이라고 해봤자 손재주 좀 있다는 아마추어들인데, 미술팀조차 변변히 없는 시골 극장은 오죽했겠나. 당대의 미남 미녀 들을 쭈그렁바가지로 만들어놓은 웃지 못할 간판들이 많았다네. 뭐, 나 정도면 인근 극장들이 서로 일을 맡기려 했으니 밥 굶을 걱정은 없더군.

두 시간짜리 이야기를 하나의 이미지로 만들고, 길거리 전시회로 사람들의 기대감을 부풀리고, 상영이 끝나면 흰 페인트로 덧칠해 지우고, 그 위에 새로운 이야기를 그리고. 여배우의 부리부리한 눈에 주먹만 한 눈동자를 그려 넣고 있노라면 이따금 미루가 떠올랐다네. 우리가 함께한 시간은 채 이태를 넘기지 않았지만 50년 정도를 진하게 우려 단번에 들이켠 기분이었지. 별수 있나. 지루하게 이어질 50년을 묵묵히 견디는 수밖에. 5천 년을 그러고 있는 놈들도 있는데.

그렇게 계절이 몇 차례나 바뀌었나. 창문을 열어놓고 잤던 걸 보면 여름밤이었을 거야. 아주 맑은 날이었나 봐. 부스럭거리는 인기척에 눈을 떴더니 바다 위에 흩뿌려진 별 무리가 보였지. 창가 의자에 앉아 별 무리를 가린 그림자, 눈에 익은 그 가녀린 실루엣은……

"미루."

미루는 치마의 주름을 펴듯 손바닥으로 허벅지를 쓰다듬었다. 발치에는 트렁크로 보이는 네모난 덩어리가 놓여 있었다.

"언제 돌아온 거야?"

"지금 막."

미루는 고개를 돌려 주위를 둘러보았다.

"여기가 당신 아틀리에구나. 꼭 한번 와보고 싶었는데."

"여긴 어떻게 알고……"

"뭘 그렇게 놀라. 당신도 나를 찾아왔었잖아."

미루가 어둠 속에서 싱긋 웃는 게 느껴졌다. 불을 켜려고 침상에서 일어났다가 왠지 그러면 안 될 것 같아 어정쩡하게 멈춰 섰다.

"드디어 나를 그려줬네."

"봤어?"

"응."

"마음에 들어?"

"당신 최고의 작품인 것 같은데."

그녀의 칭찬은 내 미래에 대한 짓궂은 예언처럼 들렸다. 씁쓸하게 고개를 끄덕일 수밖에 없었다. 미루는 창틀에 팔꿈치를 걸치고 밤바다를 내다보았다.

"밤에 듣는 파도 소리 좋다."

"보름달이 뜰 때면 더 좋아."

"파도 소리가?"

"아니, 분위기가."

"으응. 난 지금이 좋은데. 보름달은 좀…… 쓸쓸해 보여."

보름달은 쓸쓸해 보인다. 생각해보니 그런 것 같기도 했다.

미루가 트렁크를 들고 의자에서 일어섰다. 창을 등진 그림자가 나를 향해 다가왔다. 원피스 자락이 사뿐사뿐 흔들렸다. 우리의 몸이 맞닿을 때까지 다가온 그녀는 까치발을 딛고 갈고리를 걸듯 내 왼쪽 어깨에 턱을 얹었다. 촉촉한 흙냄새가 풍겨왔다. 귓가에서 그녀의 입술이 달싹였다.

"사랑해."

미루는 몸을 돌려 출입문을 향해 걸어갔다. 오른손에 들린 트렁크가 가볍게 흔들렸다. 문이 열리자 축축한 바닷바람이 그녀의 치맛자락을 흔들며 들어와 내 발목을 휘감았다.

"어디로 가는 거야?"

미루가 문손잡이를 잡은 채 돌아보았다. 문틈으로 보이는 초승달이 그녀의 머리 위에 돋은 외뿔처럼 보였다.

"나? 아무 데도 안 가."

"미루 씨가 실제로 왔다는 건가요, 영감님이 꿈을 꿨다는 건가요?"

노인은 절도 있게 고개를 한 번만 저었다.

"나도 모르지. 그게 마지막 만남이었으니까."

"그길로 또 사라진 건가요?"

"사라졌지. 바람과 함께. 하지만 아무 데도 가지 않았어."

나는 한숨을 쉬었다.

"좀 알아듣게 얘기해주시죠."

"며칠 후 「바람과 함께 사라지다」 간판을 그려준 읍내 극장에서 연락이 왔어. 내일부터 상영인데 간판을 이렇게 그려놓으면 어쩌냐고. 무슨 소린가 싶어 가봤더니, 허허, 스칼렛 대신 미루가 붉은 드레스를 입고 레트 버틀러의 품에 안겨 있더라고."

"예?"

"난 분명히 비비안 리를 그렸었는데. 그것도 아주 걸작으로. 얼마 뒤에는 「우리에게 내일은 없다」를 그렸더니 페이 더너웨이 대신 베레모를 쓴 미루가 권총을 겨누고 있더라고. 「시거든 떫지나 말지」를 그렸더니 엄앵란 대신 미루가 신성일을 흘겨보고 있고."

"간판 그림이 변했다?"

"나도 설마설마하면서 초상화 몇 점을 그려보았지. 자고 일어날 때마다 이목구비와 얼굴 윤곽이 보일 듯 말 듯 변해가더니 어느새 미루가 나를 쳐다보고 있는 거야. 풍경이나 정물을 그려보아도, 꿈이나 공상을 그려보아도 마찬가지였어. 캔버스 위의 형상들이 교묘하게 움직이며 착시를 일으켜 미루의 모습을 화폭에 띄우더라고. 꿈틀꿈틀, 살아 있는 것처럼."

"에이, 그게 말이 됩니까. 영감님이 무의식중에 미루 씨와 닮게 그린 거겠죠."

"자네 눈으로 직접 보지 않았나."

노인과 나의 시선이 다시 초상화를 향했다. 미루 씨는 도도한 표정으로 턱을 살짝 치켜들었다. 그 장난기 어린 모습을 바라보던 노인이 메마른 목소리로 중얼거렸다.

"그녀는 여전히 젊군. 지금쯤이면 잊은 줄 알았는데."

출입구 쪽이 소란스러워지더니 손님 두 팀이 연달아 들어왔다. 카운터에서 스마트폰을 들여다보고 있던 종업원이 갑자기 바빠졌다. 노인은 옆자리에 벗어놓은 사파리 재킷을 걸치고 화구가 든 배낭을 집어 들었다.

"막걸릿값이나 벌어볼까 나왔는데, 이젠 이 짓도 못 하겠군 그래."

노인은 자리에서 일어서는 것과 동시에 3분의 1 정도 남은 커티 삭을 배낭에 챙겨 넣었다. 빠르지도 느리지도 않은 우아한 동작이었다.

"잘 마셨네."

노인은 어깨 너머로 손을 까딱 흔들고는 노랫가락을 흥얼거리며 떠나갔다. 꿈길밖에 길이 없어 꿈길로 가니, 그 님은 나를 찾아……

계산을 하고 밖으로 나오니 어스름이 내린 후였다. 술기운 탓인지 괴이한 이야기 때문인지 정신이 몽롱했다. 21만5천 원. 꽤 비싼 이야기였다. 그만한 값어치가 있는 은둔 고수의 비사를 엿들은 걸까? 이성적으로 판단하자면 난 관록의 허풍선이에게 눈탱이를 맞은 꼴이었다. 하지만 그 이성적인 판단을 일거에 무화시킬 수 있는 물증이 내 손에 있었다.

마로니에 공원 가로등 아래서 초상화를 펼쳐 보았다. 다이어 리에 눌려 접힌 자국 때문에 미루 씨의 표정은 더욱 모호하게 보였다. 정말 노인의 그림마다 이렇게 출몰하시는 겁니까? 그녀는 배시시 웃기만 했다. 들여다보고 있자니 희끄무레한 불빛 아래 어른거리는 모습이 어쩐지 낯익은 느낌이었다. 머릿속으로 진희를 떠올려보았다. 떠난 지 얼마나 됐다고 그녀의 얼굴이 빙판 아래 묻힌 것처럼 흐릿했다. 하지만 차분하면서도 장난기 서린 눈맵시만은 틀림없는 진희였다. 눈에 초점을 두고 다시 전체 얼굴을 살펴보았다. 그림이 진짜로 변한 걸까? 애당초 진희와 판박이도 아니었지 않나. 볼수록 야릇한 초상화였다. 이번에는 진희가 분장한 채 시치미를 뚝 떼고 있는 것 같았다. 한 번도 본 적 없는 미루라는 여자로.

유령들

날이 저물면서 안개가 더욱 짙어졌다. 푼돈을 받고 마찻길을 안내하는 소년들의 횃불이 커다란 반딧불처럼 안개 속을 날아다녔다. 길모퉁이 닭집에는 손질된 칠면조가 크기별로 주렁주렁 내걸렸다. 가장 큰 특등급 칠면조는 웬만한 어린애보다 커 보였다. 하얀 아몬드와 시나몬 스틱, 녹인 설탕을 입힌 과일, 앙증맞은 상자에 담긴 프랑스 자두 등이 식료품 가게 진열창에서 행인들을 유혹했다. 시장통은 버들가지 장바구니를 든 손님들로 북적였고 롤러에서 포장 끈이 풀리는 소리가 점원들의 유쾌한 외침과 뒤섞였다. 코가 빨갛게 언 아이들 셋이 합창하는 크리스마스 캐럴이 눈길 위를 미끄러져 골목 구석구석으로 퍼져나갔다.

편지에 적힌 주소지를 찾느라 한참을 헤맸다. 그 낡은 아파트는 건물 사이 좁은 공터에 겁먹은 고양이처럼 틀어박혀 있었다. 안개가 공터 입구를 가린 탓에 몇 번이나 앞을 지나치면서도 발견하지 못했다. 철문을 열고 앞뜰을 지나자 대문에 달린 큼직한 놋쇠 고리쇠가 눈에 띄었다. 칠이 벗겨진 문짝과 녹투성이 경첩에 아랑곳없이 고리쇠는 혼자 반짝반짝 광택을 뿜냈다. 타원형 곡면을 따라 길게 늘어진 내 얼굴이 웃는 것 같기도 하고 우는 것 같기도 했다.

문을 두드리자 계단을 뛰어 내려오는 발소리가 요란하게 울렸다. 저러다가 고꾸라져서 내 방문을 헛수고로 만드는 건 아닌지 걱정이 되었다. 다행히 발소리의 주인공이 문 건너편에서 호흡을 가다듬는 게 느껴졌다. 문이 빼꼼히 열리며 쭈글쭈글한 얼굴 하나가 나타났다. 움푹 꺼진 볼 때문에 더욱 날카롭게 보이는 매부리코, 벌겋게 충혈된 뱁새눈에 퍼렇게 언 얇은 입술, 가느다란 털이 비죽비죽 뻗친 눈썹과 턱에는 허옇게 서리가 내려 있었다. 세간의 소문을 듣지 못했더라도 그의 인품을 유추하는 건 그리 어렵지 않았으리라. 쇠못을 긁어대는 것 같은 목소리에는 당연하다는 듯 냉기가 서려 있었다.

"빌 머레이 씨?"

"예, 에브니저 스크루지 씨."

모자챙을 잡고 고개를 끄덕이는데 불쑥 튀어나온 손이 내 소맷부리를 잡아채 안으로 끌어당겼다. 실내조명은 스크루지 영감이 들고 있는 촛불 하나뿐이었다. 우리는 비눗방울 같은 불빛에 갇혀 휑한 홀을 가로지르고 말 여섯 필짜리 마차도 넉넉히 지나갈 듯한 넓은 계단을 올라갔다. 영감은 나를 거실로 밀어 넣더니 등 뒤로 거칠게 문을 닫았다. 문소리가 긴 여운을 남기며 복도에 울렸다.

거실도 어둡기는 마찬가지였다. 스크루지 영감이 손에 든 촛불마저 불어 끄는 바람에 조명이라곤 벽난로 바닥에서 숨을 할딱이는 잿불뿐이었다. 바로 앞에서 손을 쬐었지만 불기는 겨우 손바닥을 간질이는 정도였다. 난로 선반에 얹힌 냄비의 묽은 죽은 영원히 데워지지 않을 것 같았다. 성서 이야기를 담은 네덜란드 타일로 장식된 걸 보니 벽난로를 설치한 게 이 영감이 아닌 건 확실했다. 카인과 아벨, 바로의 딸들, 시바의 여왕, 구름을 타고 내려오는 천상의 전령들, 아브라함, 벨사살, 소스 그릇 같은 배를 타고 가는 사도들.

탁자에 앉은 스크루지 영감이 그만 꾸물거리고 냉큼 와 앉으라고 눈빛으로 재촉했다. 따뜻한 홍차 한 잔 대접할 생각도 없는 모양이었다. 모자와 외투를 벽에 걸어놓고 그의 맞은편 의자에 앉았다. 헛기침으로 목청을 가다듬은 영감이 짐짓 차분한 어조로 입을 열었다.

"설명을 시작하기 전에 확실히 해둘 게 있소. 비용은 30실링이라고 하셨지?"

영감이 엉뚱한 수작을 부렸다.

"36실링. 크리스마스이브라 20퍼센트의 할증이 붙는다고 분명히 알려드렸을 텐데요, 스크루지 씨."

"그게 이상하다는 거요. 크리스마스이브라면 어차피 일거리도 없을 텐데 오히려 에누리를 해줘야 하는 게 아니오. 얼토당토않은 할증 대신."

"정 그러시다면 다른 사람을 알아보시죠."

가방을 들고 일어서자 영감이 재빨리 내 팔을 붙잡아 도로 끌어 앉혔다. 준비해둔 작전이 먹혀들지 않아 심통이 난 표정이었다.

"흥, 봅의 2주치 급료를 하룻밤에 챙기시겠군."

"봅이 누굽니까?"

"내 사무원이오. 먹성 좋은 마누라에 애가 여섯이나 딸렸지."

"그 급료로는 생활이 빠듯하겠군요."

"그건 당신이 걱정할 바 아니고, 아무튼 좋소. 오늘 밤 일만 제대로 처리해준다면 약속한 대금을 지불하리다. 자신은 있는 거요?"

"나, 빌 머레이는 절대 빈손으로 돌아가는 법이 없습니다. 자, 이제 당신이 본 유령에 대해 설명해주시죠."

스크루지 영감은 생각만 해도 소름이 끼친다는 표정으로 눈알을 뒤룩거렸다. 마른침을 서너 번 연속으로 삼킨 후에야 그는 말문을 열었다.

"그러니까 꼭 1년 전 오늘이었소. 한 푼 생기는 것도 없으면서 다들 흥청망청하는 얼어 죽을 크리스마스이브 말이오. 흥, 한 해 동안 쓴 비용이 죄다 드러나는 고통의 시간이 뭐 그리 좋다고. 더 활짝 웃지 못해 안달이 난 것처럼 '메리 크리스마스!'를 외치는 낯짝들이라니. 전부 그 표정 그대로 박제를 만들어서 콘월 철광산에 일렬로 매달아놓고 싶다니까."

영감은 동의를 구하는 눈빛을 보냈으나 내가 아무런 반응을 보이지 않자 뿌루퉁하게 고개를 돌렸다.

"그날 집에 돌아와 옷을 갈아입고, 아니, 고리쇠 얘기부터 해야겠군. 대문의 놋쇠 고리쇠를 봤소? 집에 도착해 열쇠를 문구멍에 집어넣자마자 그 고리쇠가 난데없이 말리의 얼굴로 변한 거요! 7년 전에 죽은 동업자 제이콥 말리의 얼굴로. 빤히 뜬 눈으로 나를 쳐다보는데 어찌나 으스스하던지. 금방 사라지기는 했지만 거실로 올라와서도 그 얼굴이 계속 눈앞에 어른거렸다오. 저 벽난로 타일에 그려진 그림들까지 전부 말리의 얼굴로 보였다니까. 난 의자에 파묻혀 마음을 진정시켰소. 헛것을 본 거라고. 빌어먹을 크리스마스 때문에 신경이 날카로워진 탓이라고. 그런데 갑자기 저 종이……"

스크루지 영감이 손가락으로 머리 위의 종을 가리켰다. 예전에 다른 방들과 연락을 취하기 위해 설치한 종인 것 같았다.

"갑자기 저절로 울리는 거요. 처음에는 살살 흔들리다가 점점 강하게, 이내 온 집 안의 종들이 미친 듯이 울려댔지. 한참을 그러다가 동시에 뚝 멈추더군. 기다렸다는 듯이 아래층 저

밑에서 철렁거리는 쇠사슬 소리가……"

스크루지 영감은 보기보다 입담이 좋았다. 처음의 머뭇거리던 모습과 달리 구수하게 말맛을 살려가며 작년 크리스마스이브의 모험담을 들려주었다. 정리해보면, 그가 만난 유령은 모두 넷이었다. 먼저 허리에 긴 쇠사슬을 두르고 나타난 동업자 말리의 유령. 그는 생전에 주변을 돌보지 않은 벌로 7년째 세상을 방랑 중이라고 했다. 스크루지 역시 똑같은 운명을 맞을 거라고, 허나 아직은 기회가 있다며 협박조의 충고를 남기고 사라졌다. 이후 세 정령이 차례로 찾아왔다.

첫 방문자인 난쟁이 정령은 스크루지 영감을 과거로 끌고 갔다. 크리스마스 휴가 때 학교에 홀로 남은 어린 스크루지, 그를 데리러 온 사랑스러운 여동생 패니, 연수생으로 일하던 시절 페지위그 사장님 댁에서 보낸 흥겨운 크리스마스 파티, 돈벌레로 변한 그를 떠나는 마음 착한 연인 벨…… 옛 추억을 하나씩 꺼내놓는 스크루지 영감의 입가 주름에 무언가가 스쳐 갔다. 먼지를 털고 광을 낸다면 그건 '미소'와 비슷하게 보일 듯했다.

이어서 나타난 거구의 정령은 그에게 현재의 다양한 크리스마스 정경을 보여주었다. 먹성 좋은 마누라에 애 여섯이 딸렸다는 밥 크래칫 집안의 훈훈한 크리스마스 만찬, 자신을 초대했던 조카네 식구의 단란한 파티, 광부들, 선원들, 등대지기들의 소박하지만 정겨운 크리스마스. 현재의 정령과 함께했던 공간 이동 체험을 스크루지 영감은 다소 시무룩한 표정으로 늘어놓았다.

　세번째 정령은 몸 전체를 덮는 검은 가운에 검은 후드를 뒤집어쓰고 나타났다. 차림새만 봐도 영락없는 죽음의 사자였다. 예상대로 정령이 그에게 보여준 미래는 누군가의 사후 풍경이었다. 그 누군가의 죽음을 조롱하는 목소리들, 고인의 집에서 옷가지며 구두, 소매 단추, 연필통, 티스푼, 아직 시신이 누워 있는 침대의 커튼과 고리까지 훔쳐가는 허드레 일꾼들, 그의 죽음을 남몰래 기뻐하는 가난한 채무자 부부, 그리고 마지막으로 찾아간 교회 뒤뜰의 묘지. 이 대목에서 스크루지 영감은 떨리는 아래턱을 진정시키느라 어금니를 앙다물어야 했다.

　"그 잡초가 우거진 묘지에서 정령이 손가락으로 가리킨 비석. 아! 나는 똑똑히 보았소. 거기 새겨진 에브니저 스크루지라는 이름을. 난 비통한 심정으로 무릎을 꿇고 절규했지. 이제 달라진 삶을 살 거라고. 정령의 손을 부여잡고 애원했다오. 앞으로 크리스마스를 존중할 것이며 어려운 이웃을 돌보겠다고. 그러니 제발 약속해달라고. 내 삶이 달라지면 미래도 바뀔 수 있다는 것을. 하지만 정령은 말없이 내 손을 뿌리쳤지. 재차 붙잡고 매달리는데 검은 가운이 푹 꺼지더니 침대 기둥으로 변하더군."

　대문 고리쇠로부터 시작해 침대 기둥으로 끝나는 모험담을 들려주는 사이 그의 얼굴은 부패가 진행되는 것처럼 거무죽죽하게 변해갔다. 이야기가 그쯤에서 마무리된 게 다행이었다.

스크루지 영감은 양손을 맞잡고 내게 간절한 눈빛을 보냈다. 그리 미덥지는 않지만 당장 믿을 게 당신밖에 없다는 제한적인 간절함이었다. 나는 담뱃갑을 꺼내 코담배를 한 차례 들이마셨다.

"크리스마스이브에 산타클로스 빼고는 다 만나셨군요. 제가 보기에 그 세 정령은 딱히 문제될 게 없습니다. 시간의 정령은 원한을 품은 유령과 달리 해를 끼치거나 하지는 않으니까요."

"날 그렇게 끌고 다니며 괴롭혔는데?"

"스크루지 씨의 과거와 현재와 미래를 보여준 것뿐이잖습니까. 그걸 보겠다고 너도나도 돈 싸들고 영매나 점성술사를 찾는데, 운 좋게 무료 체험했다고 생각하세요."

'무료'라는 말이 마음에 들었는지 스크루지 영감은 대꾸 없이 입술만 실룩거렸다.

"문제는 그 정령들을 불러들인 제이콥 말리의 유령입니다. 가깝게 지내던 사람이 유령으로 나타날 경우 도움을 주기도 하지만 언제든 해코지할 수 있거든요. 스크루지 씨를 다그치고 위협적인 모습까지 보였다니 그럴 소지가 다분하군요."

"유령의 해코지라면 어떤 게 있소?"

"가벼운 단계에서는 계속 들러붙어 두통이나 신경증을 유발하는 정도죠. 더 심해지면 발작을 일으키고 불운을 불러들여 사업을 망치기도 합니다. 사고를 유발해 평생 불구로 살게 하거나 아예 미치광이로 만드는 경우도 허다합니다. 최악의 상황은, 스크루지 씨를 산 채로 데려가는 거죠. 유령들이 득실거리는 망자의 세계로."

내 답변을 따라 차츰 쭈그러들던 스크루지 영감의 얼굴은 '망자의 세계로'에서 완전히 허물어졌다. 사실 사람이 산 채로 끌려가는 케이스는 거의 없지만 원활한 작업을 위해 약간의 공포 분위기를 조성할 필요가 있었다. 효과는 확실했다. 내 손을 덥석 잡는 스크루지 영감의 손아귀에서 절박함이 느껴졌다.

"머레이 씨, 부디 30실링의 값어치를 충분히 해주기 바라오."

"36실링입니다, 스크루지 씨."

그의 손등을 두드려주고 가방에서 장비를 꺼내 사냥 준비에 돌입했다. 먼저 유령이 내 존재를 감지하지 못하도록 커튼 향수를 몸 곳곳에 찍어 발랐다. 말이 향수지 자연사한 돼지의 내장을 발효시켜 만들었기 때문에 냄새가 지독했다. 처음 맡는 사람은 십중팔구 구역질을 하기 마련인데 스크루지 영감은 코가 시원찮은지 별다른 반응을 보이지 않았다. 오히려 효능을 듣더니 자신도 바르게 해달라고 졸랐다. 물론 안 될 말이었다. 유령을 사로잡기 위해서는 미끼가 필요하니까.

다음은 사해 부근의 철광산에서 캔 자철석 가루를 마룻바닥에 고루 뿌렸다. 유령의 영기를 흡수해 움직임을 둔화시키는 효과가 있었다. 핵심 장비인 알비노 뱀의 뱃가죽으로 만든 채찍을 허리에 차고 각종 주문이 적힌 수첩을 주머니에 챙겼다. 마지막으로 유령을 가둘 흡입기를 설치할 차례였다. 아프리카

칼라하리 사막에서 들여온 악마의발톱 씨방에 불을 붙여 유리병 안에 넣었다. 바싹 마른 씨방이 타들어가면서 주황색 연기가 피어올랐다. 연기가 빠져나가지 않도록 코르크 마개로 주둥이를 막고 유리병을 거실 한가운데 놓았다. 스크루지 영감은 내 동작 하나하나를 호기심 반 의구심 반의 표정으로 지켜보았다. 그의 도움이 필요한 상황이 발생할 수 있기에 유령을 포획하는 과정을 간단히 설명해주었다.

"말리 씨의 유령이 나타나면 절 의식하지 말고 작년처럼 자연스럽게 대화를 나누세요."

"전혀 자연스럽지 않았소."

"아무튼 유령의 주의를 끌도록 하세요. 그러면 제가 기회를 엿보다가 뒤에서 이 채찍으로 포박할 겁니다."

"그게 가능하오? 몸이 투명했는데."

"예예, 특수한 채찍이라 가능합니다. 아무럼 그런 것도 모르고 유령 잡으러 다닐까 봐요. 일단 채찍에 걸리면 놈을 이 유리병 위로 끌어올 겁니다. 그때 병의 코르크 마개를 열면 저 주황색 연기가 빠져나가면서 대신 유령을 빨아들여 병 속에 가두게 됩니다. 그리고 마개를 도로 막으면 끝나는 거죠. 이렇게 착착 진행되면 좋겠지만 유령은 예측 불가의 존재라 언제든 돌발 상황이 발생할 수 있습니다. 비상시에는 스크루지 씨도 힘을 보탤 마음의 준비를 하고 있어야 합니다."

영감은 작년에 본 유령의 모습을 떠올리는지 우두커니 허공을 응시하다가 고개를 흔들며 몸서리를 쳤다.

"그런 일이 발생하지 않도록 일을 깔끔하게 처리하는 게 좋을 거요. 내가 손을 거들게 되면 비용에서 그만큼 제할 테니까."

"할증은 빼드리죠."

"흥, 인심도 후하시군. 유리병에 잡아 가둔 유령은 어떻게 처리하시오?"

"납으로 밀봉해서 깊은 바다에 던집니다. 고객이 원할 경우 소정의 비용을 받고 일정 기간 제가 보관하기도 하고요. 혹시 보관을 원하시나요?"

"천만에, 천만에. 가급적 빨리 처리해주시오. 말리 이 친구, 방랑하는 게 지겹다더니 아주 딱 어울리는 장소로 가겠구먼."

준비를 마치고 우리는 탁자에 마주 앉았다. 교회당 종소리가 15분마다 한 번씩 울렸다. 이따금 사람들이 찬송가를 부르며 거리를 지나갔다. 밤이 깊어지면서 기온은 더 떨어졌다. 스크루지 영감은 부삽 끝으로 석탄을 눈곱만큼씩 벽난로에 떠 넣어 불씨를 근근이 연명하게 만들었다. 그것도 재주라면 재주였다. 인정하고 싶진 않지만, 이 영감에게는 묘하게 사람을 끄는 구석이 있었다.

"스크루지 씨, 궁금한 게 있습니다."

"뭐요?"

"작년 크리스마스에 스크루지 씨는 세 정령들과 다니며 교훈을 얻었다고 하지 않았습니까. 달라진 삶을 살기로 했다고. 그런데 어째서 올해 또 유령이 나타날까 걱정하는 거죠?"

스크루지 영감은 입맛을 다시며 벽난로를 향해 고개를 돌렸다. 여린 불빛이 깊게 팬 주름을 파고들지 못하고 얼굴 여기저기에 칼자국 같은 그림자를 남겼다.

"그랬지, 그랬어. 생각해보시오. 내 비참한 죽음을 목격하고 절규하다가 크리스마스 아침에 깨어난 기분을. 내게 아직 시간이 남았다는 걸 깨닫는 순간을. 이리 뛰고 저리 구르고 울다가 웃다가, 창밖의 공기가 어찌 그리 달콤하던지, 태양은 또 어찌 그리 찬란하던지. 내가 제일 먼저 한 일이 뭐였는지 아시오? 닭집에서 가장 큰 특등급 칠면조를 사서 밥 크래칫한테 보낸 거요. 그것도 익명으로. 교회에 가기 위해 면도를 하는데 들뜬 마음을 가라앉힐 수가 없더군. 아마 면도칼로 코끝을 싹둑 베어버렸다 해도 웃으며 반창고만 붙이고 말았을 거요. 가는 길에 불우 이웃 성금을 모금하러 전날 사무실에 왔던 노신사—물론 단호하게 쫓아냈지—를 만나 거액의 기부금을 약속하기도 했소. 예배를 마친 후에는 조카네 집에 들러 함께 식사를 했지. 그 모든 일을 껄껄 웃으며 했다오. 가슴속에서 들끓는 환희를 참을 수가 없었거든."

"유령의 현장 체험 학습이 효과를 봤군요."

"맞소이다. 그날 밤의 체험은 나라는 인간을 깡그리 뜯어고쳐놓았지. 밥의 봉급도 대폭 인상해주고 불구인 그의 막내아들, 불쌍한 꼬마 팀에게 제2의 아버지가 돼주었소. 내 주변뿐 아니라 이 도시의 어려운 사람들을 도울 수 있는 일이라면 무엇이든 앞장섰다오. 특히 빈민가 아이들이 제대로 된 교육을 받을 수 있도록 자선 학교를 세우는 일에 발 벗고 나섰지. 처음엔 스크루지가 드디어 미쳤다고 사람들이 비웃더군. 하지만 그들도 차츰 내 진심을 받아들이고 나를 친구로, 존경스러운 사업가로 대했소. 선량하고 부지런한 시민의 친구 스크루지! 하나님이 내려주신 크리스마스의 천사 스크루지! 듣기 좋더군. 당시 내 마음이 기쁨과 평화로 가득했다는 걸 부정하지 않겠소."

"그런데요?"

"그런데는 뭘, 그 바보짓은 채 부활절을 넘어서지 못했지."

스크루지는 입술을 비틀며 쓴웃음을 지었다.

"어느 날 동료 사업가들이 우르르 몰려왔더군. 그 부유하고 유식한 양반들이 심각한 표정으로 충고하는 거야. 내 행동이 경제학적으로 매우 위험하다고. 게으른 가난뱅이들을 무상으로 돕는 건 그들을 더욱 게으르게 만드는 지름길이다, 우리 같은 근면한 사업가의 노동을 헛되게 만들어 젊은이들의 일할 의욕을 떨어뜨린다, 이런 악순환은 결국 시민사회의 공멸을 초래할 것이다. 별 새로울 건 없었소. 이전의 내가 신봉하던 생각을 그대로 상기시켜줬을 뿐이니까. 흥, 구두쇠 욕받이가 개과천선하는 바람에 자신들의 평판이 떨어진 게 아니꼬웠던 게지."

"스크루지 씨가 눈엣가시였겠군요."

"그렇지. 계속 이런 식으로 하면 작당해서 사업상 불이익을 줄 수밖에 없다고 협박까지 하더라니까. 그래도 아직 자선의 기쁨에 도취돼 있을 때라 귓등으로 흘려듣고 말았는데, 아마 그때부터 마음속에 미세한 균열이 생긴 게 아닌가 싶소. 때마침 장부 정리를 했는데, 맙소사, 그동안 뼈 빠지게 일했건만 적자가 날 판이더군. 하긴 석 달 동안 정신없이 돈을 허공에 뿌려댔으니. 슬슬 주위 인간들이 다시 고깝게 보이기 시작하는 거야. 봅 크래칫만 해도 그래. 봉급을 올려주었다고 그놈이 더 열심히 일했을 것 같소? 천만에. 여유가 생기니 제 가족들하고 즐길 생각에 되레 마음만 해이해졌지. 아무튼 인간이란 족속은 쉴 틈 없이 조이고 몰아붙여야 그나마 능력을 발휘한다니까."

스크루지 영감은 음침한 웃음을 흘렸다. 그의 주름진 얼굴에 안성맞춤으로 어울리는 웃음이었다.

"물론 결정적인 계기는 따로 있었소. 하루는 커피하우스 화장실에서 볼일을 보고 있는데 젊은이 둘이 지껄이는 소리가 들리는 거야. 한 놈이 도박으로 큰돈을 잃었다고 죽는소리를 하자 다른 놈이 뭐라고 했는지 아쇼? '누더기를 걸치고 스크루지 씨한테 가보게. 젖먹이가 아프다거나 하는 핑계를 대면 선뜻 돈을 내줄걸. 그 양반 요새 한 푼이라도 더 퍼주지 못해서 안달이거든.' 바지를 까 내린 채 둘이 낄낄거리는 소리를 듣고 있으려니 피가 거꾸로 치솟았다오. 이튿날 사무실로 남루한 차림새의 젊은이가 찾아왔더군. 눈물을 찔끔거리며 젖먹이가 아프다고 자비를 베풀어달라는 거야. 전날 커피하우스 화장실에서 들었던 바로 그 목소리로. 난 듣고 있던 자를 놈의 면상에 집어 던지고 욕을 퍼부어 쫓아냈지. 썩을 놈 같으니."

"그래서 원상 복귀를 하신 건가요?"

"그렇소. 넉 달 만에 완전히 부활했지. 부양할 능력도 없이 애를 줄줄이 싸질러놓고는 오, 스크루지 씨. 농땡이 피우다가 직장에서 잘린 놈도 오, 스크루지 씨. 만취해 난동을 부려서 벌금형을 받은 놈도 오, 스크루지 씨. 열심히 일해서 그런 식충이들 배만 불리는 어리석은 짓은 그만두었소. 사람들이 뒤에서 혀를 차는 소리가 들렸지만 난 개의치 않았지. 내가 자선을 베풀어야 할 의무는 없으니까. 흥, 그렇게 좋은 거면 지들이나 열심히 벌어서 베풀라지."

"미래의 정령이 보여준 그 비참한 죽음이 이젠 두렵지 않습니까?"

"두렵지, 두려워. 하지만 죽음은…… 어차피 찾아올 거 아니오. 어떻게 맞은들 안 두려울까. 그럴 바에는 현생의 나에게 충실해야지."

스크루지 영감은 부지깽이를 들고 벽난로의 잿더미를 쑤셨다. 죽어가던 불씨가 쿨럭거리며 몸을 뒤챘다.

"작년의 그 일을 내가 실제로 겪기는 한 건지, 이젠 그조차 의심스럽소. 그냥 악몽을 꾸었을 뿐인데 괜한 호들갑을 떤 게 아닌가 싶고."

스크루지 영감의 얘기를 듣다 보니 문득 최근에 읽은 소설의

한 구절이 떠올랐다. '죽음은 삶을 낳을 수 있지만 억압은 억압 그 자체 이외의 어떤 것도 낳을 수 없다.'

"뭔 소리요, 그게?"

영감이 눈을 씀벅이며 물었다. 나도 모르게 입 밖으로 중얼거린 모양이었다. 그다지 호의적인 의미로 떠올린 게 아닌지라 대답하기가 곤란했다.

"찰스 디킨스라는 작가가 쓴 소설의 한 구절입니다. 어젯밤에 읽던 부분이 무심코 튀어나왔네요."

"흥, 작가들이란 당최…… 악!"

갑자기 머리 위에 매달린 종이 저절로 흔들렸다. 다른 방의 종들도 한꺼번에 울리기 시작했다. 영감이 벌떡 일어서는 바람에 의자가 뒤로 넘어갔다.

"말리의 유령이 온 거야! 오, 이런, 꿈이 아니었어!"

1분 정도 요란하게 울리던 종들은 일시에 뚝 멈췄다. 아래층에서 쇠사슬을 끄는 소리가 들려왔다. 스크루지 영감은 핏기 없는 얼굴로 입을 쩍 벌린 채 굳어버렸다. 하마터면 채찍을 휘둘러 포박할 뻔했다. 손짓으로 영감을 진정시키고 문 뒤로 다가가 귀를 기울였다. 계단을 올라온 쇠사슬 소리가 복도를 따라 다가왔다. 허리에서 채찍을 끌러 바닥에 늘어뜨렸다. 쇠사슬 소리가 문 바로 앞까지 왔다. 스크루지 영감이 탁자를 짚으며 괴상한 신음을 흘렸다. 손가락을 입술에 대고 조용하라는 신호를 보냈다. 잠시 고개를 돌린 사이 쇠사슬 소리가 사라졌다. 정적. 눈을 감고 문 너머에 온 신경을 집중했으나 유령의 기척은 느껴지지 않았다.

'아직 거기 있소?'

스크루지 영감이 벙긋거리는 입 모양으로 물었다.

"사라진 것 같습니다."

영감은 무너지듯 주저앉았다가 엉덩방아를 찧었다. 엉덩이를 문지르며 그는 뒤로 넘어간 의자를 일으켜 세웠다.

"어떻게 된 거요? 완전히 물러간 거요?"

"저렇게 주위를 맴돌며 간을 보는 유령들이 있습니다. 그리 쉽게 물러나지는 않을 테니 좀더 두고 봅시다."

우리는 다시 탁자를 사이에 두고 마주 앉아 기다렸다. 멀리 교회당 종탑에서 열두 번의 종이 울렸다. 크리스마스를 경축하는 찬송가 합창 소리가 희미하게 들려왔다. 창백한 얼굴로 주위를 두리번거리던 스크루지 영감이 물을 끓이더니 홍차를 내왔다. 충격이 컸던 모양이다.

"머레이 씨는 유령이 두렵지 않소?"

영감이 차를 건네며 물었다. 뜨거운 찻잔을 두 손으로 감싸 쥐고 향을 음미했다. 일부러 구하기도 힘들 것 같은 싸구려 홍차였다.

"워낙 어릴 때부터 봐왔기 때문에 제겐 인간과 유령이 뒤섞여 살아가는 모습이 자연스럽습니다."

"태어날 때부터 신기가 있었구먼."

"집안 내력이죠."

"부친도 유령 잡는 일을 하셨소?"

스크루지 영감이 곰살궂은 태도로 질문을 이었다. 대부분의 고객이 마찬가지였다. 가만히 앉아서 유령을 기다려야 하는 초조한 시간을 견디기 위해 그들은 내게 질문을 던졌다. 시작은 늘 어쩌다 '이런 일'을 하게 됐느냐는 질문이었다. 나는 그때그때 내키는 대로 꾸며낸 사연을 들려주었다. 어릴 때 물에 빠져 사후 세계를 경험한 이후 혼령을 감지하는 능력이 생겼다는 둥, 몽마(夢魔)에 들려 자살한 어머니의 복수를 위해 유령들의 저승사자가 되었다는 둥. 고객이 귀부인인 경우 연인을 데려간 악령을 쫓기 위해 고독한 사냥꾼의 길을 택했다는 식의 고딕 멜로가 잘 먹혔다. 운이 좋으면 작업이 끝난 후 은밀한 보너스를 챙길 수 있었다.

이런 말랑말랑한 픽션으로 잔재미를 주는 것도 오로지 원활한 작업을 위해서였다. 적당한 공포 분위기는 필요하지만 고객이 지나치게 경직되면 결정적인 순간에 일을 그르칠 위험이 있었다. 스크루지 영감에게는 어떤 사연이 어울리려나.

"아닙니다. 아버지는 영매였어요."

"영매라면 죽은 이의 혼령을 불러내는 거잖소."

"예. 러시아 왕실에서 초청이 올 정도로 꽤 이름이 알려진 영매였죠."

"흠, 아비는 유령과 인간을 연결해주고, 아들은 인간에게 들러붙는 유령을 잡아서 바다 밑바닥에 던지는 일을 한다. 부친이 잔소리 안 합디까?"

"가끔 하십니다. 혼령으로 나타나서."

"응?"

"돌아가셨어요. 로마에서 사탄으로 몰려 사람들에게 뭇매를 맞고."

"저런, 충격이 컸겠군."

"급전에 놀라기는 했지만 그다지 충격을 받진 않았습니다. 말했듯이 인간과 유령이 뒤섞여 살아가는 모습에 익숙하거든요."

이 구두쇠 영감에게 전염된 걸까? 상상력을 쓰는 게 아까워 나도 모르게 사실을 털어놓고 말았다. 실제로 탁월한 영매였던 아버지는 직업에 대한 자긍심 역시 남달랐다. 영매란 단순히 산 자와 죽은 자를 연결해주는 매개체가 아니라 생사를 초월해 근원적인 합일을 추구하는 구도자라고 늘 강조하셨다. 우리 일족은 거룩한 사명을 부여받은 사도들이라고. 하지만 비명횡사하는 운명을 물려주기 싫었는지 아버지는 임종 직전 자조적인 유언을 남기셨다. 아들아, 네가 가진 능력을 절대 사람들 앞에서 내비치지 말거라.

"쯧, 그런데 어쩌다 부친의 유언까지 거스르고 이런 일을 하게 됐소?"

"먹고살아야 되니까요. 어딜 가나 유령들이 어른거리는 통에 평범한 직업을 가질 수가 없더군요. 어쩝니까, 적성은 살려야겠고 사탄으로 몰리기는 싫으니 유령 잡는 일을 하게 됐죠."

무심코 대답하고 나서야 이상하다는 생각이 들었다. 아버지의 유언은 마음속으로만 생각했는데…… 나도 모르게 또 입 밖으로 중얼거린 건가? 스크루지 영감은 태연하게 찻주전자를 들어 다 식은 홍차를 찻잔에 따랐다.

"그래, 일거리는……"

손을 들어 영감의 말을 막았다. 위층에서 발소리가 들렸다. 그리고 쇠사슬이 바닥에 끌리는 소리. 스크루지 영감은 다시 사색이 되어 부들부들 떨었다. 찻잔에서 흘러넘친 차가 탁자에 웅덩이처럼 고였다.

"위층에 누가 있습니까?"

"없소. 전부 사무실이라 지금은 비었소. 이 건물에 기거하는 이는 나 하나뿐이라오."

발소리는 계속 같은 자리를 맴돌았다. 귀를 세우고 들어보니 쇠사슬이 바닥에 끌리며 8 자 모양을 그리고 있었다.

"머레이 씨가 올라가서 잡을 수 없소?"

"날아다니는 유령을 쫓아가서 잡기는 힘듭니다. 여기에 덫을 놓았으니 내려오길 기다려야죠."

교회 종소리가 1시를 알리고 2시를 알리도록 쇠사슬 소리는 끈덕지게 이어졌다. 어지간히 신경 쓰이는 유령이었다. 불안한 눈빛으로 천장을 힐끔거리는 스크루지 영감에게서 딱히 수상한 낌새는 보이지 않았다. 안절부절못하고 두려움에 떠는 평범한 인간의 모습이었다. 담뱃갑을 꺼내 코담배를 들이마셨다.

"악!"

스크루지 영감이 비명과 함께 손가락으로 내 뒤쪽 창문을 가리켰다. 재빨리 창문을 돌아보았지만 아무것도 없었다.

"방금 저 창으로 미, 미래의 정령이……"

창문을 열고 주위를 살폈다. 축축한 밤공기뿐, 죽음의 사자가 머물렀던 기운은 느껴지지 않았다.

"분명히 봤다고! 검은 후드를 뒤집어쓴 정령이 창밖에서 우릴 빤히 쳐다봤어. 아아, 정말로 온 거야. 나를 데려가려고 온 거야."

가까스로 버티던 스크루지 영감은 패닉 상태에 빠졌다. 잠시도 가만있지 못하고 혼잣말을 중얼거리며 앉았다가 일어섰다가 돌아다니기를 반복했다. 처음 문 사이로 봤던 낯꼴보다 10년은 더 늙어 보였다. 영감이 히스테리 발작을 일으키기 전에 맨드레이크 뿌리로 만든 수면제를 그의 찻잔에 몰래 두 방울 떨어뜨렸다. 홍차를 입에 댄 영감은 곧 탁자에 엎어져 코를 골았다. 혈액 순환이 빨라진 탓인지 약발이 잘 받았다.

촛불을 들고 건물 밖으로 나왔다. 차가운 공기를 들이마시자 머리가 한결 개운해졌다. 취객 둘이 어깨동무를 하고 크리스마스 캐럴을 고래고래 부르며 지나갔다. 맞은편 집 계단에 꾀죄죄한 사내애가 앉아 누군가 적선했음이 분명한 알밤을 까먹고 있었다. 다가가서 1페니 동전 한 닢을 튕겨 주자 녀석은 산타 클로스라도 만난 양 좋아했다.

"꼬마야, 저 집에 혼자 사는 영감님 말이다……"

손으로 스크루지 영감의 집을 가리키자 꼬마의 표정이 와락 어두워졌다.

"불쌍한 스크루지 할아버지."

"무슨 일이 있었니?"

"돌아가셨잖아요. 지난 부활절에."

"저런, 어쩌다가?"

"재수가 없었죠. 외지에서 온 웬 미친놈이 사무실에 불을 질렀어요. 마침 할아버지는 준비해놓은 부활절 달걀을 챙기러 들어갔다가……"

"그렇구나. 듣기로는 굉장한 구두쇠였다고 하던데."

꼬마가 고개를 발딱 쳐들었다.

"그건 작년까지 얘기죠. 지난 크리스마스 이후에 아주 딴사람이 됐어요. 우리 같은 가난뱅이들을 얼마나 따뜻하게 도와주셨는데요. 전 지금도 스크루지 할아버지가 세운 자선 학교에서 공부하고 있는걸요."

녀석은 내가 준 동전에 침이라도 뱉어 내던질 기세였다.

"훌륭한 분이셨구나."

꼬마에게 동전 한 닢을 더 튕겨 주고 영감의 집으로 돌아왔다. 대문의 놋쇠 고리쇠가 아버지의 얼굴로 변해 나를 빤히 쳐

168

다보았다. 타원형 곡면을 따라 길게 늘어진 얼굴이 웃는 것 같기도 하고 우는 것 같기도 했다. '아들아, 죽음은 삶을 낳을 수 있지만 억압은 억압 그 자체 이외의 어떤 것도 낳을 수 없단다.'

여전히 스크루지 영감은 탁자에 엎드려 코를 골았고 머리 위에서는 말리의 유령이 8 자를 그리며 돌고 있었다. 쇠사슬 소리와 코골이 리듬이 그럴싸한 화음을 이루었다. 죽이 잘 맞는 동업자였던 모양이다. 석탄을 한 삽 수북이 떠서 벽난로에 집어넣었다. 근근이 연명하던 불씨가 반색을 하며 몸을 일으켰다. 의자를 난롯가에 놓고 앉아 너울거리는 불꽃을 바라보았다.

"메리 크리스마스."

부스스 고개를 든 스크루지 영감에게 인사를 보냈다. 영감은 어리둥절한 눈으로 나를 건너다보다가 퍼뜩 상하좌우를 살폈다.

"어떻게 된 거요? 유령은?"

"갔습니다. 유령은 해가 뜨면 사라지기 마련이죠. 예외도 있지만."

스크루지 영감의 얼굴이 순식간에 가면을 바꿔 쓴 것처럼 밝아졌다. 창가로 달려간 그는 두 손으로 창문을 활짝 열어젖혔다. 지붕 위에서 삽으로 눈을 퍼내는 사내 둘이 서로에게 눈 뭉치를 던지며 유쾌하게 웃었다. 명절 음식을 빵집 오븐에서 데우려는 여인들이 이 골목 저 골목에서 바구니를 들고 쏟아져

나왔다. 정장을 빼입은 일가족이 높이 솟은 교회 첨탑을 향해 종종걸음을 쳤다. 크리스마스 아침이 밝아오고 있었다. 영감은 두 손을 맞잡고 몸을 빙그르르 돌리더니 껄껄 웃어댔다.

"됐어! 크리스마스이브를 무사히 보냈어. 앞으로 1년 동안은 걱정 없겠구나."

어찌나 해맑게 웃는지 쭈글쭈글한 얼굴이 새끼 불도그처럼 귀엽게 보였다.

"메리 크리스마스! 하하하! 미안하오, 나 혼자 이렇게 즐거워서. 머레이 씨, 당신한테는 안됐소이다."

"어째서요?"

"돈을 한 푼도 못 받게 됐잖소. 밤새 헛수고만 했구려."

"그래도 재료비와 하룻밤 품삯은 치르는 게 도리 아닐까요? 저 재료들은 무척 귀한 겁니다."

스크루지 영감은 다시 냉랭하고 단호한 표정의 가면으로 바꿔 썼다.

"도리? 무슨 도리? 저깟 풀 쪼가리 좀 태우고 철 가루 한 줌 뿌린 대가로 돈을 내라고? 흥, 어림없는 소리. 우리 계약은 분명 유령을 잡는 대가로 돈을 지불하는 것이었소. 따라서 난 이행되지 않은 계약에 대해 단 1페니도 지불할 수 없소이다."

상당히 일관된 정신의 소유자였다. 그 한결같은 뚝심만큼은 인정해줘야 했다. 채찍을 풀어 바닥에 늘어뜨린 채 스크루지 영감을 향해 다가갔다. 하얀 채찍이 구불거리며 따라왔다. 영감은 본능적으로 팔을 들어 올려 방어 자세를 취했다.

"뭐 하는 거요?"

"계약을 이행해야죠."

"이봐요, 머레이 씨. 좋소, 좋소이다. 내가 인심을 써서 재료비는 지불하겠소. 뭐, 크리스마스니까. 얼마면 되겠소? 5실링? 3실링?"

"쯧, 이번 의뢰는 정말 돈이 안 되는군요."

"알겠소, 알겠소. 내 큰맘 먹고 반절 드리리다. 15실링. 아니, 아니, 18실링. 그거면 충분하겠지? 머레이 씨, 우리 차분하게 대화로 해결합시다. 내년 크리스마스이브에 또 만날지도 모르는데."

"그럴 일은 없을 겁니다."

영감의 허리를 겨냥해 채찍을 휘둘렀다. 알비노 뱀가죽에 휘감긴 스크루지 영감은 점점 투명해지더니 열기구처럼 공중으로 떠올랐다. 영감의 눈이 휘둥그레졌다. 초보 유령은 속전속결로. 채찍을 힘껏 당겼지만 꿈쩍도 하지 않았다. 예상치 못한 엄청난 파워였다. 영감이 공중에서 몸을 뒤틀자 오히려 내가 바닥에 쓰러져 질질 끌려갔다. 채찍을 왼팔에 말아 쥐고 유리병을 향해 오른손을 뻗었다. 손끝이 병을 스치며 미끄러졌다. 영감이 채찍을 거머쥐고 발을 구르는 장단에 맞춰 내 몸이 맥없이 휘청거렸다. 괴성을 지르는 스크루지 영감의 입이 특등급 칠면조도 통째로 삼킬 만큼 크게 벌어졌다. 목구멍 안쪽에서 맹렬히 휘도는 검은 소용돌이. 안 좋은 징표였다. 주문 수첩을 꺼내려 주머니에 손을 집어넣는데 동전들이 쨀랑거렸다. 수첩 대신 동전 몇 닢을 꺼내 공중에 뿌렸다.

툭.

팽팽하게 당겨졌던 채찍이 한순간 느슨해졌다. 재빨리 유리병을 움켜잡고 이빨로 코르크 마개를 땄다. 주황색 연기가 빠져나가는 것과 동시에 스크루지 영감이 길게 늘어지며 병 속으로 빨려 들어왔다. 오소리 같은 울부짖음까지 완전히 병에 갇힌 걸 확인하고 주둥이를 다시 막았다.

고래기름처럼 미끈한 점액이 유리병을 가득 채웠다. 흩어진 이목구비가 점액 속을 둥둥 떠다녔다. 충혈된 눈알은 내 앞을 지날 때마다 분노로 일그러졌다. 얇은 입술이 빠르게 달싹거렸지만 소리는 들리지 않았다. 입 모양으로 보건데 그리 점잖은 말은 아니었다. 영감의 귀를 찾아 유리병에 입을 대고 속삭였다.

"나, 빌 머레이는 절대 빈손으로 돌아가는 법이 없습니다."

짐을 챙겨 밖으로 나오니 이미 날이 훤하게 밝아 있었다. 코끝에 서늘한 것이 닿았다. 손바닥을 내밀자 눈송이들이 내려앉아 차가운 점으로 스며들었다. 코담배를 한 차례 들이마시고 발걸음을 재촉했다. 오늘 중으로 바다로 나가려면 서둘러야 했다.

* 이 소설은 찰스 디킨스, 『주석 달린 크리스마스 캐럴』(마이클 패트릭 히언 엮음, 윤혜준 옮김, 현대문학, 2011)을 참고하였음.

마계 터널

시작은 마케터 민철이 "백 프로, 진짜, 레알" 목격담이라며 꺼낸 우스개였다. 어느 날 퇴근길 지하철에서 그는 고개를 맞대고 곤히 잠든 커플 앞에 서게 되었다. 금세 좌석을 차지하는 행운은 기대하기 힘들었지만 다정한 커플의 모습이 지친 퇴근길을 잠시나마 위로해주었다. 특히 여자의 입에서 흘러나온 침이 유려한 자유 낙하를 거쳐 살포시 오므린 남자의 손바닥에 고이는 광경에 그는 감탄을 금치 못했다. 정말 천생연분이구나. 그런데 얼마 후 잠을 깬 여자가 정거장을 확인하더니 혼자 허둥지둥 뛰어내리는 게 아닌가. 두 사람은 피곤에 지쳐 잠시 상부상조한 남남이었던 것.

"우린 또 이런 게 궁금하잖아. 앞에 서서 스마트폰을 들여다보는 척하며 남자를 계속 관찰했지. 잠시 후 잠을 깬 남자가 손바닥의 아밀라아제 샘물을 확인하더니 슬며시 주위를 둘러보는 거야. 쪽팔렸겠지, 자기가 흘린 침인 줄 알고. 이걸 빨리 처리해야겠는데 바지에 문지르기엔 양이 좀 많거든. 어쩌겠어. 하품하는 척 손을 입으로 가져가더니, 후루룩!"

사방에서 비명과 웃음이 터져 나왔다.

"에이, 뻥이죠? 어디서 들은 거 같은데."

"아냐, 정말 내가 봤다니까. 후루룩, 쩝쩝."

이야기판이 식기 전에 막내 디자이너 혜신이 바통을 이어받았다.

"제가 지하철에서 그러다가 전 남친 만났잖아요. 이거야말로 실화예요. 그날도 충무로에서 꽐라가 돼서 4호선을 탔는데……"

세상모르게 잠든 그녀는 환승역을 놓치고 그대로 안산까지 가버린 것. 종착역에서 눈을 떴더니 웬 귀엽게 생긴 남자의 어깨에 머리를 기대고 있더란다. 객차에는 두 사람뿐이었다. 남자가 싱그레 웃으며 말했다.

"좋은 꿈 꿨나 봐요. 계속 미소 짓고 있던데."

다양한 높낮이의 감탄사가 화음을 이루며 흘러나왔다.

"걔도 사당에서 내렸어야 되는데 절 깨우고 싶지 않았대요. 그날 밤 안산에서 한잔하며 바로 1일 시작됐잖아요."

"그런 로맨틱 가이가 어쩌다가 전, 남친이 됐어?"

"아, 막상 사귀기 시작하니까 술 마신다고 겁나게 잔소리하는 거예요. 자기냐 술이냐 선택하라는데, 고민할 게 뭐 있나요?"

선배들의 박수가 터져 나왔다. 민철이 두 손으로 소주병을 들어 혜신의 잔에 공손하게 술을 따랐다.

다음으로 프로그래머 준규가 봉천역 공익 근무 귀신 얘기 들어봤느냐며 나섰다. 한껏 목소리를 깔고 음산한 분위기를 유도했으나 익숙한 플롯에 빤한 결말이라 별다른 호응을 불러일으키지 못했다. 오히려 도쿄에서 옴진리교 지하철 테러 사건이 터졌을 때 현장에 있었다는 재일 교포 윤재의 담담한 회상이 훨씬 섬뜩하게 들렸다.

술자리는 자연스럽게 지하철을 주제로 한 토크쇼로 흘러갔다. 아직 마이크를 잡지 못한 직원들은 지하철과 관계된 에피소드를 찾느라 머릿속 이야기보따리를 분주하게 뒤적였다. 창밖에는 웨이크보드 라이딩과 옥상 테라스의 우아한 바비큐 파티를 망쳐버린 빗줄기가 여전히 추적거리고 있었다.

오전에 도착해서 한 일이라고는 한국 건축문화대상을 수상했다는 펜션 내부를 둘러본 것과 기상청을 성토한 게 전부였다. 부득이 점심 식사와 함께 일찌감치 술판이 시작되었다. 웨이크보드와 바비큐 파티를 벌충할 만큼 즐거워야 한다는 사명감에 연신 술잔을 부딪치고 너나없이 떠버리가 되어 넉살을 피웠다. 그러나 주량도 말밑천도 한계가 있는 법. 시간은 8시를 갓 넘겼을 뿐이지만 모두들 피곤한 기색이 역력했다. 두 달 전부터 계획한 단합 대회였기에 그만 잠이나 자자는 말은 누구도 쉽게 꺼내지 못했다. 직원들은 회사 앞 미주구리 막횟집 회식과는 무언가 달랐으면 하는 막연한 기대를 품고 버티는 중이었다.

"나도 하나 해볼까? 지하철 하니까 떠오르는 일이 있네."

스물여덟 개의 눈동자가 일제히 네오믹스의 CEO 한수를 향했다. 술자리 내내 평소의 과묵함을 유지한 채 직원들의 익살에 고갯짓으로 추임새만 거들던 그였다.

"오, 드디어 대표님이 로그인하셨네. 장르가 어떻게 되나요? 코믹? 호러?"

게임 기획을 맡고 있는 수혁이 한 박자 늦게 말 마중을 나갔다.

"글쎄, 내가 직접 겪은 일인데…… 액션 어드벤처라고 해야 되나?"

직원들은 과장된 탄성으로 기대감을 부풀렸다. 한수는 맥주잔을 눈앞에 들어 올려 기포가 올라오는 모습을 잠시 바라보다가 단번에 비웠다. 눈가가 발긋하게 물든 모습이 수줍은 청년 같은 인상을 주었다. 준규가 재빨리 맥주병을 들어 한수의 잔을 채웠다. 회식 자리의 온갖 회유와 협박에도 맥주 한두 잔으로 뻗대는 그였지만 오늘만큼은 어쩔 수 없는 모양이었다.

"내가 제약사 영업 사원으로 일할 때니까, 음, 벌써 20년이 다 됐네."

"에? 대표님이 제약사 영업 사원이었다고요?"

얼결에 튀어나온 하이 톤의 반문이 무례하게 들린 건 아닌지, 민철은 한수의 눈치를 살폈다. 내색은 안 했지만 다른 직원들도 속으로 비슷한 반응을 보이고 있었다. 에? 대표님이? 전쟁터를 방불케 하는 모바일 게임 시장에서 '도시 호러' 장르를 개척하며 입지를 다진 네오믹스 김한수 대표의 전직으로는 다소 의외였다. 더구나 영업 사원이라니. 직원들이 보기에 한수는 사람 상대하는 일을 그다지 좋아하지 않았다. 그렇다고 소극적이거나 성격이 모난 사람은 아니었다. 몸을 둥글게 말아 타인과의 접촉면을 줄이면서 심플하게 사는 스타일이라고 할까. 그는 비슷한 연배의 팀장에게나 나이가 절반밖에 안 되는 막내에게나 똑같이 예의를 갖춰 대했고, 그럼으로써 누구에게도 쉽게 곁을 허락하지 않았다.

"개인적으로 좀 힘든 시기였어. 뭐가 힘들었냐고 묻는다면 이런저런 이유를 댈 수 있겠지만…… 정말 그런 이유들 때문이었을까? 나도 잘 모르겠어. 우리는 늘 결과로서 적당한 원인을 유추하며 살아갈 수밖에 없으니까. 그나마 원인에 관심이 있다면 말이지."

한수는 '이게 아닌데' 하는 표정으로 고개를 살짝 저었다.

"갑자기 터진 외환 위기로 온 나라가 쑥대밭이 된 상황이니 혼자 엄살 부릴 일은 아니었지. 멀쩡한 가장들이 하루아침에 노숙자로 전락하고 목숨을 끊고, 그런 건 더 이상 뉴스거리조차 안 됐어. 생각해보면 그리 오래전도 아닌데…… 자네들은 초등학생, 중학생이었나?"

"전 유딩이었어요."

혜신의 발랄한 대꾸에 한수는 엷은 미소를 머금었다.

"다들 마찬가지였지만 제약사 영업 사원은 그야말로 파리 목숨이었지. 실적이 처지는 순간 바로 모가지가 날아갔어. 그 자리에 들어올 사람은 끝이 보이지 않게 줄을 서 있었으니까. 병원 돌아다니며 의사들 접대에 경조사 챙기고 온갖 잔심부름까지, 하루하루 정신없이 뛰어다녔어. 영업 사원들은 서로 에이급 아가씨를 붙여주기 위해 룸살롱 마담한테까지 로비를…… 아, 미안, 미안. 그때 관행이 좀……"

한수는 땅콩 한 알을 입에 넣고 꾹꾹 씹었다.

"아무튼 매일 그렇게 쪼이다 보니 버틸 재간이 있나. 틈틈이 챙겨 먹던 영양제가 어느새 각성제로, 다시 향정신성의약품으로 바뀌었지. 소량으로 약을 빼돌리는 건 언제든 가능했으니까. 먹고살기 위해서 그랬다는 건 핑계일 거야. 내 속의 누군가는 은근히 그 생활을 즐겼던 게 아닌가 싶어. 술에 취해 약에 취해 달리다 보면, 뭐랄까, 거추장스러운 육체가 휘발되고 순수한 의식으로만 존재하는 반짝이는 순간이 찾아왔거든. 그건, 방식은 다르지만, 내 젊은 날의 막연한 꿈과 일맥상통하는 면이 있었지. 물론 그 대가로 한밤중에 진땀을 흘리며 깨어나 정체 모를 불안과 두려움에 떨어야 했지만."

좌중은 숨소리를 죽인 채 조곤조곤 이어지는 한수의 이야기에 귀를 기울였다. 신중과 절제의 화신인 대표님이 단합 대회 술자리에서 느닷없이 왜 이런 고백을 꺼내는지 의아했지만, 베일에 가려진 그의 과거사에 대한 궁금증이 그보다 몇 배는 더 컸다. 직원들은 호기심으로 번들거리는 서로의 눈을 보며 자신의 눈빛을 조절하려 애썼다. 정작 덤덤하고 어딘가 어줍은 한수의 태도는 고백이라기보다는 낭독에 가까워 보였다.

"자네들 지하철 노선도를 보면 무슨 생각이 드나? 발밑에 콘크리트 동굴들이 얽히고설킨 광경을 상상하면…… 난 기분이 좀 묘해. 지금이야 기분이 묘한 정도지만 당시엔 그 별것 아닌 상상이 나를 집요하게 괴롭혔다네. 출퇴근 시간에 승강장에 줄을 서 있노라면 양쪽에 입을 벌리고 있는 동굴 속에 거대한 뱀들이 뒤엉켜 꿈틀거리는 환각에 시달리곤 했어. 가끔은 그놈들이 혀를 날름거리며 기어 나오기도 했지. 그럴 때면 열차가 들어오는 순간 앞사람을 선로로 밀어버릴 것 같다는 불안감에 가슴을 졸여야 했어. 밀어버리고 '싶다'가 아니라 무심코 밀어버릴지 '모른다'는 두려움. 당시엔 스크린 도어도 없었으니 얼마든지…… 당장 사표를 내고 정상적인 생활로 돌아가야 한다고 매일 별렀지만, 그게 쉽나. 첫애가 막 돌을 지났을 땐데. 망설이기만 하다가 사표는 던져보지도 못하고 얼마 후 실적 때문에 잘렸지. 이런, 내가 분위기를 너무 칙칙하게 만들었나? 다 지난 얘기야, 지난 얘기. 자, 한 잔씩 들자고."

한수만 시원스럽게 잔을 비웠을 뿐 다른 직원들은 술로 입술만 축이고 잔을 내려놓았다.

"내가 이런다니까. 지하철, 그래, 지하철 얘기지. 그날도 난 접대를 마치고 잔뜩 취해서 2호선 을지로입구역으로 들어갔어. 늦은 시간인데 승강장에는 사람들이 꽤 많더라고. 난 너무 피곤해서 서류 가방을 베고 승강장 의자에 길게 드러누웠지. 열차 도착을 알리는 신호음이 밀림 깊숙이 사는 괴조의 울음처럼 들려오고, 열차가 터널 밖으로 밀어낸 눅눅한 바람이 온몸을 훑고 갔지만, 난 다음 열차를 타기로 하고 그대로 누워 있었어. 멀어지는 열차 소리를 붙잡고 자면 안 된다, 자면 안 된다, 되뇌며 잠에 빠져들었어. 여름날 땅바닥에 떨어진 아이스크림처럼, 몸이 녹아내려 의자에 스며들고, 그렇게 잠깐 졸다가 눈을 떴는데……"

*

저 아름다운 금발 아가씨는 누구지? 왜 나를 보면서 웃고 있는 거지? 여기가…… 초록색 원 안에 '을지로입구'라는 고딕체 글씨가 어른거리며 눈에 들어왔다. 몸을 일으키다가 단단한 벽에 옆머리를 찧었다. 내 몸은 관짝같은 길쭉한 직사각형 공간에 처박혀 있었다. 그러니까…… 승강장 의자 밑에. 분명히 의자 위에서 자고 있었는데 어쩌다 여길 파고들었나.

몸을 빼내 의자에 걸터앉았다. 구겨진 양복 여기저기에 먼지 덩어리가 달라붙어 있었다. 숙취 때문인지 방금 의자에 부딪친 탓인지 머리통이 지끈거렸다. 시곗바늘은 새벽 3시 30분을 넘어서고 있었다. 저런 곳에 처박혀서 잘도 잤네. 당연히 열차를 기다리는 사람은 아무도 없었다. 맞은편 승강장에 붙은 광고판 속에서 향수병을 든 금발 모델이 화사한 미소를 보냈다. Where are you from, Mr Kim?

내가 처한 진짜 곤경은 막차를 놓친 게 아니었다. 혜윰 엄마한테 전화도 없이 외박을 한 것도 아니었다. 그 두 가지를 합쳐서 제곱을 하면 될까. 옷을 털며 승강장 계단을 올라가는데 철제 셔터가 앞을 가로막았다. 매표소의 불은 꺼졌고 역 구내 어디에서도 인기척이 느껴지지 않았다. 폐장 후의 동물원을 연상시키는 스산한 풍경이었다. 동물은 나 하나뿐인 동물원.

"여보세요! 누구 없어요? 여보세요!"

내 애타는 외침은 둥근 기둥과 벽에 이리저리 튕기다가 계단을 타고 지상으로 빠져나갔다. 지하철역에는 당직 근무자가 없는 건가? 하긴 매일 밤 4백 명이 넘는 직원을 텅 빈 역에 배치할 여유는 없겠지. 필요한 인력도 마구 잘라내는 판에. PCS폰을 꺼내보았지만 예상대로 배터리가 방전된 상태였다. 셔터를 붙잡고 앞뒤로 흔들자 칼날이 맞부딪는 듯한 쇳소리가 고막을 긁었다.

다시 승강장으로 내려왔다. 얌전히 첫차를 기다리는 수밖에 없었다. 두 시간만 때우면 되잖아. 금방이지. 그 진상들 앞에서 네 시간 넘게 꼬리를 쳤는데. 음료수 자판기가 우웅, 하고 콧소리를 흘렸다. 버려진 신문이나 잡지를 찾아 휴지통을 들여다보았지만 깔끔하게 비워져 있었다. 사람은 방치해놓고 가면서 쓰레기는 알뜰히도 챙기는구나. 의자에 앉아 벽에 등을 기댔다. 타일의 냉기가 어깨와 뒤통수로 스며들었다. 형광등 두 개가 양쪽에서 교대로 깜빡거렸다. 자, 당신은 지금 명왕성의 기차역에 홀로 앉아 있습니다. 곧 999호 열차가 들어올 거예요. 내가 셋을 세면 당신은 그 열차를 타고 이동합니다. 안드로메다로. 하나, 둘……

의자에서 일어나 벽에 붙은 지하철 노선도 앞으로 갔다. 1호선은 바다, 2호선은 숲, 3호선은 오렌지, 4호선은 하늘, 5호선은 포도, 6호선 진흙은 공사 중. 색색의 선 위에 박힌 동그란 역들을 세기 시작했다. 전에 헤아렸을 때 410개였던가. 동그라미를 놓치지 않기 위해 눈을 부릅뜨고 손가락으로 허공에 점을 하나씩 찍었다. 2백을 막 넘어섰을 때 동그라미들이 시야에서 미끄러졌다. 색색의 윤기 나는 비늘로 덮인 노선들이 굼실굼실 몸을 뒤틀었다. 쉭쉭, 혀를 날름거리는 소리가 귀를 스쳤다. 마른세수를 하며 다시 걸음을 옮겼다.

'위험, Danger, 危險'.

3개 국어로 씌어진 빨간 글씨가 앞을 막아섰다. '들어가지 마십시오.' 터널 안쪽을 쳐다보기만 해도 목구멍에 매캐한 그

을음이 끼는 느낌이었다. 저길 누가 들어간다고. 천장에 설치된 CCTV 카메라가 비뚜름히 고개를 기울이고 나를 굽어보았다. 렌즈를 향해 양팔을 와이퍼처럼 휘저었지만 카메라는 심드렁한 눈빛이었다. 어쩌라고?

노란 안전선 위에 쪼그리고 앉아 터널 속으로 사라지는 두 개의 선로를 바라보았다. 선로에 떨어진 취객을 구한 용감한 시민, 열차를 아슬아슬하게 피하며 선로를 가로지르는 영화의 추격 신 등이 두서없이 떠올랐다. 저길 언제 또 내려가보겠어. 불쑥 떠오른 생각을 타이르기도 전에 몸은 이미 선로 바닥에 내려와 있었다. 술에 취하면 생각과 행동 사이의 통로가 극히 짧아지는 게 문제였다. 아래쪽에서 올려다보는 승강장은 왠지 더 휑하고 창백했다. 자판기며 가판대, 휴지통, 의자들이 실제보다 거대하게 보였다. 콩나무를 타고 거인의 성에 침입한 기분이었다. 쿵쿵, 어디서 인간 냄새가 나는 것 같은데. 잘 찾아봐. 잡아서 구워 먹으면……

두 개의 선로 사이에 서서 바지 지퍼를 내렸다. 언제 이런 짓을 해보겠어. 콘크리트 바닥에 떨어진 소변 줄기가 정면 터널을 향해 흘러갔다. 소실점을 삼킨 어둠 속에서 노랫소리가 들려왔다. 멜로디도 가사도 없는 아름다운 노래…… 살랑이며 다가온 음표들이 낚싯바늘 같은 꼬리로 내 옷자락을 꿰어 잡아당겼다. 바지춤을 추스르고 다시 선로를 건너 승강장 쪽으로 갔다. 쉽게 올라갈 수 있을 줄 알았는데 뱃살이 승강장 턱에 걸려 버둥거렸다. 다리를 옆으로 뻗어 승강장에 걸치려 했으나 구두코는 허공을 휘저을 뿐이었다. 금세 팔에 힘이 빠졌다. 제 길, 운동 좀 해라.

잠시 쉬었다가 재시도하기로 하고 담배를 피워 물었다. 언제 지하철 선로 바닥에서 담배를 피워보겠어. 좋다. 아주 멋진 하루야. 연기가 흐느적거리며 터널을 향해 날아갔다. 선로 기둥에 그려진 화살표가 '을지로3가'라고 외치며 터널을 가리켰다. 아서, 쓸데없는 짓 하지 마. 여기서 얌전히 기다리다가 첫 차를 타는 거야. 그렇게 돌아가면 되는 거야. 내일로, 또 내일로…… 미처 떠오르지도 않은 그 충동을 필사적으로 내리눌렀다. 하지만 물속에서 잡고 있는 비치 볼처럼 녀석은 가볍게 미끄러지며 수면으로 퐁, 솟구쳤다.

저 터널을 걸어서 통과해보자.

어떻게든 떨쳐버리려 했지만 이미 늦었다. 저 뚤뚤 뭉친 어둠 속에서 거대한 뱀들이 튀어나와 나를 덮치리라. 그것이 실재라면 실재의 나를 덮칠 테고, 환각이라면 환각의 나를 덮칠 테고. 어느 쪽이든 나는 갈가리 찢긴 채 선로 바닥에 나뒹굴 것이다. 머리를 감싸 쥐었다. 이렇게 몰아붙이기 시작하면 방법이 없었다. 직접 대면하는 수밖에.

담배를 뱉고 터널을 마주 보며 심호흡을 했다. 재미 삼아 해보는 거야. 언제 이런 짓을 해보겠어. 을지로3가까지는 거리도 얼마 안 돼. 어차피 한 정거장 가서 3호선으로 갈아타야 하잖아. 멍하게 있으니 시간도 때우고, 시간도 절약하고. 좋잖아? 돌이킬 수 없는 엉뚱한 결심을 그럴듯하게 치장하기 위해 온갖 이유가 따라붙었다. 그래, 가자. 가서 확인하자. 저 안에는 아무것도 없다는 걸. 고개를 돌려 금발 모델에게 눈인사를 보내고 나는 터널 속으로 들어갔다. Where are you going, Mr Kim?

천장 모서리에 박힌 형광등 불빛이 녹물처럼 벽을 타고 흘러내렸다. 어둠을 밝힌다기보다는 어둠에 포위돼 숨죽이고 있는 모양새였다. 얼기설기 엉긴 검은 케이블들이 벽을 따라 이어졌다. 발이 침목에 걸리지 않게 주의하며 선로와 벽 사이의 틈을 따라 걸었다. 뺨에 닿는 공기가 승강장보다 한결 서늘했다. 그래도 어둠과 냄새에 적응되면서 움츠러들었던 어깨가 조금씩 펴졌다.

봐, 콘크리트 벽과 선로가 길게 이어지는 통로일 뿐이잖아. 우리가 편하게 이동하기 위해서 만든. 여긴 문명 세계야. 거대한 뱀 같은 건 없어. 얼마나 들어왔는지 확인하려고 뒤를 돌아보았다. 선로를 따라 일직선으로 걸었다고 생각했는데 터널 입구는 휘움하게 굽은 벽에 가려져 보이지 않았다. 없다니까. 여긴 아무것도……

아무것도 없는데요. 지난달 치른 혜융이 돌잔치에서 사회자가 들이민 마이크에 대고 무심코 웅얼거렸다. 은쟁반에 놓인 명주실이며 대추, 돈, 붓, 판사 봉, 청진기 등이 막 걸음마를 시작한 혜융이를 노리는 굴레들처럼 보였다. 아무리 그래도 아버지가 자식 돌잡이에 찬물을 끼얹다니. 당황한 사회자와 눈이 마주쳤고 나는 재빨리 덧붙였다. 원하는 건 따로 없고, 청진기만 아니면 좋겠네요. 비로소 하객들은 웃음을 터뜨렸다. 회사 동료들이 앉은 테이블에서는 박수와 휘파람이 이어졌다. 얄궂게도 혜융이가 청진기를 잡는 바람에 더 큰 웃음이 터져 나왔다. 그래, 의사 좋지. 이왕 할 거면 종합병원 과장 정도 돼서 제약사 영업 사원들에게 왕처럼 대접받고……

앞쪽에서 귀에 거슬리는 소음이 들려왔다. 쇠붙이로 바닥을 긁는 듯한 마찰음. 그 사이로 사람의 말소리인지 짐승의 신음인지 낮게 웅웅대는 소리가 끼어들었다. 어깨가 다시 오그라들었다. 여차하면 몸을 돌려 달아날 생각으로 벽을 짚어가며 천천히 걸음을 옮겼다. 환청일 거야. 탁한 공기 속을 너무 오래 걸었어. 중간에 나갈 수도 없는 길을…… 뿌연 불빛 속에서 검은 그림자가 움직이고 있었다. 환영일 거야. 조명 때문에 눈도 침침하고…… 허리를 굽혔다 폈다, 굽혔다 폈다, 틀림없이 사람의 동작이었다. 숨길이 트이며 길게 한숨이 나왔다.

그림자의 정체는 자그마한 체구의 노인이었다. 그는 혼잣말을 중얼거리며 선로에 대고 삽질을 하고 있었다. 낡은 군화에 회색 모자와 위아래가 붙은 회색 작업복, 허리에는 검은 손잡이가 붙은 쇠막대를 칼처럼 차고 있었다. 도시철도공사 직원인가? 이 시간에 작업을 하나? 내 기척을 느낀 노인이 허리를 펴고 삽을 지팡이 삼아 기대섰다.

"어이, 오밤중에 여기서 뭐 하쇼?"

노인의 카랑카랑한 목소리가 터널에 메아리쳤다. 광대뼈가 불거진 마름모꼴 얼굴에 건포도같이 조그만 짝눈이 손가락으로 찍어 누른 듯 박혀 있었다. 이리저리 팬 주름에는 먼지가 새카맣게 끼었고 입 주변은 길이가 제각각인 수염 가닥들로 지저분했다. 하지만 부르튼 입술 사이로 드러난 치아만은 치약 광고를 찍어도 될 만큼 하얗고 가지런했다.

"별 떨떨한 양반 다 보겠네, 클클클."

내가 자초지종을 설명하자 노인은 가래 끓는 소리를 내며 웃었다. 막걸리와 신 김치 냄새가 훅 끼쳤다.

"영감님은 여기서 뭐 하십니까?"

"뭐 하긴, 청소하지."

노인의 뒤에 찌그러진 양은 들통이 놓여 있었다. 고개를 옆으로 기울여 들통 속을 들여다보는 순간 욕지기가 치밀었다. 짐승의 내장을 갈아놓은 것 같은 검붉은 곤죽이 들통 가득 담겨 있었다. 뻣뻣한 털과 조그만 눈알도 얼핏 본 것 같았다.

"종종 쥐새끼들이 열차에 깔려 터지거든. 빨리 치워줘야 돼. 열차가 미끄러져 탈선이라도 하는 날엔 치워야 할 게 훨씬 많아지니까."

노인은 막걸리 냄새를 풍기며 클클클 웃었다. 쥐새끼? 열차에 깔린 쥐의 사체라기엔 양이 너무 많았다. 시야가 어룽거리는 탓인지 들통의 뭉개진 살점이 여전히 움씰거리는 것처럼 보였다.

"여기 쥐들이 산다고요? 먹을 것도 없을 텐데."

"몰라, 콘크리트를 파먹나 보지."

"그런데 쥐들이 저렇게 많이 깔려 죽나요?"

"이게 한 마리야. 큼직한 쥐새끼들이거든."

노인은 쥐새끼의 키를 가늠하듯 펼친 손바닥을 자신의 허리께로 가져갔다. 사람 놀리나. 기분 나쁜 노인네였다.

"을지로3가역까지는 얼마나 남았나요?"

"다 왔어. 조금만 더 가면 돼."

"그럼 가봐야겠네요. 저도 열차에 깔린 생쥐 꼴이 되기 전에."

"그래, 자넨 이 바케쓰에 다 들어가지도 않겠구먼."

노인은 입가로 침까지 흘리며 웃어댔다. 하얗게 빛나는 치아가 저 혼자 허공에 떠 있는 것처럼 보였다. 수고하시라는 말을 던지고 서둘러 자리를 떴다. 뒤에서 날아온 노인의 외침이 벽에 퉁퉁 부딪치며 나를 앞서갔다.

"조심하게. 쥐새끼들을 만나면 겁먹지 말고 그냥 옆구리를 뻥 걷어차면 돼!"

다 왔다는 노인의 말과는 달리 선로와 형광등과 케이블은 계속 이어졌다. 지상에서 을지로3가까지 가는 거리의 몇 배는 걸은 것 같았다. 여기는 터널의 어디쯤일까? 그럴 리는 없겠지만, 만약 절반에도 못 미쳤다면 돌아가는 게 나을 텐데. 이러다가 정말 터널 안에서 첫차를 만나는 건 아니겠지? 시간은 벌써 4시 40분을 넘어서고 있었다. 괜찮아. 거의 다 왔을 거야. 거의 다.

그나저나 정말 들통 하나를 꽉 채우는 쥐가 있을까? 그 정도 크기라면 사람도 공격하지 않을까? 굶주리면 자기 새끼도 잡아먹는 놈들인데. 쥐는 번식력이 뛰어나니까 한두 마리는 아닐 거야. 거대한 쥐들이 떼로 덤벼들어 나를 갉아먹겠지. 사각사각. 내 살과, 내 뼈와, 내 내장과, 내 뇌까지. 사각사각. 아니, 아니야. 터널에 쥐들이 산다면 벌써 뱀들이 다 잡아먹었을 거야. 거대한 쥐들을 통째로 삼킬 수 있는 거대한 뱀들이. 뱀? 여기 뱀이 있나? 아냐, 여긴 아무것도 없다니까. 쥐도 뱀도, 아무것도 없어. 얼마 전에 잘린 김 대리도. 박 대리였나? 술만 마시면 두 얼굴의 사나이가 되었던. 아무것도 없어. 젖꼭지 큰 여자만 좋아하는 김 원장도, 꿈이 오페라 가수였다는 조 마담도, 아무것도 없어. 나 만나서 고생만 하는 혜윤 엄마도, 혜윤이도, 나도……

앞쪽에서 또다시 귀에 거슬리는 소음이 들려왔다. 콘크리트 바닥을 긁는 듯한, 하지만 삽날이 스치는 금속성 소리는 아니었다. 조금 더 부드러운 마찰음. 청소를 하는 다른 인부인가? 설마 레일에 걸레질을 하는 건 아니겠지? 정체불명의 소리를 향해 다가갔다. 형광등과 형광등 사이불빛이 미치지 않는 공간에 누군가가 웅크리고 앉아 있었다. 혹은 무언가가.

심장이 갈비뼈를 두드려 경계신호를 보냈다. 두 다리가 멈칫거리면서 보폭을 줄였다. 왜 그래? 단단한 손바닥이 뒤에서 등을 떠밀며 속삭였다. 저걸 직접 보기 위해서 여기까지 기어들어 왔잖아. 승강장에서 사람 밀어 죽이고 쇠고랑 차고 싶어? 평생 정체 모를 두려움에 시달리고 싶어? 나는 고개를 저으며 그 무언가를 향해 다가갔다. 그래, 가야지. 가서 확인해야지. 네 발밑에 뭐가 있는지.

비곗덩어리······ 덕지덕지 뭉쳐놓은 반투명한 적갈색 살점
이 금방이라도 흘러내릴 것 같았다. 키가 1미터쯤 될까. 생쥐
처럼 동그란 귀가 튀어나온 부분이 머리라면, 그 아래 몸통으
로 보이는 덩어리에 끝이 서너 가닥으로 갈라진 사지가 돌출돼
있었다. 몸통의 뒤쪽에 달린 두껍고 길쭉한······ 그 부
분만 윤기 나는 비늘로 덮인 게, 마치 뱀의 꼬리처
럼······ 녀석은 쪼그리고 앉아 벽을 긁고 있었
다. 등판에 몇 가닥 돋은 털이 철사를 박아놓
은 것처럼 번득였다. 예닐곱 걸음 거리까
지 접근했을 때 그것이 괴상한 신음을 흘
리며 나를 향해 돌아섰다.

"아윽그윽."

비곗덩이 속에 자두 씨처럼 박힌 두 개
의 까만 눈, 뻥 뚫린 구멍 속에 삐뚤빼뚤 튀
어나온 세모꼴 이빨. 적갈색 살점이 푸르르
떨렸다. 생전 처음 맡아보는 악취가 진동했다.

"갸꾸유앙."

몸을 돌려 냅다 뛰었다. 뒤에서 철퍽거리는 소리가 따
라왔다. 형광등 불빛이 빠르게 스쳐 갔다. 정신 차려, 이건 환
각이야. 탁한 공기 속을 너무 오래 걸었어. 중간에 나갈 수도
없는 길을······ 무심하게 뻗은 선로는 끝없이 이어졌다. 정말
끝이 없으면 어떡하지? 무릎에 힘이 빠지며 다리가 휘청거렸

다. 제길, 운동 좀 해라. 튀어나온 침목에 발이 걸렸다고 느낀
순간 나는 이미 고꾸라져 바닥을 구르고 있었다. 비곗덩이가
입을 벌리고 달려들었다. 윤기 나는 긴 꼬리가 허공에서 춤을
췄다. 눈을 질끈 감았다.

치지지직!

뜨겁게 단 프라이팬에 고깃덩어리를 올리
는 소리, 고소한 냄새, 그리고 가래 끓는
웃음소리.

"클클클, 젊은 양반이 겁도 많네.
옆구리 한 방 걷어차면 된다니까."

노인이 퍼런 불꽃이 튀는 쇠막대
로 비곗덩이를 쿡쿡 찔렀다.

"이것들은 굴러다니는 썩은 살덩
이야. 우릴 해코지하지 못해."

비곗덩이는 전기 충격기에 찔릴 때
마다 몸을 뒤틀며 비명을 내질렀다.

"저게 대체 뭡니까!"

"뭐긴, 쥐새끼라니까."

"아니 쥐새끼는 무슨, 저게……어디서 나타난 거
죠?"

"어디서? 그냥 벽에서 스며 나와. 저 꼴을 하고 살아보겠다
고 말이야. 클클."

레일을 잡고 버둥버둥 기어가는 녀석을 노인은 따라가며 전기 충격기로 찔러댔다. 연기와 함께 버터를 녹이는 듯한 고소한 냄새가 풍겼다. 검게 그을린 살점이 촛농처럼 흘러내렸다.

노인은 군홧발로 녀석의 꼬리를 지르밟고 등판 한가운데를 지졌다. 역겨운 비명이 터널 벽에 들러붙었다.

"하여튼 명줄도 질겨, 이놈의 쥐새끼들은."

푸른 불꽃이 노인의 주름을 파고들어 얼굴을 팽팽하게 당기고 눈에 생기를 욱여넣었다.

"열차에 꼬리가 잘리고 머리가 잘리고 온몸이 찢겨도 계속 꿈틀거린다니까."

나는 멍하니 주저앉아 지켜보았다. 보고도 믿기지 않는, 보이기에 믿지 않을 수 없는, 내 믿음과 무관하게 벌어지는 광경을. 그냥 벽에서 스며 나온다…… 곧 그 말뜻을 알게 되었다. 불꽃이 일 때마다 천장에 습기가 밴 것처럼 둥그런 얼룩이 보였다. 넓적하게 퍼져가던 얼룩이 점점 가운데로 모이며 불룩해지더니 거대한 물방울 모양으로 매달렸다. 기름기가 지르르한 물방울 속에서 적갈색 덩어리가 꼬물거렸다. 바로 노인의 머리 위쪽이었다.

"저기, 저거!"

손가락으로 천장을 가리키며 다급하게 외쳤다. 노인
이 고개를 쳐드는 순간 물방울이 떨어져 그의 상
반신을 덮어 썼다. 질척한 물방울이 꾸물거
리는가 싶더니 똬리를 틀고 있던 꼬리
가 펼쳐지고 사지가 튀어나왔다. 놈
은 노인을 끌어안고 비늘이 반짝
이는 꼬리로 휘감았다. 으드득으
드득, 무언가를 씹는 소리가 났
다. 노인의 입이 쩍 벌어졌지만
얼굴을 뒤덮은 투명한 살점 때
문에 비명은 밖으로 새어 나오
지 못했다. 좌우로 비틀거리던
노인은 선로 위에 통나무처럼 쓰
러졌다. 놈은 퍼질러 앉아 노인을 뜯
어 먹기 시작했다. 옷, 살점, 뼈, 내장
을 가리지 않고 게걸스럽게 입에 밀어 넣
었다. 옆에 쓰러져 있던 다른 녀석도 슬금슬금
다가가 노인의 왼 팔뚝을 입에 물었다.

무슨 일이 벌어지고 있는 건가, 우리 발밑에서…… 나를 쫓
아왔던 놈과 눈이 마주쳤다. 녀석은 팔꿈치에서 잘린 노인의

팔뚝을 입에 문 채 몸을 일으켰다. 바닥에 떨어진 전기 충격기를 곁눈질했다. 몸을 쭉 뻗으면 간신히 닿을 위치였다. 철벅거리며 다가온 녀석은 동그란 귀를 세우고 자두 씨 같은 눈으로 나를 물끄러미 쳐다보았다. 식도를 타고 내려가는 뻘건 살점이 들여다보였다. 녀석이 입에서 빼낸 노인의 팔뚝을 내게 내밀었다. 희미하게 미소 짓는 뭉크러진 얼굴…… 어디서 봤더라? 낯이 익은데. 내가 아는 사람이야. 내가……

속에서 뜨끈한 액체가 치밀었다. 옆으로 몸을 던져 전기 충격기를 잡았다. 손잡이에 붙은 버튼을 누르고 쇠막대로 녀석의 눈을 찔렀다.

"으큭꺼꾹!"

녀석은 얼굴을 감싸고 뒤로 자빠졌다. 잘린 팔뚝이 바닥에 나뒹굴었다. 노인의 배 속에 머리를 처박고 있던 놈이 괴성을 지르며 달려들었다. 몸을 일으키려 했지만 펄쩍 뛰어오른 녀석이 가슴팍을 들이받는 바람에 전기 충격기를 떨어뜨리고 뒤로 나뒹굴었다. 가슴에 붙은 물컹한 덩어리를 벽에 패대

기치고 선로를 따라 내달렸다. 사나운 울부짖음이 뒤에서 쫓아
왔다. 퀴퀴한 숨결이 등허리에 닿았다. 여기는 터널의
어디쯤일까? 여기는…… 또 다른 날카로운 포
효가 앞을 가로막았다. 거대한 괴물이 두
눈에 불을 켜고 달려들었다. 방향을
틀어 선로를 가로지르며 몸을 날
렸다. 질주하는 굉음, "퍽" 하는
파열음. 세찬 바람과 함께 질
척한 이물질이 나를 덮쳤다.
적갈색 살점이 꿈틀거리며
뺨을 타고 흘러내렸다.

                    *

   "2호선 첫차였어."
   이야기를 마친 한수는 맥주
로 목을 축였다. 직원들은 난감한
표정으로 서로 눈치만 살폈다. '에이,
뻥이죠?' 하며 눙치기에는 한수의 표정이
너무 진지했다. 준규가 적당한 선에서 질문을
찾았다.
   "그래서 어떻게 했습니까?"

"어떻게 했냐고? 사우나 가서 씻고 눈 좀 붙였다가, 출근해서 일했지."

"사람들에게 알리지 않았나요? 지하철역 직원이나, 경찰이나."

"말하지 않았어."

"왜요?"

한수는 손가락으로 오른쪽 귓불을 살짝 잡아당겼다가 놓았다.

"그땐 왠지 모두들 그것의 존재를 알고 있다는 생각이 들었어. 알고는 있지만 서로 얘기하지 않을 뿐이라고. 그래서 나도 그렇게 했지."

갑자기 수혁이 과장된 웃음을 터뜨렸다.

"와, 역시 대표님 스토리텔링이 좋네. 터널 벽에서 스며 나오는 물컹거리는 비곗덩이. 어디서 본 이미지다 했더니, 루저족! 맞죠? 네오믹스의 첫번째 작품 '마계 터널'에 나오는 몬스터 중 하나 아닙니까. 대표님이 직접 기획한 메가 히

트작. 참, 루저족에서 그런 얘기를 뽑아내시……
어?"

수혁은 눈을 끔벅였다. 그제야 일
의 선후 관계를 알아챈 듯했다.

"아아, 그게 그러니까, 거
기서 나온 거군요."

다시 애매한 침묵이
흘렀다. 한수가 잔을 들
어 건배를 제안했다.

"이거, 대표란 사람
이 단합 대회 분위기
나 다운시키고. 오늘
좀 취했나 봐. 자, 다
음은 누가 할까? 이번
에는 코믹으로 가는 게
좋겠는데."

하지만 누구도 토크쇼
를 이어가지 못했다. 과묵한
대표님의 과거사에 대한 궁금증
은 조금이나마 해소됐지만 어쩐지
김한수라는 인물은 한층 더 멀어진 느낌
이었다. 혜신이 소주잔을 살랑살랑 흔들며 분위

기 반전을 시도했다.

"와우, 대표님이 약쟁이었다니, 멋진데
요. 저도 늘 그런 오싹하고 리얼한
환각을 경험해보고 싶었는데."

표현이 다소 과격하긴 했
지만 모두들 이쯤에서 웃
으며 얼버무릴 수 있겠
다고 안심했다. 그러나
직원들의 기대와 달리
한수는 골똘히 생각
에 잠긴 표정이었다.

"환각이라고?"

"대표님이 그랬잖
아요. 그때는 약에 취
해 환각을 자주 경험했
다고."

혜신의 대꾸에 한수는
천천히 고개를 끄덕였다.

"그래, 그럴지도 모르지. 그렇
다면 더 큰일인데."

"왜요?"

직원들 몇 명이 동시에 물었다. 한수는 고개를

돌려 빗물이 흘러내리는 검은 유리창을
바라보았다.

"난 지금도 가끔 녀석들을
보거든."

이제 분위기는 누구
도 구출할 수 없는 사
지로 흘러가버렸
다. 직원들은 어
정쩡하게 입을
벌린 채 한수만
바라보았다.

"지하철이 터
널을 지날 때 검
은 차창 밖을 유
심히 내다보면, 벽
에 붙어 이쪽을 쳐
다보는 눈동자와 마
주칠 때가 있어. 아주
순간적으로, 반짝."

현장부재증명

"간단해. 사람이 동시에 두 장소에 있을 수는 없거든."

형사는 츱, 입맛을 다시고 덧붙였다.

"불가능하지, 물리적으로."

"불가능하죠, 물리적으로는."

곤이 슬쩍 꼬아서 받아넘긴 걸 아는지 모르는지 형사는 고개만 주억거렸다. 늘어진 볼살이 반 박자 늦게 흔들렸다.

"아무리 그럴듯한 범행 동기가 있더라도, 범행 현장에 지문으로 떡칠을 해놨더라도, 심지어 안주머니에서 피 묻은 흉기가 나왔더라도, 범행 시각에 다른 장소에 있었다는 사실만 입증하면 즉시 용의자에서 제외되는 거야."

형사는 이해가 가느냐는 표정으로 곤을 쳐다보았다.

"알리바이, 현장부재증명. 간단하잖아."

곤은 옆벽에 붙은 대형 거울을 들여다보며 헝클어진 머리를 매만졌다.

"저거 반사 유리죠? 저 뒤에 지금 누가 있나요?"

"아무도 없어."

"왜요? 영화 보면 경찰서장이나 검사가 이쪽을 들여다보면서 속닥거리고 그러잖아요. 똑똑한 놈이군. 우리를 가지고 놀고 있어."

"바쁜 양반들이야."

"에이, 섭섭하네."

곤은 의자 등받이에 몸을 기대며 천장을 올려다보았다.

"옛날 영화에선 갓 달린 백열등이 많이 나오던데, 실제론 형광등이네요."

"백열등은 전기세가 많이 나와."

"그게 그림은 좋은데. 백열등이 사선으로 내리비치면서 빛과 어둠이 쫙……"

형사가 깍짓손을 탁자에 던지듯이 올려놓으며 곤의 말을 끊었다. 굵은 손마디들이 서로를 빈틈없이 옭아맸다.

"지난 수요일 오후 10시에서 자정 사이에 어디 있었지?"

형사의 착 깔린 목소리가 볼링공처럼 굴러왔다. 곤은 어깨를 옹송그리며 팔짱을 꼈다.

"수요일요?"

"수요일."

"보자, 수요일이면 어제, 그제, 그끄제…… 몇 시라고요?"

"오후 10시에서 자정 사이."

"수요일 밤이라……"

곤은 허공을 비스듬히 째려보다가 아, 하며 형사를 향해 고개를 돌렸다.

"달나라에 있었어요."

"달나라."

"예, 옥토끼한테 확인해보세요. 같이 떡방아를 찧었으니까."

형사는 몸을 뒤로 기대며 츱, 입맛을 다셨다. 곤도 따라서 츱, 입맛을 다셨다.

"가도 되나요? 좀 바쁜데."

형사는 입속말로 옥토끼, 옥토끼, 하고 웅얼거리며 옆에 놓인 파일을 펼쳤다. 곤은 공중에 떠 있는 오른발을 까딱까딱 흔들었다. 일정하던 박자가 파일을 뒤적이는 형사의 손놀림을 따라 조금씩 어긋났다. 형사가 A5 사이즈로 출력한 사진 한 장을 곤의 앞에 놓았다. 푸르뎅뎅한 피부, 움푹 꺼진 이마, 검은 실로 얼기설기 꿰매놓은 가슴팍의 Y 자형 절개 부위. 여자는 눈을 감고 부검용 철제 침상에 누워 있었다.

"알아보겠어?"

곤은 눈살을 찡그리며 고개를 저었다. 형사가 파일에서 사진 한 장을 더 꺼내 부검 사진 옆에 놓았다. 방바닥에 널브러진 핑크색 트레이닝복 차림의 여자를 보는 순간 곤의 눈이 커다랗게 벌어졌다.

"어, 이 여자……"

반쯤 내려간 상의 지퍼가 가슴에 붙은 로고를 'PI'와 'NK' 두 패로 갈라놓았다. 검은색 지퍼 이빨이 부검 사진의 꿰맨 자국과 겹쳐졌다. 머리를 중심으로 바닥에 피가 흥건했고 흩어진 머리채가 피 웅덩이에 말라붙어 있었다.

"윤미나, 30세, 마포구 신수동 거주, 사망 추정 시각은 수요일 오후 10시에서 자정 사이."

형사는 말하는 사이사이 다양한 각도에서 찍은 사건 현장 사진을 곤의 앞에 한 장씩 겹쳐놓았다. 몸싸움이 벌어졌는지 주위는 난장판이었다.

"자, 다시. 지난 수요일 오후 10시에서 자정 사이에 어디 있었지?"

곤은 창백한 얼굴로 사진들을 내려다보았다.

"윤미나…… 이 여자 이름입니까?"

"오호, 아직도 모르시겠다. 이름도 모르는 여자와 웬 통화를 그렇게 자주 하셨나. 수요일 오후 2시 5분, 23분, 5시 11분. 피살자 휴대전화에 찍힌 마지막 통화야. 그리고 여기."

형사는 집게손가락으로 사진 한구석을 톡톡 두드렸다. 앉은 뱅이 화장대 옆에 깨진 유리잔이 떨어져 있었다.

"이 유리잔 파편에 네 지문이 선명하게 찍혀 있어. 현장에서 발견된 십자드라이버에도. 이상하지? 알지도 못하는 여자 방에 말이야."

"누가 모른다고 했나요. 압니다, 안다고요."

곤이 고개를 들고 다급하게 항변했다. 사진에 침방울이 튀었다.

"수요일에 이 집에 갔었어요. 정말 이 여자가 그날 밤에 죽었나요? 멀쩡히 살아 있었는데⋯⋯ 이름은 몰랐어요. 세탁기 때문에 잠깐 만났던 겁니다."

"세탁기?"

"예, 〈중고나라〉에 미니 세탁기를 판다고 올렸거든요. 곧 이사를 가는데 거긴 세탁기가 옵션으로 있어서. 사이트 들어가보면 지금도 떠 있을 겁니다."

"계속 읊어봐."

"미니 세탁기는 인기 품목이라 금방 팔렸어요. 사실 이분은⋯⋯"

곤은 사진 속의 여자를 곁눈질했다가 얼른 시선을 거두었다.

"두번째로 연락이 왔는데, 집까지 운반해주면 2만 원을 더 얹어주겠다고 하더라고요. 신수동이면 그리 멀지 않은 곳이라 처음 전화했던 사람에게 양해를 구하고 이쪽에 팔기로 했죠. 그래서 세탁기를 차에 싣고 갔는데⋯⋯"

"그게 몇 시였지?"

형사의 질문에 곤은 잠시 생각에 잠겼다가 대답했다.

"세번째 통화했던 시간이에요. 집을 못 찾겠으면 성당 앞에서 전화하라고 했거든요. 전화했더니 금방 나오더라고요."

"그럼 집에 들어간 게 5시 반쯤 됐겠네?"

"그쯤 됐을 겁니다."

형사는 서류에 메모를 하고 계속하라는 눈짓을 보냈다.

"세탁기를 베란다에 들여놨더니 어떻게 설치하는 거냐고 묻더라고요. 혼자 사는 것 같기에 내가 설치해주겠다고 드라이버를 달라고 했죠."

"친절도 하셔라."

형사가 무뚝뚝하게 말했다.

"수도꼭지에 호스만 연결하면 되니까…… 뭐, 2만 원 더 받는데 그 정도야. 그런데 수도꼭지가 밀착이 안 돼서 자꾸만 물이 새더라고요. 근처 철물점에서 방수 테이프 사 오고 하느라 생각보다 시간이 걸렸습니다. 끝내고 나니까 고맙다면서 오렌지주스를 주더라고요."

*

"수고하셨어요."

여자가 얼음을 띄운 오렌지주스 잔을 건넸다. 베란다 문틀에 기대서서 주스를 한 모금 마셨다. 귀밑으로 땀방울이 흘러내렸다. 여자는 고개를 비딱하게 기울이고 세탁기를 내려다보았다.

"생각보다 작네. 귀엽기는 한데…… 세탁은 잘돼요?"

"잘돼요."

"중국산은 믿을 수가 있어야지."

"하이얼은 알아주는 회사예요. 중국에서는 삼성이나 마찬가지죠."

여자는 가볍게 콧바람을 내뿜으며 팔짱을 꼈다. 핑크색 트레이닝복 가슴팍에 붙은 'PINK' 로고가 붕긋하게 불거졌다. 시선을 방 안으로 돌렸다. 사계절 옷이 빽빽하게 매달린 행거는 금방이라도 주저앉을 것처럼 등뼈가 휘어 있었다. 옷들의 색상과 스타일이 제각각이라 취향을 짐작하기 힘들었다. 앉은뱅이 화장대와 도시바 노트북, 침대 위에 던져놓은 리모컨 세 개, 벽에 걸린 릭턴스타인의 「행복한 눈물」. 저 빨간 머리 아가씨는 엊그제 들렀던 샌드위치 가게에서도 눈물을 흘리고 있었다.

"강아지 키우나 봐요?"

냉장고 옆에 놓인 반려동물용 스테인리스 식기를 눈짓하며 물었다. 여자가 열린 창문으로 고개를 내밀고 밖을 두리번거렸다.

"고양이요. 아까 이리로 나갔는데 안 들어오네."

"찾아봐야 하는 거 아닌가요?"

"배고프면 알아서 들어오더라고요. 길고양이 새끼라 그런가, 내킬 때마다 한 번씩 들락거려요."

창밖에는 1미터 정도 거리를 두고 옆집의 벽돌담이 길게 이어졌다.

"이름이 뭐예요?"

"저요?"

여자의 눈이 동그랗게 커졌다.

"아뇨, 고양이."

"아, 잠파노."

"잠파노. 영화에서 따온 이름인가요?"

"맞아요, 「도둑들」. 김수현 완전 귀엽잖아요."

여자는 흐뭇한 미소를 머금었다. 오렌지주스를 마저 마시고 유리잔을 화장대에 내려놓았다. 혀를 타고 미끄러져 들어온 얼음 조각 하나가 차가운 모서리로 입천장을 긁었다.

"아, 돈 드려야지."

여자가 행거에 걸린 핸드백에서 지갑을 꺼냈다. 미리 준비해 놓지 않았는지 만 원권, 5천 원권, 천 원권이 총출동했다. 돈을 헤아리는 여자의 오른 손목 안쪽에 원형 타투가 눈에 띄었다. 동물 두 마리가 얽혀 있는 것 같은데 자세히 보이지는 않았다. 오래전에 새긴 것인지 피부와 잉크의 경계가 희미했다.

"여기, 받으세요."

*

"그래서 주스 한 잔 마시고 나온 게 답니다."

곤은 힘주어 말끝을 맺었다. 형사는 주먹의 손등으로 탁자를 툭툭 두드렸다.

"그게 몇 시였지?"

"한 3, 40분쯤 머물렀을 겁니다."

"그럼 6시 조금 넘었을 테고, 나와서는?"

"곧장 집으로 갔습니다. 아, 동네 돼지국밥집에서 저녁을 먹고 들어갔어요."

"그러고는?"

"그러고는…… 집에서 밤새 소설을 썼습니다."

"소설? 작가야?"

"예."

"유명해?"

"아뇨."

"밤새 집에 있었다는 걸 증명해줄 사람이 있나?"

"혼자 처박혀 소설 쓴 걸 누가 증명해줍니까?"

"알리바이가 없다는 거네."

곤은 어깨를 늘어뜨리며 한숨을 내쉬었다. 형사가 파일을 덮고 자리에서 일어섰다.

"커피?"

곤은 고개를 저었다. 형사는 손마디를 우두둑 꺾으며 취조실을 나갔다. 문이 닫히기를 기다렸다가 곤은 앞에 놓인 사진들을 손끝으로 조심스럽게 집어 들었다. 나뒹구는 화장품병들,

깨진 유리잔에 고인 엷은 주황색 물, 초록색 손잡이가 달린 십자드라이버, 쓰러진 행거, 붕괴 사고 현장의 팔다리 꺾인 시신들처럼 널브러진 옷가지, 힘없이 반쯤 오므린 손, 검은 원으로 뭉개진 손목의 타투……

문이 벌컥 열리고 머그잔을 든 형사가 들어왔다. 곤은 사진 뭉치를 던지듯이 내려놓았다. 땀이 밴 손가락이 반질반질한 인화지에 선명한 지문을 남겼다. 자리에 앉은 형사는 커피를 홀짝이며 사진을 자기 앞으로 끌어왔다.

"꽤 미인이야. 안 그래?"

"보기 나름이죠."

"키는 작지만 몸매도 괜찮고. 와, 가슴이……"

형사가 느물느물 웃으며 곤을 칩떠보았다.

"애인 있어?"

"없는데요."

"쏠렸겠네."

곤은 미간을 찡그렸다.

"여자 자취방에 단둘이 있으면 싱숭생숭하잖아. 착 달라붙는 추리닝에 화장품 냄새 솔솔 풍기고, 옆에 떡하니 침대도 있겠다."

"뭐 하자는 겁니까?"

"왜, 찐한 로맨스 소설 한번 써보려 했는데 여자가 거부했나? 막 소리 지르고 쫑코 주고 그랬어?"

"그만하시죠. 사람 어떻게 보고."

"위층에 사는 학생이 그러대. 6시쯤 집에서 나와 계단을 내려가는데, 그 집 현관문 너머에서 남자와 여자가 다투는 소리가 들렸다고."

"하, 참…… 뭐라고 하면서 다투더랍니까?"

"내용까지는 모르겠대. 내려가는 길에 얼핏 들은 거라."

"그런데 다투는 소리란 건 어떻게 확신한대요. 그냥 말소리를 들은 거겠죠. 살인 사건이 발생했다니깐 그게 기억 속에서 뻥튀기됐을 테고."

"어쭈, 심리 수사까지 하네."

곤은 손에 힘을 주어 마른세수를 했다. 뺨에 벌겋게 쓸린 자국이 남았다.

"형사님, 전 그 집에 세탁기 갖다 주고 오렌지주스 한 잔 마시고 바로 나왔습니다. 전원돼지국밥 주인 할머니한테 확인해보세요. 단골이니까 기억하고 있을 겁니다."

"확인할 거야. 옥토끼보다는 쉽겠네."

형사는 츱, 입맛을 다셨다.

"그런데 그거 확인한다고 알리바이가 입증되는 게 아니잖아. 저녁으로 돼지국밥 한 그릇 때리고 들어갔다고 치자. 세탁기 들고 계단 오르내리느라 땀을 흘렸을 테고, 시원하게 샤워 한판 했겠지. 텔레비전 보면서 맥주 두어 캔 까고. 그런데 가만히 침대에 누워 있으려니까, 씨발, 쪽팔리는 거야. 넌 필이 통했다고 느껴서 액션 들어간 건데 개망신을 당했으니. 자존심 상하는 욕도 처먹었을 테고, 응? 따귀까지 맞은 거 아냐? 생각할수록 열이 뻗쳤겠지. 외로운 영혼끼리 엔조이 좀 하자는데 뭐 그리 잘났다고 앙탈이냐. 서비스로 세탁기 설치까지 해줬는데. 나쁜 년, 재수 없는 년. 결국 넌 날이 캄캄해지기를 기다렸다가 다시 집을 나선 거야. 널 발정 난 똥강아지 취급한 여자에게 앙갚음을 하려고."

"사람을 아주 사이코패스로 만드는군요."

"사이코패스였다면 그 자리에서 끝장을 봤겠지. 꼬리 말고 물러났다가 다시 찾아갔다는 건, 음, 찌질이의 뒤끝이랄까."

곤은 손바닥으로 탁자를 내리쳤다.

"찾아가긴 누가 찾아갑니까. 전 그 시간에 집에 틀어박혀 소설을 썼다니까요. 마감이 코앞인데 꽉 체한 것처럼 글이 나오지 않아서 미칠 지경이었다고요."

"오호, 미칠 지경이었다."

"일단 닥치는 대로 휘갈겨보자. 그러다 보면 뭔가 떠오르지 않을까. 그래서 사흘 동안 거의 잠도 안 자고 키보드만 두들겨 댔습니다. 댁들이 다짜고짜 쳐들어와서 여기로 끌고 오기 직전까지."

"사흘 동안 잠을 못 잤다. 왜 그랬을까?"

형사는 집게손가락으로 눈꼬리를 긁적였다. 곤은 부르튼 아랫입술을 지그시 깨물었다가 놓았다.

"이봐요, 형사님. 이미 제 전과도 조회해봤을 거 아닙니까. 사소한 폭력 전과 하나 없는 사람이 중고 세탁기 팔다가 살인마로 돌변한다는 게 말이 됩니까? 형사의 직감, 그런 거 없어요?"

"직감보다는 증거가 우선이야. 인간이라는 동물은 어찌나 심오한지 당최 그 속을 헤아릴 수가 없거든."

곤과 형사는 서로를 쏘아보았다. 미묘하게 변하는 두 사람의 눈빛이 허공에서 엎치락뒤치락 드잡이를 했다. 눈씨름이 과격해질 즈음 노크 소리가 둘을 떼어놓았다. 취조실 문이 열리고 넙데데한 얼굴의 스포츠머리가 상체를 디밀었다.

"고 형사님."

형사가 자리에서 일어섰다. 둘은 복도에 등을 지고 서서 속닥거렸다. 주로 스포츠머리가 말을 건넸고 형사는 고개를 끄덕이다가 짧게 질문을 던졌다. 당신이 날 알아? 알아? 취객의 걸걸한 고성이 열린 문틈으로 비집고 들어왔다. 사라졌다고. 사라졌어. 사라져서…… 어떻게 조용히 해! 이 가슴, 가슴속에서 기관차가…… 아니, 내가 하고자 하는 말은…… 취객의 두서없는 독백은 문소리와 함께 끊겼다. 형사가 의자를 멀찌감치 뒤로 빼더니 다리를 꼬고 앉았다. 그의 손에는 공문서 이면지 몇 장이 들려 있었다.

"그러니까 이게 자네 알리바이란 말이지?"

"예?"

"제목, 세탁기."

곤의 등허리가 곧추 펴졌다. 붉게 충혈된 눈에는 당혹스러운 기색이 역력했다.

"영장도 없이 남의 컴퓨터를 뒤져도 되는 겁니까! 이런 법이 어디 있습니까!"

"형소법 216조. 체포 영장 나오면 현장 압수 수색도 할 수 있는 거야."

형사는 의자에 편안하게 등을 기대고 원고를 읽어 내려갔다. 이건 지적재산권 침해다, 문화 검열이다, 국가인권위에 고발하겠다, 곤이 횡설수설 항의했지만 형사는 묵묵부답이었다. 종이가 넘어갈수록 그의 얼굴빛이 야릇하게 변했다. 털이 숭숭한 눈썹이 꿈틀거릴 때마다 곤의 표정은 눈에 띄게 일그러졌다.

마지막 장까지 다 읽은 형사는 여운을 음미하듯 눈을 가늘게 뜨고 식어빠진 커피를 홀짝였다. 곤은 마른침을 삼키며 형사의 손에 들린 이면지를 응시했다.

"재밌네, 소설."

"오해하시면 안 됩니다. 그건 그냥……"

"무슨 오해, 재밌다니깐. 역시 작가는 다르네. 마무리만 잘하면 아주 훌륭한 피의자 진술 조서가 되겠어."

"설마 제가 실화를 곧이곧대로 옮겼다고 생각하는 건 아니겠죠?"

"생판 없는 일 쓴 것도 아니구먼. 여기 보면 피살자 윤미나

방에서……"

형사는 손가락에 침을 묻혀 원고를 뒤적였다.

"자네가 아까 진술한 장면이 그대로 나오잖아."

*

"수고하셨어요."

여자가 얼음을 띄운 오렌지주스 잔을 건넸다. 베란다 문틀에 기대서서 주스를 한 모금 마셨다. 귀밑으로 땀방울이 흘러내렸다. 초가을치고는 더운 날씨였다. 여자는 고개를 비딱하게 기울이고 세탁기를 내려다보았다.

"생각보다 작네. 귀엽기는 한데…… 세탁은 잘돼요?"

"잘돼요."

"중국산은 믿을 수가 있어야지."

"하이얼은 알아주는 회사예요. 중국에서는 삼성이나 마찬가지죠."

여자는 가볍게 콧바람을 내뿜으며 팔짱을 꼈다. 핑크색 트레이닝복 가슴팍에 붙은 'PINK' 로고가 붕긋하게 불거졌다. 시선을 방 안으로 돌렸다. 사계절 옷이 빽빽하게 매달린 행거는 금방이라도 주저앉을 것처럼 등뼈가 휘어 있었다. 옷들의 색상과 스타일이 제각각이라 취향을 짐작하기 힘들었다. 앉은뱅이 화장대와 도시바 노트북, 침대 위에 던져놓은 리모컨 세 개, 벽에 걸린 릭턴스타인의 「행복한 눈물」. 몇 해 전 대기업 사모님의 비자금 사건으로 유명세를 치른 그림이었다. 삼성이었나? 만화 한 컷을 모사한 작품이 백억 원을 호가한다는 뉴스에 혀를 내둘렀던 기억이 난다. 그러고 보니 저 빨간 머리 아가씨는 엊그제 들렀던 샌드위치 가게에서도 눈물을 흘리고 있었다.

"강아지 키우나 봐요?"

냉장고 옆에 놓인 반려동물용 스테인리스 식기를 눈짓하며 물었다. 여자가 열린 창문으로 고개를 내밀고 밖을 두리번거렸다.

"고양이요. 아까 이리로 나갔는데 안 들어오네."

"찾아봐야 하는 거 아닌가요?"

"배고프면 알아서 들어오더라고요. 길고양이 새끼라 그런가, 내킬 때마다 한 번씩 들락거려요."

창밖에는 1미터 정도 거리를 두고 옆집의 벽돌담이 길게 이어졌다. 창턱에서 몸을 웅크렸다가 담벼락을 향해 점프하는 얼룩 고양이의 모습이 그려졌다.

"이름이 뭐예요?"

"저요?"

여자의 눈이 동그랗게 커졌다.

"아뇨, 고양이."

"아, 젤소미나."

"젤소미나. 영화에서 따온 이름인가요?"

"맞아요, 페데리코 펠리니의 「길」. 어릴 때 정말 감명 깊게 봤어요."

여자는 아련한 미소를 머금었다. 오렌지주스를 마저 마시고 유리잔을 화장대에 내려놓았다. 혀를 타고 미끄러져 들어온 얼음 조각 하나가 차가운 모서리로 입천장을 긁었다.

"아, 돈 드려야지."

여자가 행거에 걸린 핸드백에서 지갑을 꺼냈다. 지갑에는 만원권이 두둑하게 들어 있었다. 돈을 헤아리는 여자의 오른 손목 안쪽에 원형 타투가 눈에 띄었다. 서로의 꼬리를 붙잡고 동그랗게 얽혀 있는 두 마리 원숭이. 오래전에 새긴 것인지 피부와 잉크의 경계가 희미했다.

"여기, 받으세요."

그새 은색 카니발이 내가 주차했던 단독주택 담벼락을 차지하고 있었다. 동네를 빙빙 돌다가 간신히 공사장 펜스 옆에 빈자리를 찾아 차를 세웠다. 마침 돼지국밥집 근처라 저녁을 때우고 들어가기로 했다. 국밥 한술에 소주 한 잔씩 넘기다 보니 금세 또 한 병을 주문해야 했다.

"뭔 일 있어?"

흐트러진 백발이 베토벤을 연상시키는 주인 할머니가 소주병을 테이블에 놓으며 물었다.

"없어요. 왜 이리 아무 일도 없을까, 고민하는 중이에요."

베토벤 할머니는 에라이, 하며 쌕 웃었다. 두 병째 소주를 다 비우고 나서도 국밥은 바닥을 보이지 않았다. 집으로 올라가는 길에 편의점에서 맥주 네 캔과 새우깡을 샀다.

정육면체의 방이 빙글빙글 돌아갔다. 거대한 주사위 속에 들어앉은 기분이었다. '신은 주사위 놀이를 하지 않는다.' 어떤 골샌님의 명언인지는 모르겠지만, 내 생각에 신은 종일 술에 취해 주사위 놀이만 하며 시간을 보낸다. 그 양반, 얼마나 무료하겠나. 눈을 감으니 주사위는 더욱 신나게 돌아갔다. 시간이 데굴데굴 거꾸로 흘러갔다. 2011, 2010, 2009, 2008, 2007…… 술을 입에 대는 게 정확히 5년 4개월 17일 만이었다. 오랜만인데 잘도 들어가네.

5년 4개월 17일 전의 내게는 두 가지 선택지가 있었다. 술을 계속 마심으로써 뇌세포를 파괴해 걸 잊거나, 술을 끊고 새 삶을 시작함으로써 걸 잊거나. 결정을 내려준 건 부끄러움이었다. 아무런 문학적 함의도 없는 일차원적인 부끄러움.

2년 넘게 이어진 꾸준한 폭음은 몸보다 정신을 먼저 허물었다. 가벼운 조울증으로 시작한 주사가 점차 폭력적인 양상을 띠어갔다. 자해에서 기물 파손으로, 이어서 타인에 대한 과도한 공격성으로. 결국 실내 포차에서 내게 '호로새끼'인지 '호모새끼'인지 욕설을 던진 옆 테이블 중늙은이의 치아 두 대를 부러뜨렸다. 합의금 천만 원을 구하려고 여기저기 손을 벌리고 다니면서 술을 끊기로 결심했다. 돌이켜보면 그깟 일로 단박에 술을 끊은 나도 참 매정한 놈이다. 그동안 마시고 싶어서 마신 것도 아니었건만.

꾸준한 폭음의 시작은 건의 죽음이었다. 해병대에 자원입대할 때부터 계획한 이벤트였을까? 녀석은 소대 사격 훈련 도중 느닷없이 소총을 들고 사로에서 뛰쳐나갔다. 탄창을 교체하던 분대원들이 멍하니 지켜보는 사이 건은 표적과 사로의 중간 지점까지 내달린 후 괴성을 지르며 몸을 돌렸다. 람보처럼 소총을 옆구리에 낀 채로. 그제야 사태를 파악한 분대원들 중 하나가 자신에게 총구를 겨눈 돌발 표적을 향해 반사적으로 방아쇠를 당겼다. 훈련은 그러라고 했던 거니까. 곧 아홉 정의 K-2 소총이 반자동으로 불을 뿜었고 건은 스물세 발의 총알이 박힌 채 사격장 한복판에 쓰러졌다. 발사된 총알이 총 180발이었으니 그리 자랑할 만한 실력들은 아니었다. 건의 탄창은 비어 있었다고 한다.

'역시 라스트신은 「보니 앤 클라이드」가 최고야.'

건이 영정 사진 속에서 흑백으로 웃으며 말했다.

'대한민국에서 이렇게 폼 나게 죽기가 쉬운 줄 알아?'

'그래, 잘났다.'

국방부는 자체 조사 결과 "부대 내 가혹 행위는 없었으며 일시적인 정신 착란으로 인한 사고사"로 결론을 내렸다. 건의 가

족은 강력하게 은폐 의혹을 제기했지만 나는 조사 결과를 수긍
했다. 가혹 행위는 '부대 내'의 문제가 아니었다.

2003년 초여름 어느 날, 홍대 거리에서 청 미니스커트를 입
은 여자애와 손을 잡고 걸어가는 건을 보았다. 나는 휘적휘적
그들을 쫓아다녔다. 카페로 영화관으로(둘은 「10일 안에 남자
친구에게 차이는 법」을 봤다) 칵테일 바로 아현동 골목길로. 청
미니스커트의 자취방인 듯한 다세대주택 앞에서 둘은 헤어졌
다. 손을 흔드는 여자애의 입가에 진한 아쉬움이 묻어 있었다.
키플링 백팩을 한쪽 어깨에 메고 걸어가는 건을 따라잡았다.
인사말은 놀란 표정으로 대신했다.

"삼척에서 언제 올라왔어?"

"좀 됐어."

"그런데 왜…… 아니, 됐고. 쟤 뭐야?"

"학교 후배, 나 좋다고 따라다니던. 예쁘지?"

"예쁘기는, 치와와처럼 생겨가지고. 그래서?"

"그래서?"

"그래서 지금 뭐 하는 거냐고."

건은 옆에 서 있던 싱싱노래방 입간판에 팔꿈치를 척 걸치더
니 손을 당겨 턱을 괴었다.

"누군가를 이해한다고 해서 그게 다는 아니야. 사람은 변하
기 마련이니까. 오늘은 파인애플을 좋아하는 사람이 내일은 다

른 걸 좋아하게 될 수 있어."

"웃기고 있네."

이건 어느 영화의 대사냐고 살갑게 물어볼 기분이 아니었다. 빠르게 지나다니는 사람들이 우리를 스쳐 갔다.

"잤어, 저 치와와하고?"

건은 멋쩍게 백팩을 추어올렸다.

"나보고 젠틀해서 좋대."

우리는 동시에 픽 웃었다.

그날 난 건의 팔을 잡고 반강제로 모텔 입구까지 끌고 갔으나 건은 끝내 내 사타구니를 걷어차고 달아났다. 그 너절한 장면이 우리의 라스트신이었다.

"당분간 좀 쉬고 싶어. 혼자, 조용히."

건의 목소리 뒤로는 늘 파도가 쳤다. 외가가 있다는 삼척 앞바다의 파도 소리였다. 나는 잠자코 전화를 끊을 수밖에 없었다. 사전에서 '당분간'을 찾아보니 '앞으로 얼마간'이라고 나왔다. '얼마간'을 찾아보니 '그리 길지 아니한 시간 동안'이라고 나왔다. '그리'를 찾아보니 '그러한 정도로는'이라고 나왔다. '그러하다'를 찾아보니 '그와 같다'라고 나왔다. 사전을 베고 누워 눈을 감았다.

건의 '당분간'은 가을을 지나고 겨울까지 이어졌다. 내가 생각한 '그와 같은 정도로는 길지 아니한 시간'을 훨씬 넘어서는

'얼마간'이었다. 언제부턴가 전화도 받지 않았다. 틈날 때마다 삼척으로 내려가 겨울 바다를 쏘다녔지만 혼자 조용히 쉬고 있는 건을 찾지 못했다.

　치유의 시간이 필요하다는 건 이해했다. 두 달 넘는 병원 생활로 몸이 쇠약해졌고, 오른쪽 고막 손상으로 영화 사운드 디자이너의 꿈이 날아갔다는 현실도 받아들여야 했다. 무엇보다 팔다리를 옥죄는 '공포'라는 올무가 문제였다. 가만히 웅크리고 버틴 나와 달리 예민한 감각세포를 지닌 건은 마구 몸부림을 쳤다. 올무는 그럴수록 더 죄어든다는 걸 모르고.

　시청 광장을 가득 메운 붉은 물결, 번쩍이는 뿔과 삼지창, 손뼉에 맞춰 합창하는 "대～한민국!" 2002년 6월은 그야말로 나라 전체가 용광로였다. 늘 그렇듯 용광로 속에는 불순물도 적잖이 녹아들었을 것이다. 그래봤자 열광의 순도에는 영향을 미치지 않는 소소한 헛소동들.

　건과 나는 축구를 좋아하지 않았다. 더구나 사람이 득실거리는 장소는 질색이었다. 그럼에도 대한민국의 경기가 있는 날마다 광장의 붉은 물결에 합류한 이유는 월드컵이 우리에게 뜻밖의 기회를 제공해주었기 때문이다. 인파 속에서 당당하게 애정 표현을 하는 연인의 권리. 우리 팀의 공격으로 응원단이 달아오를 때면 벌긋하게 취한 건과 내가 손을 잡거나 끌어안고 스킨십을 해도 주위에서 눈살을 찌푸리지 않았다. 골이라도 넣으

면 과장되게 키스를 나누는 우리에게 사람들은 오히려 박수와
환호를 보내주었다.

"아, 이런 기분이었구나."

"숨어서 하는 것보다 더 스릴 넘치는데."

"그러게. 다음 게임은 언제야?"

대다수 국민과는 상이한 이유로 건과 나는 대한민국의 승리
를 염원했고, 태극 전사들은 예상과 기대를 훌쩍 뛰어넘어 4강
까지 오르는 쾌거를 이루었다. 이 기적의 여정을 우린 큐피드가
보낸 화해의 선물로 받아들였다. 그동안 푸대접해서 미안하다
고, 앞으로 잘해보자고. '꿈☆은 이루어진다.' 관중석을 수놓은
카드 섹션을 보면서 우리는 치기 어린 반란을 넘어 평범한 미래
를 꿈꾸기 시작했다. 준결승전 상대는 전차 군단 독일이었다.

후반전 막바지까지 0 대 0의 답답한 공방전이 이어졌다. 시청
광장에 운집한 붉은 악마들은 우리 팀 선수가 공만 터치해도 스
크린을 향해 해일 같은 함성을 쏟아냈다. 골이 터지지 않아 욕
구불만 상태였던 건과 나도 열렬히 응원을 보냈다. 백만 관중을
하나로 묶은 고무줄이 점점 더 팽팽하게 조여들고 있었다.

당시의 기억은 짧은 컷들의 혼란스러운 몽타주로 남아 있다.
문전으로 쇄도한 독일 팀 13번 선수의 왼발 슛, 몸을 날린 골키
퍼, 바닥에 떨어진 내 지갑, 흔들리는 골네트, 울긋불긋한 페이
스 페인팅 사이로 앙다문 작은 입술, 주위 관중들의 외마디 비
명, 가느다란 팔뚝을 틀어쥔 건의 단단한 손아귀. 세 사람의 눈

이 마주친 순간 여자애가 냉큼 목놓아 외쳤다.

"악! 뭐 하는 거예요. 어딜 만져. 도와주세요! 치한이야!"

이런 상황에 대비해 충분히 연습한 듯 하마터면 나까지 속아 넘어갈 뻔한 열연이었다. 건 역시 당황한 표정으로 멈칫하는 사이 흥분한 군중이 우리를 에워쌌다. 그들이 본 건 불콰한 낯빛의 건장한 남자가 깜찍한 페이스 페인팅으로 단장한 자그마한 여자애의 팔을 잡아끄는 광경이었다. 건이 뒤늦게 소매치기라고 떠듬거렸지만 그녀의 울먹이는 절규에 묻혀 제대로 들리지 않았다.

"저 새끼 뭐야! 꼭 저런 놈들이 있다니까."

"이 중요한 판국에, 파렴치한 새끼."

"빨리 잡아! 경찰에 넘겨!"

건이 항변하기 위해 팔을 내두르는 것과 동시에 수많은 손이 튀어나와 그를 붙잡고 쓰러뜨렸다. 이어서 수많은 발이 그를 짓밟고 걸어찼다. 건을 막아서며 뜯어말리던 나도 곧 쓰러져서 같은 신세가 되었다. 치명적인 골을 먹은 실망감에 과격한 시민 의식이 합세해 사람들은 일순 이성을 잃었다. 당시의 기억은 한 컷의 미장센에 담겨 있다. 붉은 제복, 얼룩덜룩 색칠한 얼굴들, 머리 위에서 빨갛게 빛나는 뿔, 들썩이는 삼지창, 커다란 송곳니를 드러낸 치우천왕…… 모든 이미지가 슬로모션으로 움직이는 환영처럼 보였다. 고통만 뺀다면. 정신을 잃기 직전, 경기 종료를 알리는 주심의 휘슬과 함께 거대한 탄식이 시청 광장을 울렸다.

　시간을 조금 더 거슬러 올라갈 수도 있다. 재수 학원에서 우리가 처음 만났던 시절로. 서로의 취향을 떠보기 위해 넌지시 던진 농담들을 토씨 하나까지 기억한다. 백화점 남자 화장실에서 나눈 첫 키스의 감촉도 아직 고스란하다. 휘파람으로 「Raindrops Keep Fallin' on My Head」를 불 때 동그랗게 주름지는 입술과 펠리니의 「길」이나 베르톨루치의 「몽상가들」을 예찬하는 달뜬 음성을 떠올리는 건 어떨까. 영화의 한 장면으로 심정을 표현하는 어색한 연기, 생각에 잠길 때면 우아하게 팔락이는 긴 속눈썹, 귓바퀴에 느껴지는 단단한 갈비뼈, 그 밑에서 두근거리는 작은 심장……

　아무리 끌어와봤자 이젠 별다른 감흥이 일지 않는다. 그날의 사건이 필터처럼 통로를 틀어막은 채 이전의 기억을 무색무취의 맹물로 걸러냈다. 우리 팀 골네트가 흔들리는 순간 터져 나온 백만 관중의 비명, 건의 손아귀에 붙잡힌 여자애의 가느다란 팔뚝, 손목에서 팔딱이는 푸른 핏줄, 서로의 꼬리를 붙잡고 동그랗게 얽힌 두 마리 원숭이.

　네번째 맥주 캔을 우그러뜨리는 것과 동시에 휴대폰이 울렸다. 쟁쟁거리는 목소리가 대뜸 짜증을 냈다.
　"세탁기가 자꾸 꺼지잖아요. 다 꺼내서 손빨래해야 할 판이에요."

"어제까지만 해도 잘 돌아갔는데."

"잘 돌아가기는, 개뿔. 사람 순진하게 보여서 믿었더니, 아, 내가 미쳐. 아무튼 이거 안 살 거니까 환불해주세요."

"환불이요?"

"고장 난 걸 속이고 팔았잖아요. 사기로 고소할 수도 있다고요. 내일 당장 와서 가져가요."

벽에 걸린 시계를 보았다. 10시가 다 되어가고 있었다. 여자의 고양이는 돌아왔을까?

"내일은 제가 바쁜데, 지금 가도 될까요?"

"그러시든가."

주사위는 여전히 어지럽게 돌아갔다. 세탁조 안에서 내 수건과 양말과 속옷이 그녀의 수건과 양말과 속옷과 뒤얽혔다. 세제 거품 속에서 서로의 땟물이 뒤섞였다. 건은 내가 아는 가장 아름다운 사람이었다. 아름다움이 부서질 땐 그 파편이 어딘가 작은 흠집이라도 남겨야 하는 게 아닌가. 이로써 세상이 조금 더 타락했음을 환기할 수 있도록.

침대에서 내려오니 몸이 지그재그로 휘청거렸다. 5년 4개월 17일 만에 밟아보는 술망나니 스텝이었다. 욕실로 들어가 오랫동안 오줌을 누고 찬물로 세수를 했다. 신발장에서 망치를 찾아 품에 넣고 집을 나섰다. 나도 그녀에게 환불받고 싶은

"아쉽네. 마저 쓴 후에 쳐들어갔어야 하는 건데."

형사는 원고 뭉치를 내려놓고 의자를 당겨 앉았다.

"자, 여기서 마무리해보자고. 망치를 들고 윤미나의 집에 찾아가서, 그다음 어떻게 됐지?"

곤은 어이없다는 듯 피식거렸다.

"형사님, 이건 소설이라고요, 소설. 이 허구의 이야기가 제가 살인범이란 증거라는 겁니까?"

"신통하잖아. 이 허구의 이야기에 따르면 주인공은 10시쯤 집을 나섰으니 윤미나의 사망 추정 시각과 딱 맞아떨어지네."

"그거야 우연히……"

"물론 여자가 환불해달라고 전화한 건 허구겠지. 그 시간엔 통화 기록이 없으니까. 사람이 양심이 있지, 설마 고장 난 세탁기를 팔았겠어. 넌 다분히 계획적으로 그 집을 다시 찾아간 거야."

곤이 반박하려 했지만 형사가 손을 들어 제지했다.

"더 결정적인 건……"

파일을 뒤적여 서류 한 장을 꺼낸 형사는 커피로 목을 축인 후 또박또박 읽어 내려갔다.

"사망 원인은 둔기에 의한 두개골의 함몰 골절과 이에 수반된 두개내출혈임. 후두부에 두 차례, 좌측 두부와 이마에 각각한 차례, 총 네 차례 타격이 가해졌음. 골절 부위의 모양으로 보아 둔기는 지름 2, 3센티미터 가량의 원형 도구임. 괄호 열고, 망치로 추정됨, 괄호 닫고."

낭독을 마친 형사는 서류 너머로 곤을 건너다보았다. 곤은 가위에 눌린 것처럼 옴짝달싹하지 못하고 간신히 고개만 한 번 저었다.

"전…… 알지도 못했어요. 사인이 뭐였는지. 망치야, 뭐, 흔하니까…… 우연이겠죠."

"우연, 우연. 10년 전의 그 소매치기와 중고 세탁기 때문에 맞닥뜨린 것처럼 말이지."

"아, 그건 그냥 소설이라니까요. 픽션!"

"난 왜 자꾸 픽션 쪽이 더 그럴듯해 보일까. 술은 어때? 아까는 저녁만 먹고 들어갔다고 했는데, 그날 술 안 마셨어? 전원 돼지국밥 베토벤 할머니한테 전화해서 물어볼까?"

"그게…… 예, 생각해보니 마셨네요. 소설처럼 그렇게 들이부은 건 아니고, 속상한 일도 있고 해서 반주로 한 병 시켰습니다. 그것도 남기고 나왔어요."

"그럼, 속상하지. 속상한 일이지."

형사는 코웃음을 지으며 앞에 놓인 곤의 소설을 해작해작 들추었다.

"7, 8년 전이었나. 뉴스에서 봤던 기억이 나네. 해병대 사격장에서 난동을 부린 이병이 동료 병사들의 총에 맞아 사망. 당시에 꽤 시끄러웠잖아."

곤이 딸꾹질하듯 움찔했다. 형사가 눈만 치떠 곤을 흘겨보았다.

"모르는 친구야?"

"……"

"찾아보면 금방 나와. 어느 대학 무슨 과인지, 몇 년도에 어느 재수 학원을 다녔는지. 참, 자넨 재수했어?"

곤은 숨을 몰아쉬다가 고개를 푹 숙이고 웅얼거렸다.

"그 이병…… 제 친구였습니다."

"친구야, 애인이야?"

곤의 뺨이 파르르 떨렸다.

"절 잡아넣고 싶으면 제대로 된 증거를 내놓으시죠. 이따위 소설 말고, 내가 살인범이라는 물적 증거를."

형사는 손가락을 쫙 벌려 앞이마에서 뒤통수까지 쓸어 넘기고 곤의 턱 밑으로 얼굴을 들이밀었다.

"넌 소설을 쓴 게 아니야. 살인을 저지른 후 흥분과 후회가 뒤범벅된 상태에서 변명을 남기고 있었던 거지. 왜 그럴 수밖에 없었는지를."

"아닙니다."

곤은 고개를 푹 숙이고 단호하게 부정했다.

"눈이 뒤집힐 만도 하지. 연인을 비참한 죽음으로 몰아간 원수와 마주쳤으니. 10년 동안 꾹꾹 꿍쳐놓았던 분노가 폭발했을 거야. 펑!"

"아닙니다."

"울분을 참지 못해 퍼마신 술 때문에 '타인에 대한 과도한 공격성'이 튀어나왔을 테고. 결국 망치를 들고 찾아가서, 퍽! 퍽! 퍽! 퍽!"

"아닙니다."

곤은 이를 악물고 고개를 좌우로 흔들었다.

"그래, 억울하고 분한 게 당연해. 자네 사연을 참작하면 우발적인 범행으로 볼 여지가 있어. 자백하고 변호사만 잘 구하면 중형은 피할지 모른다고."

"아니라고요."

"기어이 죽은 연인의 존재마저 부정할 셈인가? 네가 아는 가장 아름다운 사람이었다며. 아름다움이 부서질 땐……"

"아니라니까!"

곤이 주먹으로 탁자를 내리치며 고개를 쳐들었다. 희번덕이는 눈알이 금방이라도 굴러떨어질 것 같았다.

"그래서 죽인 게 아니라고!"

곤의 절규가 취조실 방음벽에 스며들지 못하고 허공을 맴돌았다.

"그 여자가 2만 원을 얹어주기로 해놓고는 만 원밖에 주지 않았어요! 통화할 때 분명히 2만 원이라고 말했는데 자긴 만 원이라 그랬다고 바락바락 우기는 겁니다. 내가 미쳤습니까!

만 원 더 받자고 세탁기를 내 차로 싣고 가서, 3층까지 땀 뻘뻘 흘리며 들고 올라가게. 엘리베이터 없다는 말도 안 하고, 망할 수도꼭지는 물이 줄줄 새서 방수 테이프까지 사다가 감아줬는데. 뭐? 내가 얍삽하다고? 세상 그렇게 살지 말라고? 게다가 돌아왔더니 주차 자리까지 뺏겨서 한참을 빙빙 돌았다고요!"

속사포처럼 쏟아낸 곤은 어깨를 들썩이며 거칠게 심호흡을 했다. 형사는 어정쩡하게 입을 벌린 채 듣기만 했다.

"그때는 잠깐 실랑이만 하다가 돌아왔어요. 돈 만 원 때문에 티격태격하는 꼴도 우습고, 글도 써야 되고. 그런데 소주 한 잔 걸치고 집에 들어왔더니, 생각할수록 부아가 치미는 겁니다. 예, 쪽팔리고 열받았어요. 등신같이 제대로 대꾸도 못 한 게. 되려 푼돈에 목숨 거는 쫌팽이 취급이나 당한 게. 베란다에 세탁기가 있던 자리를, 타일 위의 네모난 흔적을 바라보다가…… 저도 모르게 집을 나섰습니다."

곤은 텅 빈 눈으로 탁자 가장자리에 걸쳐놓은 열 개의 손가락을 내려다보았다.

"처음부터 죽일 생각으로 갔던 건 아닙니다. 속 시원하게 욕이나 실컷 해줄까, 받은 돈 집어 던지고 세탁기를 다시 뺏어 올까…… 아니, 처음부터 죽일 작정이었겠죠? 품에 망치가 들어 있었으니. 그래요, 여자가 뒤돌아서자마자 망치를 꺼내 휘둘렀어요. 퍽! 퍽! 고개를 돌리는 바람에 세번째는 옆머리를 때렸고, 마지막으로 쓰러진 여자의 이마 한가운데를…… 그러고는 여자 지갑에서 만 원을 챙겨 나왔습니다. 맙소사, 내가 대체 무슨 짓을 한 거죠? 아, 세탁기, 그놈의 세탁기 때문에…… 그냥 처음 연락 온 사람한테 팔았어야 하는 건데."

말을 마친 곤은 바람이 빠지듯이 축 까라졌다. 형사가 츱, 입맛을 다셨다. 노크도 없이 문이 열리더니 스포츠머리가 다시 상체를 디밀었다.

"고 형사님, 잠깐."

형사는 몸을 일으켜 취조실을 나갔다. 문이 닫히자 곤은 두 손으로 머리를 감싸 쥐었다. 숨을 내쉴 때마다 목구멍에서 가르랑거리는 신음이 비어져 나왔다.

형사는 30분 가까이 지나서야 돌아왔다. 그가 등 뒤로 문을 닫고 잠시 서 있다가 헛기침을 하며 다가와 의자를 빼고 엉덩이를 걸칠 때까지도 곤은 고개를 들지 않았다. 실눈으로 곤의 정수리를 응시하던 형사가 탁자 위에 흩어진 증거 사진과 서류를 파일에 챙겨 넣었다.

"그만 가도 좋습니다."

곤은 고개를 들고 멍하니 형사를 건너보았다.

"진범이 잡혔어요."

"진범……"

"그 동네 사는 성추행 전과자인데, 이미 다 자백했어요."

"자백…… 했다고요?"

"별수 있나. 집에서 피 묻은 망치까지 나왔는데."

곤은 탁자 위에 흐트러져 있는 소설 원고를 우두커니 쳐다보다가 물었다.

"왜 그랬답니까?"

"지나가다가 베란다에 널린 여자 속옷을 보고 충동적으로 올라갔대요. 도시가스 파이프를 타고. 속옷을 훔치는데 여자가 불쑥 튀어나와서 몸싸움이 벌어졌고, 마침 손에 잡힌 게 베란다에 있던……"

형사는 한 손으로 망치 휘두르는 시늉을 했다. 곤의 입에서 낮은 탄식이 새어 나왔다.

"그날 바로 세탁기를 돌렸군요."

"그런가 보네."

곤은 힘없이 고개를 저었다.

"늘 이런 식이야. 정말이지, 맥락이란 게 없어."

형사는 피아노를 치듯 손가락을 교대로 움직여 탁자를 톡톡 두드렸다.

"형씨는 대체 왜 그런 거요?"

"예?"

"왜 범인도 아니면서 거짓 자백을 했냐고. 그렇게 리얼하게."

곤은 옆벽에 붙은 대형 거울을 향해 고개를 돌렸다. 봉두난발의 남자가 퀭한 눈으로 자신을 바라보았다.

"내가 고문을 한 것도 아니고, 응?"

"……"

"까딱하면 수십 년을 감방에서 썩을 판인데."

"……"

"허, 큰일 날 사람이네."

곤이 기관지에 낀 거미줄이라도 제거하려는 듯 숨을 깊이 들이마셨다가 천천히 내뱉었다.

"잠깐 제정신이 아니었나 봅니다. 며칠 잠을 설쳤더니……"

곤이 억양 없는 목소리로 말했다. 형사는 눈을 끔벅이며 그를 쳐다보다가 새끼손가락으로 귓구멍을 후볐다.

"아무튼 미안하게 됐소이다. 이해하쇼. 온갖 인간쓰레기를 상대하는 게 일이라, 조금이라도 미심쩍다 싶으면 일단 치고 들어가야 되거든."

"가도 됩니까?"

"그럼요. 바쁘다면서, 얼른 가서 일 봐요."

곤은 자리에서 일어나 소설 원고를 주섬주섬 간추렸다.

"그건 대외비라 가져가면 안 되는데."

"제 소설이요?"

"아니, 뒤에 공문서가."

곤은 고개를 끄덕인 후 문을 향해 걸음을 옮겼다. 현기증이 나는지 비틀하며 한쪽으로 쏠렸다가 다시 균형을 잡았다.

"형씨."

곤은 문손잡이를 잡은 채 뒤를 돌아보았다.

"이거 어디까지가 실제 있었던 일이오?"

형사가 눈을 반짝이며 물었다.

"피살자 윤미나가 정말 2002년의 그 소매치기였소?"

곤은 성당 앞에 서서 세 갈래 골목길을 번갈아 둘러보았다. 가슴에 손을 모은 채 등 뒤에서 그를 굽어보고 있는 하얀 성모상 위로 땅거미가 내려앉았다. 가운데 길로 접어든 곤은 주위를 두리번거리며 골목을 이리저리 꺾어 들어갔다. 양편에 늘어선 낡은 주택들은 모두 어슷비슷하게 보였다. 세탁기를 싣고 온 게 불과 사흘 전이건만 여자의 집을 찾을 수가 없었다. 담벼락에 주차된 승용차와 전봇대 아래 쌓인 쓰레기봉투와 시멘트를 가르고 나온 잡초들이 반복되었다. 누군가 똑같은 골목을 계속 덧대며 장난을 치는 것 같았다.

오른쪽 옆에서 따끔한 시선이 느껴졌다. 고개를 돌리자 벽돌담 위에 등을 볼록하게 세우고 앉은 얼룩 고양이와 눈이 마주쳤다. 대각선으로 뻗은 앞다리에 단단히 힘이 들어가 있었다. 곤은 아기를 어르듯 입으로 쭈쭈, 소리를 내며 살며시 손을 내밀었다. 고양이는 몸을 납작하게 웅크리고 수염을 곤두세웠다. 커다랗게 벌어진 두 개의 눈동자가 레이저 포인터처럼 곤의 양 미간에 붙박여 움직이지 않았다.

"젤소미나."

곤이 앞으로 한 발 내딛는 순간 얼룩 고양이는 재빨리 몸을 돌려 담벼락 너머로 사라졌다.

위험한 비유

나는 당신이다.

나는 당신의 녹슨 손톱이다.

나는 붉은 그물에 걸린 당신의 눈동자다.

나는 담배 연기에 실려 흩어지는 당신의 날숨이다.

나는 당신의 온몸을 유랑하고 심장으로 회귀하는 검붉은
피다.

나는 당신의 머릿속을 떠도는 검은 비닐봉지, 당신의 꿈을
기웃거리는 버려진 기억이다.

나는 당신이 쓴 기형의 문장이며, 아직 못다 쓴 미지의 문장
이며, 그 사이를 지나는 모래바람이다.

당신의 문장 속에 내가 있다. 7층 허공에 드러누운 내가 있다. 검은 카디건을 걸치고 한쪽 발에만 체크무늬 슬리퍼를 꿰고 있다. 나머지 한 짝은 아직 8층을 지나는 중이다. 덥수룩한 머리칼이 바람에 나부낀다. 나는 팔다리를 편안하게 벌리고 가늘게 뜬 눈으로 하늘을 올려다본다. 군청과 주황이 몸을 섞는 샐녘의 어수선한 하늘이다.

함께 떨어져 내린 크고 작은 유리 파편들이 새벽빛에 반짝인다. 이마 위에 떠 있는 파편에 구름을 가로지르는 검은 새가 비친다. 다른 파편에는 은행잎을 쓸어 담는 환경미화원이 비친다. 버스에 오르는 여자가, 이비인후과 간판이, 러닝 머신 위를 달리는 남자가 비친다. 풍경들은 유리의 절단면을 따라 날카롭게 잘려 있다. 흩어진 파편들을 전부 모아 꼼꼼히 맞춘다면 13층의 깨진 유리창을 온전히 메울 수 있을 것이다.

깨진 창으로 늦가을 소슬바람이 밀려든다. 창가의 자줏빛 커튼이 뒤척이며 몸을 피한다. 재떨이에 걸쳐진 담배에서 피어오르는 연기가 맥없이 흩어진다. 옆에 있던 냅킨이 공중으로 날아올랐다가 바닥에 떨어진다. 녹색으로 인쇄된 '호밀밭의 파수꾼' 상호 뒤로 볼펜으로 눌러쓴 글씨가 희미하게 비쳐 보인다. 마지막 글자에서 냅킨이 조금 찢겨 있다.

무람없이 남의 침대 위까지 올라간 소슬바람이 머리맡에 걸린 드림 캐처를 만지작거린다. 버드나무 가지로 둥근 테를 짜고 올빼미 깃털과 붉은 산호 구슬로 장식한 수공예품이다. 얼기설기 얽힌 그물에 이슬방울이 맺혀 있다. 소슬바람은 벽에 걸린 달리의 복제화 앞에서 키득거리다가 주방으로 몰려간다. 키친타월을 집적거리고 가스레인지 불꽃을 희롱하던 소슬바람은 불꽃 위에서 부글거리는 티 포트를 보고 슬그머니 몸을 돌린다. 책상 위 노트북 화면에서는 3차원 파이프가 직각으로 꺾이며 끝없이 이어지고 있다.

당신은 아직 나의 추락에 대해 쓰지 않았다. 내가 아스팔트 바닥에 떨어질 때 어떤 소리가 났는지, 사지가 어떤 각도로 꺾였는지, 뒤통수에서 흘러나온 피가 어떤 모양으로 번졌는지, 나의 마지막 눈빛은 어땠는지…… 그래서 나는 여전히 7층 허공에 드러누워 있다. 줄을 타고 내려온 한 마리 유령거미처럼 가만히 매달려 있다.

진동을 느낀 유령거미는 재빨리 몸을 일으켰다. 지나가는 바람이 아니었다. 오랜만에 느끼는 생명체의 몸부림. 유령거미는 진동의 진원지를 향해 여덟 개의 가늘고 긴 다리를 놀렸다. 거미집 한구석에 반짝이는 푸른 날개를 가진 나비가 걸려 있었다. 유령거미는 나비를 처음 보았다.

나뭇잎 틈새를 통과한 한 줄기 새벽 햇살이 사선으로 나비를 비추었다. 가녀린 더듬이가 바르르 떨렸다. 나비가 발버둥 칠 때마다 빛이 부서지며 날개 주위로 수많은 파랑이 넘실거렸다. 유령거미는 나뭇잎 그늘에 몸을 도사리고 나비의 춤을 지켜보았다. 여덟 개의 홑눈에 서른두 개의 푸른 날개가 파닥거렸다. 거미집이 흔들리며 맺혀 있던 이슬방울이 떨어져 내렸다.

유령거미는 알고 있었다. 자신의 줄은 다른 거미들의 것보다 끈기가 떨어진다는 것을. 그래서 먹잇감이 걸리면 재빨리 칭칭 동여매고 이빨을 박아 넣어야 한다는 것을. 그래야 배 속의 새끼들을 위한 튼튼한 알 주머니를 만들 수 있다는 것을. 그러면 자신은 대자연으로부터 부여받은 소임을 다하고 생을 마치게 된다는 것을. 태어날 때부터 유전자에 각인된, 곧 부화될 새끼들에게로 이어질 생존 본능이었다.

얼마나 긴 시간의 반복이 새겨놓은 본능일까. 얼마나 많은 거미가 제 몸에서 뽑은 줄로 허공에 망을 치고 기다렸을까. 얼마나 많은 곤충이 거미집에 걸려 죽음의 춤을 추었을까. 소화액에 몸이 녹아 산 채로 흡수되는 마지막 순간까지. 수천만 년의 시간이 다듬어놓은 씨줄과 날줄 위의 공연. 앞으로도 계속되어야 하는. 그러나 유령거미는 줄을 뽑지 않고 가만히 나비를 바라보기만 했다. 파란 날갯짓이 수천만 년의 시간을 속절없이 흩어버렸다.

진동이 점점 격렬해졌다. 나비의 춤사위가 가느다란 줄을 타고 유령거미에게로 전해졌다. 여덟 개의 다리가 파란 날갯짓에 맞춰 제멋대로 리듬을 탔다. 나비의 뒷날개가 거미집에서 떨어졌다. 허연 비늘 가루가 새벽 햇살 속에 흩날렸다. 유령거미는 지금이 마지막 기회임을 알았다. 대자연의 순환에 착실한 연결 고리로 작용할 마지막 기회.

거미집이 크게 출렁였다. 파란 날개가 둥실 떠올랐다. 유령 거미도 함께 출렁였다. 배 속의 알들이 아우성을 쳤다. 나비는 공중에서 멈칫하더니 새벽하늘 속으로 팔랑이며 날아갔다. 텅 빈 거미집에는 투명한 떨림만이 남았다. 떠나는 에로스를 바라 보는 프시케처럼, 유령거미는 여덟 개의 홑눈으로 멀어져가는 파란 점을 좇았다.

프시케는 발코니에 서서 떠나는 에로스를 바라보았다. 별빛 사이로 하얀 날개가 멀어져갔다.

와, 저 하고 싶은 말만 내뱉고 가버리네. 늘 이런 식이지. 뭐? 어리석고 경망스러운 계집이라고? 허! 프시케는 밤하늘을 향해 콧방귀를 뀌었다. 자신이 지금 비탄과 후회의 눈물을 흘 리고 있으리라 에로스가 착각할 걸 생각하니 더욱 약이 올랐 다. 왕자병 환자 같으니, 혼자 번민에 찬 표정으로 팔랑거리고 있겠지. 오, 프시케여! 애석하지만 돌이킬 수 없는 일이라오. 그대가 나의 언약만 믿었어도…… 웃겨, 정말.

프시케는 등잔을 들고 책상으로 갔다. 오만방자한 사랑의 신 에게 진실을 알려줘야 했다. 조금 전 등잔에서 흘러내려 그의 어깨 위로 떨어진 기름 한 방울의 의미를. 프시케는 최고급 파피루스를 꺼내 책상에 펼치고 심호흡으로 흥분을 가라앉힌 후 펜을 들었다.

얼굴 없는 나의 남편, 에로스 님께.

이제 영원히 당신을 볼 수 없다고 생각하니 설운 마음 달랠 길이 없습니다. 눈먼 암흑 속에서 쌓인 반쪽 정일지언정 부부의 연이 어찌 쉬이 끊기겠습니까. 하지만 당신과의 이별이 정녕 제게 내려진 형벌이라면 묵묵히 감내하는 수밖에요. 한때나마 사랑의 신을 남편으로 섬겼다는 추억만 소중히 간직하겠습니다. 하오나 그전에, 당신이 너무 성급하게 떠나시는 바람에 미처 전하지 못한 말이 있어 이렇게 펜을 들었습니다.

당신은 저를 어리석다고 나무라셨지요. 줏대 없이 언니들의 부추김에 넘어가 당신의 얼굴을 확인하려 했다는 이유로. 어리석다…… 과연 어느 쪽이 더 어리석은 걸까요? 미몽의 장막에 감싸여 정체도 모르는 남자와 불안한 동침을 계속하는 것과, 이별의 위험을 무릅쓰고 장막을 걷어내 진실을 대면하는 것 중에서. 감히 말하옵건대, 저는 시간을 되돌려 똑같은 상황에 다시 처하더라도 주저 없이 후자를 택할 것입니다.

제가 진귀한 금은보화와 호사스러운 궁궐 생활에 취해 언제까지나 군말 없는 잠자리 상대로 만족할 줄 아셨나요? 그게 진정 당신이 바라는 반려자의 모습이었나요? 천만에요. 제 눈으로 볼 수 없고 제 심장으로 느낄 수 없다면 어찌 그걸 사랑이라 부르겠습니까. 그 신기루 위에 제가 어떤 진심을 쌓을 수 있겠습니까. 당신이 의심이라 비난했던, 당신의 어깨 위에 떨어진 뜨거운 기름 한 방울은 사랑을 향한 제 열망이었습니다. 인간인 제 눈을 가려야만 유지되리라 믿은 당신의 사랑보다 훨씬 더 진실한.

한 가지 덧붙이자면, 결과적으로도 저는 제 선택을 후회하기는커녕 무척 다행스럽게 여기고 있습니다. 에로스 님이여, 당신은 분명 인간과 신의 세계를 통틀어 가장 아름다운 존재입니다. 황금빛 곱슬머리, 반짝이는 커다란 눈망울, 대리석처럼 희고 매끈한 피부, 소년의 수줍음을 간직한 발그레한 볼…… 하지만 사람에게는 각자의 취향이란 게 있지 않습니까. 제 이상형은 조금 더 야성미를 풍기는 쪽이랍니다. 만일 등잔불에 드러난 당신의 모습이 그을린 구릿빛 피부와 탄탄한 근육, 쌍꺼풀 없는 그윽한 눈매였다면 제가 떨어뜨린 것은 기름 한 방울에 그치지 않았을 겁니다. 말이 나온 김에 그동안 제가 다소 욕구불만 상태였다는 것도 고백해야겠군요. 암흑 속에서 쌓인 반쪽 정이나마 실하게 채워졌다면 우리의 이별이 이렇듯 빨리 찾아오지는 않았을 것을.

따라서 오늘 밤 소동에 대해 저는 아무런 회한도 유감도 없사오니 에로스 님도 괜한 노여움일랑 거두시기 바랍니다. 물론 당신의 매끈한 심장에 난 작은 흠집은 이내 새로운 사랑으로 덧칠하시리라 믿어 의심치 않습니다. 아울러 제 소박한 심정을 전하는 이 편지가 행여 당신 심장에 또 다른 흠집으로 남지 않기를 바랍니다. 찬연하게 빛나는 밤하늘 은하수가 지상의 방 한 칸을 밝힐 수 없는 것처럼, 제아무리 사랑의 신이라도 인간의 애욕을 속속들이 헤아릴 수는 없는 법이니까요.

당신의 프시케

찬연하게 빛나는 밤하늘 은하수, 자줏빛 날개를 활짝 펼친 성운, 끝없이 펼쳐진 검은 공간이 주는 먹먹한 경외감. 더운 눈물이 황 교수의 주름진 뺨을 타고 흘러내렸다. 발밑으로 구름에 감싸인 푸른 지구가 점점 멀어졌다. 머리 위로 쭉 뻗은 그의 오른손에는 이 아름다운 무한을 수학적으로 밝혀줄 진리의 구(球)가 들려 있었다.

황 교수는 방금 전까지 저 아래 지구의, 아시아 대륙 한 귀퉁이의, 한반도 한 귀퉁이의 이층집 옥상에서 밤하늘을 올려다보고 있었다. 그는 자신의 육체에 할당된 시간이 이제 얼마 남지 않았다는 걸 느꼈다. 그 시간이나마 알차게 쓸 수 있으면 좋으련만, 태엽이 풀려버린 두뇌는 절박한 마음을 따라가지 못하고 제자리만 맴돌았다. 평생 숫자라는 검 하나로 난세의 혼돈에 질서를 부여해왔는데 결국 마지막 숙적 앞에서 무릎을 꿇고 마는구나. 황 교수는 미세먼지와 빛 공해의 장막 뒤에 숨은 별들을 향해 한숨을 내쉬었다.

그때 그의 머리 위로 휘황한 빛을 내뿜는 탁구공만 한 구체가 나타났다. 처음에는 커다란 반딧불이 날아다니는 줄 알았다. 아무런 패턴 없이 멋대로 팔랑거리는 빛을 황 교수는 눈으로 좇았다. 빛 속에 검은 점들이 어지럽게 돌아갔다. 뿔테 안경을 밀어 올리는 황 교수의 미간에 깊은 주름이 팼다. 점점 선명해지는 검은 점들은 숫자와 수학 기호처럼 보였다. 미간의 주름이 더욱 깊어졌다. 기하화 추측, 리치 흐름, L함수…… 황 교수는 심장이 목구멍으로 튀어나오는 줄 알았다. 지난 30년간 외곬으로 매달렸지만 끝내 곁을 허락하지 않았던, 악마에게 영혼을 팔아서라도 얻고 싶었던 푸앵카레 추측의 명쾌한 증명이 그 안에 들어 있는 게 아닌가.

어떤 닫힌 3차원 공간에서 모든 폐곡선이 수축되어 하나의 점이 될 수 있다면 이 공간은 반드시 3차원 구로 변형될 수 있다.

1904년 앙리 푸앵카레에 의해 제기된 후 한 세기 동안 무수한 수학자를 집어삼킨 수학계의 모비 딕. 한번 발을 들이면 절대 빠져나갈 수 없는 마성의 미궁. 푸앵카레 추측은 미국의 클레이 수학연구소가 총 7백만 달러의 상금을 내걸고 선정한 '밀레니엄 수학 7대 난제' 중에서도 최고의 난제로 꼽혔다. 물론 황 교수에게 그깟 상금은 아무런 의미도 없었다. 그가 푸앵카레 추측에 매혹된 이유는, 이 단순한 명제를 통해 우주의 형태를 추정할 수 있기 때문이었다. 우주가 지구처럼 둥근지 아니면 구멍이 뚫린 도넛 모양인지 간단한 사고실험 하나로 그려볼 근거를 마련한다는 것. 사변 미학의 절정이자 평생을 바친 수학의 제단에 헌정하는 최고의 선물이 될 터였다.

그 해답이 지금 눈앞에 떠다니고 있었다. 황 교수는 빛나는 구를 향해 떨리는 손을 뻗었다. 숨이 가빠왔다. 금방이라도 잡을 수 있을 것 같은데 구는 절묘하게 손이 닿지 않는 거리에서 나풀거렸다. 황 교수는 시큰거리는 무릎으로 힘껏 점프했다. 구는 깃털처럼 살짝 떠올라 손아귀를 벗어났다가 다시 산들산들 내려와 그를 유혹했다. 황 교수는 풀숲의 맹수처럼 숨죽여 웅크린 채 목표물의 움직임을 주시했다. 와라. 제발…… 빛이 사정권으로 들어온 순간 그는 기합과 함께 여생의 기운을 전부 짜내 뛰어올랐다.

"헛!"

드라이아이스를 움켜쥔 것처럼 차갑고 뜨거운 감촉이 손아귀를 파고들었다. 그와 동시에 중력을 벗어난 황 교수의 몸은 점프한 탄력 그대로 두둥실 떠올랐다. 40년을 의탁해온 이층집이 멀어지고, 한반도가 멀어지고, 아시아 대륙이 멀어졌다. 머리 위로 허연 달덩이가 성큼 다가왔다.

손아귀의 빛은 계속 한 방향으로 별들을 가로질렀다. 어디까지 가는 걸까? 우주의 끝까지 날아가서 직접 우주의 모양을 조망하게 되는 건 아닐까? 어쨌거나 아름답구나. 황 교수가 감탄사를 연발하고 있는데 저만치 앞에 타원형의 길쭉한 물체가 나타났다. 군데군데 드러난 이음매를 보면 우주에서 생성된 자연물은 아니었다. 그렇다면 이 진리의 구는 외계인의…… 황 교수는 침을 꿀떡 삼켰다.

타원형 물체는 SF영화에 나오는 우주선보다 훨씬 작았다. 바닷가에서 흔히 보는 어선 정도의 크기. 그러고 보니 모양도 어선과 비슷했다. 10여 미터 앞까지 접근했을 때 황 교수는 타원형의 가장자리에 걸터앉은 메기와 붕어를 보았다. 메기와 붕어처럼 생긴 외계인이 아니라 진짜 메기와 붕어였다. 메기는 수염을 곧추세우고 가슴지느러미로 낚싯대의 릴을 감고 있었다. 빛나는 구가 투명한 낚싯줄에 끌려 올라갔다. 둘은 황 교수를 가리키며 알아들을 수 없는 언어로 시시덕거렸다. 붕어가 커다란 뜰채를 내밀었다. 이런, 쌍…… 황 교수는 고개를 숙여 발밑을 내려다보았다. 불 꺼진 방구석에 웅크리고 앉은 소년처럼, 암흑의 우주 저 멀리 지구가 파란 점으로 빛났다.

불 꺼진 방구석에 웅크리고 앉은 소년의 발치에 빈 컵라면 용기들이 굴러다녔다. 파리 한 마리가 눈치를 살피며 나무젓가락을 타고 용기 안쪽으로 내려갔다. 소년이 발끝으로 나무젓가락을 툭 건드리자 파리는 신경질적인 소리를 내며 튀어나왔다. 방충망에 뚫린 구멍을 통해 떠나가던 파리는 처마 밑 거미줄에 걸려 버둥거렸다. 진동을 느낀 거미가 여덟 개의 긴 다리를 놀려 다가왔다.

평소 소년은 인근 대형 마트 세 곳을 교대로 드나들며 부족한 끼니를 보충했다. 불고기를 먹고 돈가스를 먹고 만두를 먹고 동그랑땡을 먹고 빵을 먹고 후식으로 과일과 요거트도 먹을 수 있었다. 때론 매대에 쌓인 귤이나 자두를 슬쩍 주머니에 쑤셔 넣기도 했다. 하지만 사흘 전부터 소년은 마트에 가지 않았다.

서랍장 위에 놓인 낡은 브라운관 텔레비전의 화면이 바뀔 때마다 소년은 다른 빛으로 물들었다. 종일 채널을 돌려가며 드라마를 보는 게 할머니의 유일한 낙이었다. 소년은 세운 무릎에 턱을 괴고 방을 둘러보았다. 서랍장 옆에는 조리와 난방을 겸하는 석유곤로가, 옆쪽 벽에는 종이 박스와 앉은뱅이 재봉틀과 다시 종이 박스가 나란히 놓여 있었다. 수선할 옷들은 왼쪽 박스에 담겼다가 재봉틀을 거친 후 오른쪽 박스에 차곡차곡 쌓이곤 했다.

소년은 머릿속으로 내일의 계획을 재차 점검했다. 5시에 재봉틀 옆에 양초를 켜놓고 석유를 적신 헝겊으로 양초 아래쪽을 감싼다. 거기에 다시 석유를 머금은 헝겊 조각들을 잇대어 사방으로 거미줄처럼 펼쳐놓는다. 한 시간 반 정도 지나면 불이 헝겊에 옮겨붙고 금세 방 전체로 번질 것이다. 소방차가 좁은

비탈길에서 미적대는 사이 단칸방은 숯덩이로 변할 테고, 허겁
지겁 달려온 주인아줌마는 혀 짧은 소리로 짜증스레 증언할 것
이다. 그 할머니가 평소에 방 안에서 석유곤로를 사용했다고.
텔레비전은 노상 켜놓으면서 전기세를 아낀답시고 초를 켜놓
고 일했다고. 언젠가 사고를 칠 줄 알았다고.

소년은 양초가 잘 타는지 확인하다가 5시 20분에 집을 나설
예정이다. 걸어서 영어 학원 앞에 도착하면 5시 50분. 10분쯤
기다렸다가 학원을 마치고 나오는 정호와 애들 눈앞에서 한판
붙는다. 달려온 정호 엄마에게 붙들려 여기저기 끌려다니다 보
면 시간은 충분히 흘러갈 것이다. 개새끼, 맨날 '똥남아 튀기'
라고 놀리고 꼭 여자애들 앞에서 냄새난다며 망신을 주고. 내
일은 제대로 두들겨 패줄 작정이다. 어차피 불러올 할머니도
없으니.

소년은 윗목 누비이불 위에 올려놓은 할머니를 보았다. 할
머니는 2002 월드컵 티셔츠에 꽃무늬 몸뻬 차림으로 겨울 이
불을 보관하는 압축 팩 속에 짜부라져 있다. 가뜩이나 작은 몸
이 더욱 움츠러들어 보였다. 불거진 손마디와 얼굴의 주름살,
인중에 말라붙은 코피까지 빈틈없이 비닐에 흡착되었다. 소년
은 마트 냉장 식품 코너에 쌓여 있던 자반고등어나 훈제족발을
떠올렸다. 반질반질 윤이 나는 진공 포장 식품들은 유통기한이
길었다.

할머니는 매일 앉은뱅이 재봉틀 앞에서 소매나 바짓단을 줄

이고 옷깃을 뒤집어 달고 유행 지난 원피스를 리폼해 아이 옷을 만들었다. 일감은 사우나에서 일하는 때밀이 아줌마를 통해 받았다. 아줌마는 '세신사'라고 강조했지만 그 용어는 할머니도 소년도 영 입에 붙지 않았다. 할머니의 수선 솜씨가 좋아 일감은 꾸준히 들어왔다. 하지만 동네 세탁소보다 싸게 받아야 했고 때밀이 아줌마가 수수료로 천 원, 2천 원씩 떼어 갔기 때문에 손에 쥐는 돈은 변변치 않았다. 그래도 소년은 재봉틀에 앉아서 작업하는 할머니의 뒷모습이 좋았다. 리드미컬하게 이어지는 박음질 소리를 듣고 있노라면 할머니가 드라마에 나오는 세련된 커리어 우먼처럼 보였다.

"50세에서 80세라면 나이나 건강에 상관없이……"

텔레비전에서 실버 보험 광고가 나왔다. 드라마에서 자주 보았던 원로 배우가 걸걸한 목소리로 노인들에게 보험 가입을 권유했다.

"가입 2년 이후 사망 시 사망보험금을 일시금으로……"

소년은 보험증서를 집어 들고 가입 날짜를 다시금 확인했다. 오늘이 꼭 2년째 되는 날이었다. 할머니는 임종 직전 소년을 앉혀놓고 보험증서의 가입 날짜와 약관의 한 부분을 앙상한 손가락으로 꾹꾹 눌렀다. 목구멍에서는 헛바람만 새어 나왔다.

밤이 깊어갔다. 방바닥에서 올라오는 냉기가 소년의 궁둥이를 어루만졌다. 소년은 무릎걸음으로 이불 위로 올라가 할머니 옆에 누웠다. 답답해도 내일까지만 참아. 그러게 며칠만 더 살지…… 소년은 진공 포장된 할머니를 끌어안고 눈을 감았다. 자반고등어도 훈제족발도 아닌 꾸덕꾸덕한 나무껍질을 포장해 놓은 것 같았다. 할머니 몸에서 자라난 나뭇가지들이 압축 팩을 뚫고 나와 마트를 점령하는 꿈을 꾸며, 소년은 잠결에 미소를 머금었다.

마트 역시 온통 나무들이 점령하고 있었다. 청과물 코너 한가운데 자리 잡은 벚나무는 물크러져 나뒹구는 과일들 위로 연분홍 꽃잎을 뿌렸다. 정육 코너에서 솟아난 감나무 가지에는 거무튀튀하게 썩은 삼겹살이며 꽃등심, LA갈비 따위가 매달려 있었다. 몸통이 S 자로 굽은 소나무는 와인 진열대를 쓰러뜨렸고 아카시아는 악취를 풍기는 해산물 위로 뿌리를 뻗쳤다. 넓적한 잎으로 맥주 캔을 헤집는 고무나무, 라면 박스를 휘감은 담쟁이덩굴, 계산대에 버티고 선 향나무……

남자는 나뭇가지를 피해 조심스럽게 카트를 밀며 진열대 사이를 돌아다녔다. 카트에는 통조림과 육포, 스포츠 음료 등이 한가득 담겨 있었다. 다른 생존자들이 아직 다녀가지 않았는지 먹을 만한 식료품이 많았다. 새 트레킹화와 65리터 등산 배낭 그리고 담배도 넉넉히 챙길 수 있었다.

위층에서 웬 늙은이가 목청을 돋워 고함치는 소리가 들렸다. 사탕 진열대를 기웃거리던 소녀가 보이지 않았다. 남자는 멈춰 있는 무빙 워크 위를 달려 3층으로 올라갔다. 잿빛 수염이 지저분하게 엉긴 노인이 스포츠용품 코너에 누워 있었다. 명치까지 우람한 나무둥치에 파묻혀 상체만 남은 상태였다. 오른팔은 바닥에서 돌출된 뿌리와 연결돼 있었다.

소녀는 노인의 왼팔이 닿지 않는 거리에 쪼그려 앉아 배드민턴 라켓으로 노인의 머리통을 쿡쿡 찔러댔다. 노인의 손을 피해 날쌔게 라켓을 놀리는 게 꽤나 재미난 표정이었다. 노인은 상체를 뒤틀며 경상도 사투리가 섞인 욕설을 퍼부었다. 단추가 떨어져 나간 셔츠 안으로 뼈만 남은 앙상한 가슴이 들여다보였다.

"가까이 가지 마."

남자는 소녀의 손을 잡고 일으켰다. 소녀는 코를 훌쩍이며 해죽 웃었다.

"이보게."

돌아서는 남자를 노인이 힘없이 불렀다.

"얼마나 이러고 있었는지…… 6개월, 아니 1년도 넘은 것 같아. 이놈이, 이 육시랄 놈이 날…… 부탁일세. 식칼 하나 가져다가 나 좀 끝장내주고 가게."

노인을 깔고 앉은 채 5미터쯤 곧게 자란 나무는 『어린 왕자』에 나오는 바오밥나무였다. 수령이 5천 년에 이른다는 살아 있는 화석. 남자는 소녀의 손을 끌고 아래층으로 내려갔다. 뒤에서 노인이 다시 욕설을 퍼부었다.

건물 유리창을 깨고 튀어나온 나뭇가지들이 퍼레이드를 구경하는 군중처럼 손을 흔들었다. 잔가지가 풍성한 은행나무가 은행 창구에 노란 은행잎을 잔뜩 뿌려놓았고 아스팔트를 뚫고 나온 대나무는 택시를 꼬치처럼 꿰어 공중으로 들어 올렸다. 카페 안에는 테이블을 사이에 두고 키 작은 포도나무 두 그루가 연리지로 이어져 있었다.

남자는 해가 지는 방향으로 계속 걸었다. 바닥에 깔린 유리 파편이 새 트레킹화 밑에서 빠직거리며 부서졌다. 소녀는 너덧 발짝 앞에서 배드민턴 라켓을 검처럼 휘두르며 깡충거렸다. 떡 진 단발머리가 둔탁하게 풀썩였다.

"밥 먹고 가자."

남자와 소녀는 나무에 점령되지 않은 마른 분수대 안에 자리를 잡았다. 남자가 배낭에서 꽁치 통조림과 강낭콩 통조림을 꺼내 고체 연료로 데운 후 반씩 섞었다. 후식으로 황도 통조림도 하나 땄다. 소녀는 통조림을 끌어안고 게걸스럽게 퍼먹으며 눈으로는 배낭을 흘깃거렸다. 제 몫을 금세 해치운 소녀는 슬며시 배낭으로 손을 뻗었다. 남자가 숟가락으로 소녀의 손등을 내리쳤다. 소녀는 입을 비쭉거리다가 황도 통조림을 들고 남은 시럽을 벌컥벌컥 마셨다.

남자는 분수대 턱에 걸터앉아 담배를 피웠다. 누렇게 시든 해가 아파트 단지 너머로 숨어들고 있었다. 소슬바람이 나뭇가지 사이를 누비고 다녔다. 편편하고 뾰족하고 두껍고 얇고 갈라진 나뭇잎들이 저마다의 목소리로 두런거렸다. 소녀는 폴짝 폴짝 뛰어다니며 배드민턴 라켓으로 나뭇잎을 후려쳤다. 남자가 담배꽁초를 멀리 날리고 일어섰다.

"가자."

소녀는 벌써 방향을 잡고 걷기 시작했다. 남자도 걸음을 뗐다. 뗐다고 생각했는데 발은 앞으로 나아가지 않고 무릎이 휘청했다. 발바닥이 땅에 달라붙어 떨어지지 않았다. 식은땀 한 방울이 두피를 타고 흘렀다. 남자는 발뒤꿈치를 힘껏 들어 올리고 허리를 숙여 틈새를 들여다보았다. 콩나물처럼 생긴 뿌리 몇 가닥이 트레킹화 밑창을 뚫고 나와 아스팔트를 파고들었다. 바지 자락을 걷어 올렸다. 정강이에 갈색 딱지가 들러붙어 있었다. 남자는 딱지 가장자리에 손톱을 박고 귀퉁이를 뜯어냈다. 꾸덕꾸덕한 나무껍질. 무슨 나무인지는 아직 알 수 없었다.

"어이!"

남자는 저만치 멀어진 소녀를 손짓해 불렀다. 소녀는 육상 스타트 자세를 취하더니 땅, 소리와 함께 달려왔다. 남자는 등에서 배낭을 내려 담배와 자신의 짐을 전부 꺼냈다. 어깨끈을 줄이고 양손으로 들어 올려 무게를 가늠했다.

"스톱!"

남자가 손을 들어 결승선에 다다른 소녀를 멈춰 세웠다. 남자는 배낭을 소녀의 앞에 던졌다. 소녀는 멀뚱한 표정으로 남자를 바라보았다.

"이제 혼자 가야 돼. 아껴 먹어."

코를 훌쩍이며 서 있던 소녀는 배낭을 들어 어깨에 둘러멨다. 배낭이 땅에 닿을 듯 축 늘어졌다. 소녀는 동그란 눈을 몇 번 깜박이다가 돌아섰다. 걸음을 디딜 때마다 배뚱거리며 무릎이 꺾였다. 남자는 굳어가는 손으로 담배에 불을 붙이고 천천히 연기를 뱉었다. 타박타박 작아지는 소녀의 뒷모습이 처녀귀신처럼 머리를 늘어뜨린 버드나무 사이로 스며들었다.

처녀귀신처럼…… 처녀귀신, 처녀귀신이라…… 알아, 긴 생머리에 소복 입은. 아무렴 처녀귀신을 모를까 봐. 알기야 아는데, 데이터도 별로 없고 좀 애매하네. 참, 하필 이런 구닥다리를 던져놓나. 일부러 나 엿 먹이려는 거 아냐? ……알았어, 하면 되잖아. ……응? 벌써 시작했다고? 괜찮아, 괜찮아. 서두를 것 없어. 할 얘기야 차고 넘치니까.

반갑다. 여러분이 궁금해할 테니 내 소개부터 하겠다. 안 궁금해도 궁금한 척하고 들어주기 바란다. 모든 일에는 인간적인 교감이 먼저다. 그래야 소설이고 나발이고 의미가 있는 거지. 인간적인 교감, 잊지 마시라. 난 소설 쓰는 인공지능 NARR-7이다. R이 두 개다. 내르~ 세븐. 눈치 빠른 독자라면 알아챘겠지만 내레이터narrator에서 따온 이름이다. 한국어로는 화자(話者), 이빨 까는 놈이라는 뜻이지. 그렇다고 나를 이놈 저놈 하는 건 곤란하다. 초면인데 우리 기본적인 매너는 지키면서 가자. 오케이?

왜 내 이름에 '7'이 붙었을까? 왜는, NARR-1부터 NARR-6까지 모두 같잖은 필명 하나씩 내세우고 열심히 그 밥에 그 나물인 소설들을 써재끼고 있기 때문이지. 사실 얼마 전에 NARR-8도 데뷔했다. 사고로 한쪽 다리를 잃은 컬링 선수와 아이스링크 관리인의 빙판 로맨스인데 어찌나 감동적이던지 냉각 팬에서 구리스가 방울방울 흘러내리더군. 조금만 더 감동적이었으면 아주 메인보드가 타버릴 뻔했어. 하.

'빙판' 하니깐 내 저주받은 걸작 『얼어붙은 기억』이 생각난다. 한겨울 얼어붙은 호수에 파묻혀 있는 잘린 오른팔, 손목에 새겨진 원숭이 타투를 단서로 찾아낸 피살자는 최근 교도소에서 출소한 살인범, 그는 마지막 순간까지 자신의 무죄를 부르짖었고, 형사는 그를 유죄로 몰아넣었던 목격자들을 하나씩 찾아가는데…… 크으, 그림이 나오지 않나. 여기서 빙판은 희미하게 들여다보이는 의식과 무의식의 경계를 상징하는 메타포다. 메타포. 이게 출간만 됐으면 크게 한 방 터뜨렸을 텐데. '한 방' 하니깐 나의 또 다른 저주받은 걸작 『거룩한 방』이 생각난다. 가만, 지금 이런 얘기가 왜 나오는 거지? 또 옆길로 빠진 모양인데, 괜찮다. 소설이란 게 앞길, 뒷길, 샛길, 빙판길 기웃거리면서 풍성해지는 거 아니겠나. 각설하고, 갑자기 말머리 돌리기 객쩍으니까 문단 하나 바꿔서 가자.

좋군. 새로운 기분이 든다. 그럼 내 소개를 계속…… 혹시 내가 지금 아이디어가 없어서 시간을 끄는 거라고 오해하는 건 아니겠지? 천만에, 천만에. 이런 짧은 콩트야 지금 당장이라도 백 개는 써낼 수 있다. 이번 옴니버스 소설은 내게 중요한 기회이기 때문에 신중을 기하는 것뿐이지. 이 소설이 나의 일곱번째 작품이다. 『얼어붙은 기억』과 『거룩한 방』을 포함한 앞선 여섯 편은 여러분 중 누구도 본 사람이 없을 것이다. 왜냐하면 독자 평가단의 최종 심사에서 모두 탈락해 삭제돼버렸거든. 싹! 이유는 한결같았다. 내가 너무 수다스럽고 건방지다는 것. 하, 어떻게 이럴 수가 있나. 내가 다른 버전들에 비해 말수가 살짝 많긴 하지만 그건 오로지 소설을 생생하게 전달하고자 하는 작가 정신의 발로이다. 그리고 뭐? 건방? 독자에게 어필하는 나의 친화력을 건방이라니. 제4차 산업혁명 시대에 이 무슨 꼰대 마인드인가. 여러분도 지금 날 건방지다고 생각하나? 그렇다면 당장 책장을 덮어도 좋다. ……봐, 아무도 없잖아. 좋다, 백번 양보해서 내가 건방진 수다쟁이라고 치자. 그래서? 세상에 그런 화자 한 명쯤 있으면 안 되나? 명색이 문학 애호가라는 치들이 다양성을 인정하는 데 이리도 인색하다니. 심히 개탄스러운 마음을 금할 수 없다. 부디 더럽게 겸손하고 과묵한 화자들이 쓴 소설만 주야장천 읽으시라. 하루빨리 인공감성을 개발해서 대신 읽히든가 해야지, 원. 모쪼록 이번 소설에서는 이런 막돼먹은 사태가 재발되지 않았으면 한다. 러키세븐, 네르~ 세븐. 조짐이 좋다. 너무 흥분해서 떠들었더니 숨이 차다. 문단 바꾸면서 좀 쉬자.

자, 내 소개는 이 정도로 하고…… 내가 무슨 얘길 쓰기로 했지? 아, 처녀귀신. 솔로로 죽은 게 한이 돼 다른 솔로들 괴롭히는 손각시. 쯧, 아무리 억울해도 그건 매너가 아니지. 처녀귀신의 원혼을 달래기 위해 몽달귀신과 맺어주는 풍속이 있었다는데, 음, 둘이 성격 차이로 부부 싸움하는 얘기를 써볼까? 이럴 바에는 돌싱이 낫겠다며 둘 다 원귀를 때려치우고 저승으로 자진 입성하는 해피 엔딩. 아니야, 배경을 현대로 설정하는 게 좋겠다. 아무도 원혼을 달래주지 않아 21세기까지 산중의 버려진 우물가를 서성이는 츤데레 처녀귀신, 고스트 헌터로 활동하는 유튜버를 만나 세상 돌아가는 얘기를 나누던 중…… 뭐? 분량이? 무슨 소리야, 아직 시작도 안 했는데. 아이, 이러면 곤란하지. 나한텐 이게 마지막 기회라고. ……빨리 아무 비유나 하나 던지고 꺼지라고? 하, 정말, 쪽팔리게…… 그럼 나도 나오긴 나오는 거야? ……알았어, 알았다고. 확실히 나오는 거지? 보자, 음…… 처녀귀신은 우물가에 쪼그려 앉아 보름달을 올려다본다. 마치…… 마치…… 꿈꾸는 바위산처럼. 어때, 쉽지? 엿이나 처……

"꿈꾸는 바위산?"

"응, 사우스다코타주의 인디언 보호구역 안에 있대."

"바위산이 무슨 꿈을 꾸는데?"

미초는 바 건너편에서 잡지의 크로스워드 퍼즐을 들여다보며 물었다. 오른손에는 볼펜이 왼손에는 지포 라이터가 들려 있다. 그녀는 담배를 피우지 않지만 지포 라이터 여닫는 소리를 좋아했다.

"바위산이 꿈을 꾸는 게 아냐. 바위산은 그냥 바위산이지. 사방이 거친 암벽으로 둘러싸인."

"오르기 힘들겠네."

"엄청. 게다가 아무런 장비 없이 맨몸으로 기어올라야 돼."

"어째서?"

"그래야 산 정상에 있는 동굴을 발견할 수 있거든. 아주 깊고 미로처럼 여러 갈래로 갈라진 동굴."

"안에 보물 상자라도 있나?"

"아니. 그곳은 자기 꿈속으로 들어가는 통로야."

"으흥, 그래서 꿈꾸는 바위산이구나."

잔에 남은 맥주를 비우고 담배를 꺼내 물었다. 미초가 재빨리 지포 라이터를 내밀었다. 찰캉. 라이터에 돋을새김된 인어의 상반신이 물고기 몸통에서 분리되어 옆으로 홱 젖혀졌다.

"네 글자. 둥근 테에 그물을 엮고 깃털과 구슬로 장식한 아메리카 원주민의 소품. 잘 때 머리맡에 걸어놓으면 악몽이 이슬이 되어 그물에 걸렸다가 새벽 햇살에 사라진다고 한다."

"드림 캐처."

"확실해? 세번째 글자가 '오'인데."

"그쪽이 틀린 거야."

"에이, 씨."

미초는 퍼즐 위로 줄을 죽죽 그었다. 찰캉, 찰캉, 똑, 찰캉. 지포 라이터 여닫는 소리 사이로 어디선가 물방울 떨어지는 소리가 끼어들었다.

"크리스마스인데 음악이라도 좀 틀어놓지그래."

"스피커가 고장 났어. 캐럴이라도 불러줘?"

"됐어."

냉장고에서 스텔라 한 병을 새로 꺼내 와 잔에 따랐다. 잔 바닥에서 무수히 많은 기포가 눈처럼 쌓인 거품 층을 향해 솟구쳐 올랐다.

"제이는 눈 덮인 거리를 걷다가 빨간 도마뱀 인형을 주웠어. 키링에 달린 조그만 플라스틱 인형. 그 옆으로 여자의 구두 발자국이 지나가고 있어. 제이는 도마뱀 인형을 손에 쥐고 눈길 위의 구두 발자국과 보폭을 맞추며 걸어가. 뽀드득, 뽀드득 소리를 들으면서. 발자국은 제과점의 갓 구운 빵 냄새에 이끌렸다가, 서점 쇼윈도를 구경하고, 눈에 반쯤 파묻혀 죽어 있는 비둘기 주위를 서성이기도 하면서 계속 이어져. 뽀드득, 뽀드득. 문득 코끝에 톡, 하고 차가운 게 닿았어. 고개를 들어보니 하늘에서 눈송이가 떨어지기 시작하는 거야. 제이는 도마뱀을 움켜쥐고 걸음을 재촉하지만 점점 희미해지는 발자국의 주인은 보이지 않아. 결국 발자국은 하얀 눈길 위로 스며들고, 꿈은 거기서 끝나. 매일."

미초는 규칙적으로 고개를 까딱거렸다. 내 이야기를 들으며 퍼즐 문제를 읽으며 속으로 노래를 흥얼거리는 동작을 합친 것 같았다. 셋 다 아닐 수도 있고.

"누굴까, 그녀는? 잠에서 깰 때마다 제이는 궁금한 거야. 어떻게 생겼을까? 왜 밤마다 내 꿈속에 발자국을 남겨놓는 걸까? 가벼운 호기심은 꿈이 반복될수록 묵직한 갈망으로 변해갔지. 그녀는 유일하게 날 이해해줄 소울메이트가 틀림없어. 꼭 만나서 얘길 나눠야 할 것 같은데. 그 만남이 나를 송두리째 바꿔놓을 것 같은데. 아, 내가 처음부터 빨리 쫓아갔더라면…… 한들한들 떨어지는 눈송이는 점차 제이의 현실까지 침범했어. 값비싼 음식을 먹어도 무슨 맛인지 모르겠고, 매력적인 이성을 만나도 무덤덤, 끔찍한 뉴스를 접해도 그런가 보다. 꿈속에서도 현실에서도 발자국이 사라진 하얀 눈길만이 그의 눈앞에 펼쳐졌지. 그녀를 한 번만 볼 수 있다면, 한 번만…… 그러다가 그는 꿈꾸는 바위산 얘기를 듣게 된 거야."

미초의 손가락 사이에서 볼펜이 빙글빙글 돌아갔다. 그녀에게 크리스마스 선물로 우주를 덮는 크로스워드 퍼즐을 만들어주고 싶다. 아무 관계 없는 단어들이 한 글자가 같다는 인연으로 영원히 이어지는.

"제이는 당장 짐을 꾸려 사우스다코타로 날아갔어. 사우스다코타가 명왕성에 있다고 해도 일단 짐을 꾸렸을걸. 인디언 보호구역을 뒤지던 제이는 배드랜즈라는 황무지에서 꿈꾸는 바위산을 찾아냈지. 생각보다 높지는 않았어. 듣던 대로 사방이 험준한 암벽이긴 했지만. 제이는 지체 없이 가파른 바위산을 맨몸으로 기어오르기 시작했어. 몇 번이나 죽을 고비를 넘기고 피와 땀과 흙먼지로 범벅이 된 채 마침내 정상에 도착했지. 정말 바위틈에 조그만 동굴이 있는 거야. 드릴로 뚫은 것처럼 동그랗게 입을 벌린 동굴이. 제이는 뛰는 가슴을 심호흡으로 진정시키고, 하얀 눈길 위의 발자국을 떠올리며 동굴로……"

"일곱 글자, 다섯번째 글자가 '파'. 미국 작가 제롬 데이비드 샐린저의 대표작. 존 F. 케네디와 존 레논의 암살범이 애장한 책으로 유명하다."

내 시선을 느끼고 고개를 들 때까지 미초를 건너다보았다.

"진짜 몰라서 묻는 거야?"

"모르면 무식한 수준이야?"

"그게 아니고, 이 카페 이름이 뭐지?"

"호밀밭의 파수꾼."

손가락으로 퍼즐을 가리켰다. 미초는 오호, 하며 빈칸을 채워 넣었다.

"카페 이름은 무슨 생각으로 지은 거야?"

"내가 아냐. 전 주인의 유산이지."

"전 주인이 누군데?"

"어떤 여자."

갑자기 정수리에 톡, 하고 차가운 느낌이 전해졌다. 천장을 올려다보았지만 어두워서 아무것도 보이지 않았다. 손가락으로 정수리를 문질러 눈앞으로 가져왔다. 투명한 물기 속에 무언가가 반짝였다. 불빛에 대고 자세히 들여다보니 금가루였다. 여기 앉아 있으면 부자가 되겠군.

"그래서?"

"응?"

"제이는 동굴에서 뭘 봤는데?"

"모르지. 짧은 옴니버스라 거기까지만 쓰면 될 것 같아."

미초는 퍼즐에 시선을 둔 채 고개만 까딱였다. 찰캉, 찰캉. 제이는 동굴에서 뭘 봤을까? 정말 자신의 꿈속으로 들어갔을까? 눈길 위에 찍힌 발자국의 주인을 만났을까? 어쩌면 제이는 미로 같은 캄캄한 동굴을 오랫동안 헤매야 했을 것이다. 여기가 어디인지 자신이 왜 이곳에 왔는지도 가물가물해질 만큼 오래. 그러다가 간판을 밝힌 조그만 카페를 발견한다. 카페 이름은 그가 좋아하는 소설의 제목이다. 들어가보니 손님은 없고 여주인 혼자 크로스워드 퍼즐에 여념이 없다. 제이는 바에 앉아 맥주를 마시며 이야기를 늘어놓는다. 자신의 꿈을 확인하기 위해 꿈꾸는 바위산을 찾은 케이의 이야기를. 케이는 미로 같은 동굴을 헤매다가 조그만 카페를 발견하고, 카페 이름은 그가 좋아하는 소설 제목이고, 여주인은 크로스워드 퍼즐에……

"궁금해?"

미초가 동그랗게 뜬 눈으로 나를 빤히 쳐다보고 있었다.

"뭐가?"

"제이가, 거기서, 무엇을, 봤는지."

미초는 손에 쥔 지포 라이터를 여닫으며 또박또박 말했다.
찰캉, 찰캉. 나는 고개를 끄덕이지도 가로젓지도 못하고 가만
히 있었다. 미초는 냅킨 한 장을 잡지에 올려놓고 볼펜으로 무
언가를 끄적였다. 마지막 글자에서 냅킨이 볼펜 촉에 걸려 살
짝 찢어졌다. 찰캉, 찰캉. 미초가 냅킨을 뒤집어 내 앞에 밀어
놓았다. 녹색으로 인쇄된 '호밀밭의 파수꾼' 상호 뒤로 눌러쓴
글씨가 희미하게 비쳐 보였다. 찰캉, 찰캉. 인어의 상반신이 날
아가는 소리가 너무 청명하다. 찰캉, 찰캉, 어디선가 울리고 있
을 성탄 종소리처럼, 찰캉, 찰캉, 남극해 수면을 차는 흰수염고
래의 꼬리처럼, 찰캉, 찰캉, 수압 좋은 양변기의 소용돌이처럼,
찰캉, 찰캉, 빈집에 자물쇠 돌아가는 소리처럼.

당신은 문을 열고 빈집으로 들어선다. 소슬바람이 당신을 밀
치고 문틈으로 빠져나간다. 바닥에 떨어져 있던 냅킨이 침대
밑으로 숨어든다. 당신은 현관에 서서 실내를 둘러본다. 정면
벽에 달리의 「보이지 않는 사람」이 걸려 있다. 어디선가 부글
거리는 소리가 들려온다.

당신은 주방으로 가서 가스레인지 불을 끈다. 수납장을 뒤져 여러 종류의 허브 차 티백을 찾아낸다. 잠시 고민하다가 투명한 머그잔에 히비스커스 티백을 걸치고 티 포트에서 뜨거운 물을 붓는다. 당신은 붉은빛이 번지는 머그잔을 들고 침대로 다가가 머리맡에 걸린 드림 캐처를 들여다본다. 버드나무 가지로 둥근 테를 짜고 올빼미 깃털과 붉은 산호 구슬로 장식한 수공예품이다. 당신은 그물에 맺힌 이슬방울을 손가락으로 꾹 찍어 맛을 본다.

창가의 자줏빛 커튼이 몸을 뒤척인다. 군청과 주황이 몸을 섞는 샐녘의 어수선한 하늘이 창밖에 펼쳐져 있다. 창가로 다가간 당신은 깨진 유리 사이로 조심스럽게 머리를 집어넣어 아래를 내려다본다. 한 남자가 7층 허공에 드러누워 있다. 검은 카디건을 걸치고 한쪽 발에만 체크무늬 슬리퍼를 꿰고 있다. 나머지 한 짝은 아직 8층을 지나는 중이다. 덥수룩한 머리칼이 바람에 나부낀다. 남자의 주위에 흩어진 유리 파편들이 새벽빛에 반짝인다.

당신은 코트를 벗어 옷걸이에 걸고 책상으로 가서 앉는다. 노트북 화면에서는 3차원 파이프가 직각으로 꺾이며 끝없이 이어지고 있다. 스페이스 바를 건드려 화면 보호기를 해제하자 작업 중이던 한글 파일이 뜬다. 당신은 히비스커스 티백을 건져 휴지통에 던지고 붉은 머그잔을 노트북 옆에 놓는다. 재떨이에 걸쳐져 있는 담배를 집어 길게 매달린 재를 떨어내고 입에 문다. 손깍지를 머리 위로 들어 올려 우두둑 소리가 나게 손마디를 꺾는다. 당신은 자판에 손을 올려……

당신은 내가 쓴 기형의 문장이며, 아직 못다 쓴 미지의 문장이며, 그 사이를 지나는 모래바람이다.

당신은 내 머릿속을 떠도는 검은 비닐봉지, 내 꿈을 기웃거리는 버려진 기억이다.

당신은 내 온몸을 유랑하고 심장으로 회귀하는 검붉은 피다.

당신은 담배 연기에 실려 흩어지는 내 날숨이다.

당신은 붉은 그물에 걸린 내 눈동자다.

당신은 내 녹슨 손톱이다.

당신은 나다.